JN319356

海に降る

朱野帰子

幻冬舎文庫

海に降る

目次

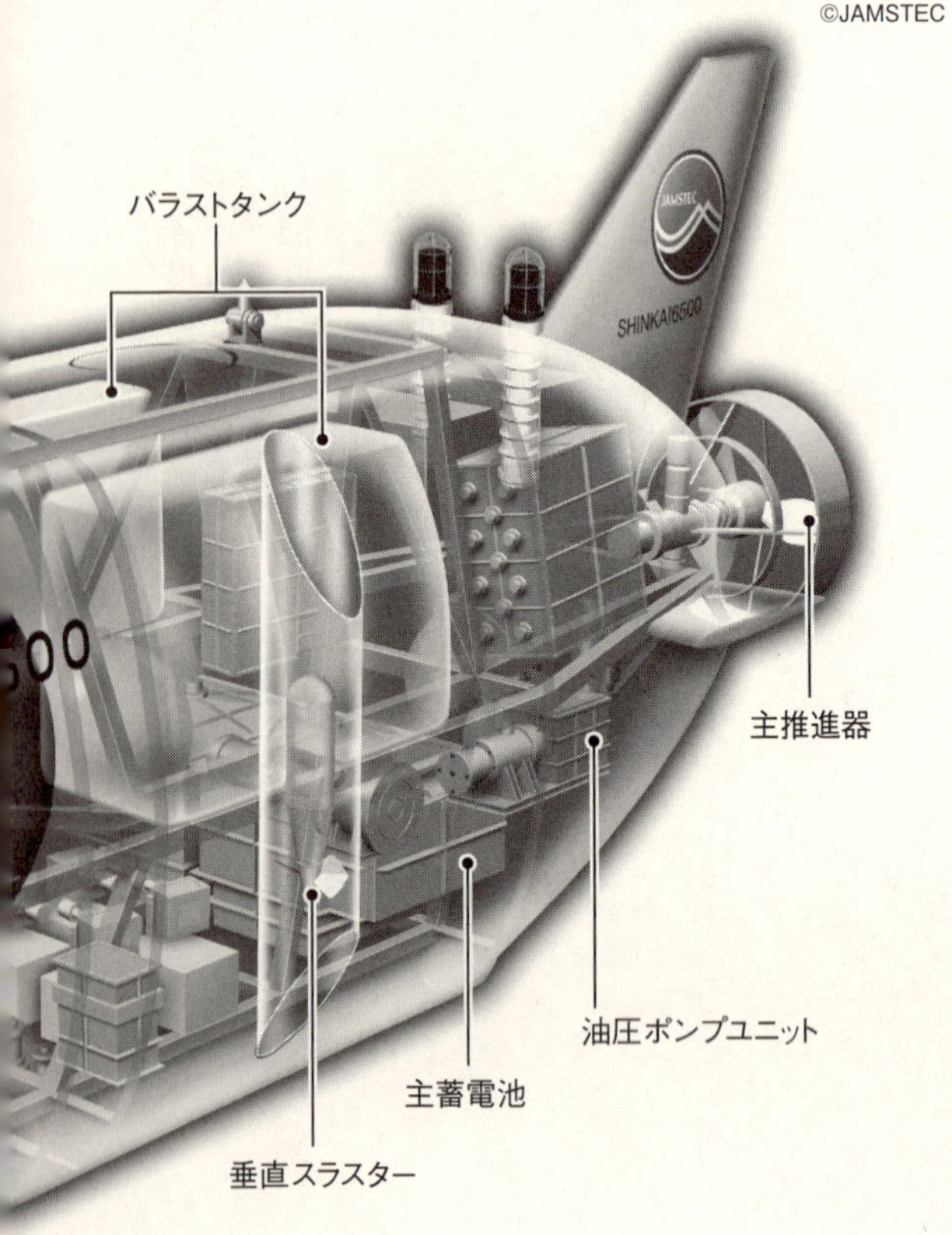

※図は単行本刊行時（2012年1月）のモデルです。同年3月に改造が完了し、2015年現在は後部の主推進器が2つに増設されるなど操縦・運動性能が向上しています。

〈しんかい6500〉各部紹介

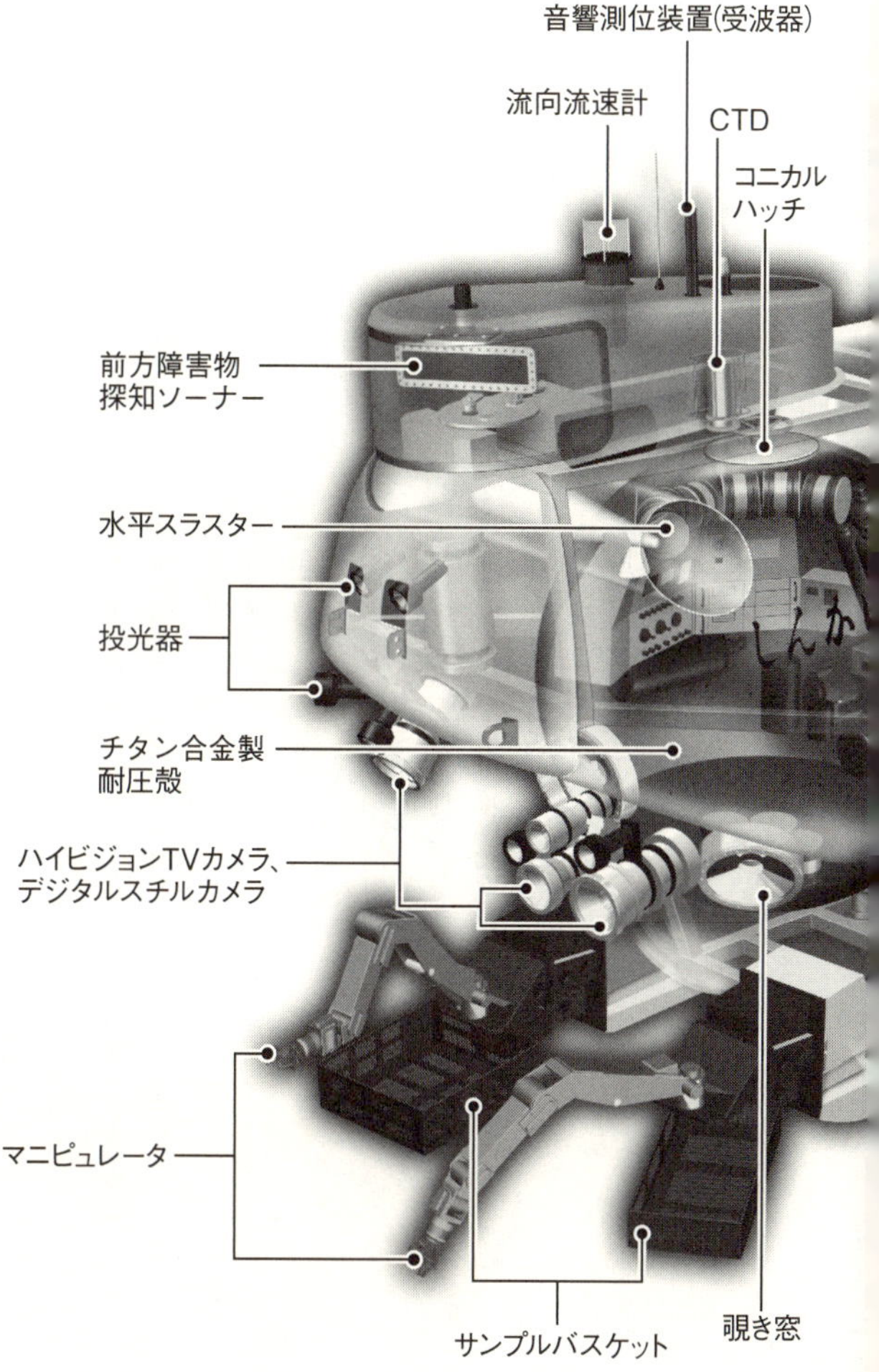

主な登場人物

天谷《あまがい》深雪《みゆき》　有人潜水調査船〈しんかい六五〇〇〉のパイロット訓練生
高峰《たかみね》浩二《こうじ》　広報課職員。父・秋一《しゅういち》が深海で見た〈白い糸〉を追っている
北里《きたざと》陽生《はるき》　深雪の異母弟
北里厚志《あつし》　深雪の父。〈しんかい六五〇〇〉の開発に携わった
北里真理子《まりこ》　陽生の母
多岐《たき》隆司《りゅうじ》　〈しんかい六五〇〇〉の司令。チームのトップ
神尾《かみお》宏《ひろし》　〈しんかい六五〇〇〉の潜航長
正田《しょうだ》眞美《まみ》　広報課職員で、深雪の同期
目山《めやま》優《ゆう》　研究者。海洋・極限環境生物圏領域のプログラムディレクター
皆川《みながわ》彰平《しょうへい》　海洋研究開発機構の理事
新田《にった》雅俊《まさとし》　広報課長
菊屋《きくや》洋介《ようすけ》　陽生の友人
菊屋国義《くによし》　洋介の父。衆議院議員

プロローグ

地球上には、宇宙よりも遠く、手の届かない場所がある。

深海だ。

幼い私の目を覗《のぞ》きこむようにして、父は言った。

海と聞いて深雪《みゆき》はどんな世界を想像するかい。きっとこうじゃないかな。魚たちが弾丸のようにすばやく泳ぎ回り、イルカが水しぶきをあげて跳ね、クジラが勢いよく潮を吹き、漁船が網をひくとたくさんの魚がかかる。絵本や図鑑でよく見る、生き物のたくさんいる世界。しかしそれはほんの上澄みで、広い海のたった五パーセントでしかないんだよ。残りの九十五パーセントは深海と呼ばれるくらやみの世界なんだ。

そこが、どんなところで、どんな生き物がいるのか、二十世紀が終わろうとしている今も、ほとんどわかっていない。

パジャマ姿でベッドに腰かけていた私は首を振った。

深海では人間は一秒も生きていられない、と父は言った。防護服を着たってだめだ。ものすごい水圧であっという間に押しつぶされてしまう。

じゃあ、どうやって行ったらいいの、と私は隣に座る父の無精髭《ぶしょうひげ》が生えた顎《あご》を見あげた。

「それを考えるのが、お父さんたちの仕事なんだ」

父はポケットから、潜水船のミニチュア模型を取りだした。丸みを帯びたボディは後ろへいくほど白くなめらかな外皮。機械の腕が二本前へ伸びている。丸みを帯びたボディは後ろへいくとともにすぼまっていて、背鰭《せびれ》のような黄色い尾翼がにょっきり生えていた。船というより魚のようだ。尻尾《しっぽ》にあたる部分にはプロペラの羽根がつけられていて、今にもふわりと飛びあがり、部屋の中を泳ぎ回りそうな気さえした。

身を乗りだし、夢中で見つめる私のてのひらに、父はそれを載せて言った。

「外からは見えないけれど、船の中には丸い球が入っている。造船所の熟練技術者たちが、海洋科学技術の粋《すい》をこらして製造したチタン合金製の耐圧殻《たいあつこく》だ。限りなく真球に近いから、全方位から襲いかかる大水圧にも負けない。この耐圧殻が、中に乗っているパイロットや研究者を護り、深度六五〇〇メートルの世界まで連れていってくれる」

「……なぜだと思う」

父の話は専門用語ばかりで、九歳の私には難しかった。でも、一言も聞き漏らすまいと耳を傾けた。仕事が忙しくて滅多に家にいない父を独り占めできるのが嬉《うれ》しかったのだ。

「深雪がこの船に乗ったとしよう」

父は立ちあがり、私の手から船を取って天井の白熱灯に近づけた。

「耐圧殻の窓から見えるのは青い海だ。魚の群れが、太陽の光をビカビカとはねかえしながら、滑るように泳いでいくのが見えるだろう。海の中を、下へ、下へと降りていくと、太陽の光は遠くなっていく」

そう言って父は電灯のつまみを回した。部屋は薄明かりの世界になった。

「目を閉じて想像してごらん。深雪は耐圧殻の小さな丸い窓を覗く。すると雪が降っているのが見える」

「雪？　海の中なのに？」

私は上下のまぶたを懸命にくっつけながら質問した。

「浅海から落ちてきた生き物たちの真っ白な死骸《しがい》さ。雪みたいに海の底に降りつもるんだよ。ネオンのように光るプランクトンも見える。耐圧殻の中はどんどん寒くなって痺《しび》れてくる。さあ、目を開けてごらん」

言われた通り、目を開けると、照明が完全に消されていて、部屋は真っ暗になっていた。

不安になって手を伸ばしたが、父は離れたところにいるのか指の先には何も当たらなかった。

とうとう海底にたどりついた、と父が低い声で囁《ささや》く。

君は、人類がまだ見たことのない極限の世界にいる。

そこはとても静かだ。砂ばかりが続いている。かと思えば、地球の裏側まで行けるのではないかと思うほど深い海溝が口をあけていたり、何百度もの熱水を噴きあげる大きな岩の塔がそびえていたりする。

見たこともない生き物たちが君を覗きにやってきたりもする。

私が体を震わせると、父は大声で笑った。温かく大きな手が私の肩を包んだ。

大丈夫、お父さんたちが造った耐圧殻の中にいさえすれば、何も心配することはないよ。

そう言って私をベッドに横たわらせ、寝かしつけてくれた。晩酌の後の父からはかすかにお酒の匂いがした。

いつか私も深海に行けるかな。

そうつぶやくと、行けるとも、という言葉とともに温かい手が額に置かれた。

お父さんはもっとすごい船を造る。その船に乗れば、世界で一番深い海にだって行けるだろう。

深度〇メートル

忘れ物がないかどうかよく確かめて、事務所を出た私は、天井の高い整備場を通って岸壁《がんぺき》に向かった。

ひとつに結んだ髪のまわりや、作業着の袖口《そでぐち》を、潮の香りがする風が吹き抜けていく。いよいよだ。朝ご飯をよく食べられなかったせいか、お腹の底から喉へとボコボコとこみあげてくる泡のような空気を飲みこみながら、岸壁に横づけされた支援母船〈よこすか〉の白い腹にむかって歩きだす。

大きな船体そのものは揺れては見えないけれど、車輪をつけたタラップがゆらゆらしていて、穏やかな波の力を岸壁につたえているのがわかった。

岸壁ではちょうど〈しんかい六五〇〇〉がAフレームクレーンに吊りあげられ、〈よこすか〉の船尾に積みこまれているところだった。

最大潜航深度六五〇〇メートル。世界一の潜航能力を誇る有人――つまり人が乗ることのできる深海潜水調査船。建造されてから二十余年、世界中の海で世紀の発見をいくつもなしとげてきたその白いボディは、パイロットたちによって磨きこまれて新品みたいにきらきら輝いている。

幼い頃、父がてのひらに載せてくれた模型そのままの美しい姿をあおぎながら私は足を速めた。父が開発に携わったあの潜水船に、明日乗れる。

手すりを摑《つか》んで〈よこすか〉のタラップをのぼりかけた時、

「深雪、ごめん、ちょっといい?」

出港を見送るために岸壁に出ている陸上勤務の職員をかきわけて、広報課の正田《しょうだ》眞美《まみ》が手帳を持って出てきた。キャリアスーツの上に、ダウンジャケットを羽織っている。

「この訓練潜航が終わったら、あなた〈しんかい六五〇〇〉のパイロットになれるのよね?」

「コパイロットね。副がつくほう」

「とにかく女性では初めてでしょ。帰ってきたら〈しんかい六五〇〇〉関連のイベントに出てほしいんだ。しばらく休日は予定入れないでよね」

「いいけど、多岐《たき》司令に許可とらないと」

「もうとった。じゃあオーケーってことで。公式イベントだからスーツ着てきて。いや、作業着のほうが雰囲気出るかな？　うちのホームページ用の写真も撮るから、この前みたいにすっぴんみたいな顔で来ないでよ」

うちというのは、ここ、独立行政法人海洋研究開発機構《JAMSTEC》のことだ。

その名の通り、海を研究するための国内随一の機関。といっても研究対象はもっと広く、海の底のさらに下、つまり地球の内部構造や、海を含む地球全体の気候変動など広い範囲に及ぶ。

常に五百人もの研究者がいて、机にかじりついて論文を書いたり顕微鏡を覗きこんだり大掛かりな機器で実験したりしている。そしてときどき探査のために〈しんかい六五〇〇〉に乗って深海に潜る。

本部はここ、横須賀市夏島町《なつしまちょう》にある。

海に面した広い敷地には、研究者や職員のいる棟の他に、海洋工学実験場や潜水プール、科学技術館などがある。東西に長く延びた専用岸壁には、たまに〈よこすか〉や〈なつしま〉などの研究船が停泊していて、深海を実地調査する機会を勝ち取った研究者たちを、乗せたり降ろしたりしたりしている。

ただし今回は研究者は乗らない。冬の間に整備した〈しんかい六五〇〇〉が正常に動くかどうかの試験をしたり、私たち新人のための実海域訓練がおこなわれるのだ。

今回の訓練には特別に多岐司令が同乗してくれるらしい。司令に直接指導してもらえる機会なんてそうないんだからしくじるんじゃねえぞ、と潜航長の神尾《かみお》さんにはしつこく言われた。でも大丈夫。訓練潜航はもう五回目だ。だいぶ機器の扱いにも慣れてきた。

今回の潜航が終わればコパイロット昇格は確実。本番の調査潜航にも乗せてもらえるようになる。

幼い頃からずっと追い続けてきた夢があと少しでかなう。

「じゃあ、頼んだよ」

眞美は念押しするように言うと、広報課のオフィスがある棟へ戻っていく。ピンヒールでよくあんなに走れる。踵《かかと》が七センチの場合、爪先にどのくらい圧がかかるものなんだろうと考えながら眺めていると、眞美はくるりとふりかえった。

「あ、忘れてた。守衛さんから伝言頼まれてたの。正門に来客だって」

「来客って、今?」

あと数十分したら〈よこすか〉で出港しなきゃいけないのに。

対応すべきか迷いながら正門を見ると、守衛さんがこっちに向かって手を振るのが見えた。私の名を呼んでいるみたいだ。口が大きく動いている。

「このくらいの男の子だったよ。小学三年生くらいかなあ」

眞美が自分の胸のあたりに手を持ってきて言った。

「親戚の子か何かじゃない？　神尾さんには私から言っといてあげる。早く行っておいで」

指図するように言うと踵《きびす》を返し、走っていく。

祖父母は他界しているし、二年前に亡くなった母には兄弟姉妹がいない。父方の親戚とはとうに縁が切れている。私を訪ねてくる親戚など思い当たらなかった。しかも子供だなんて。

私はとりあえず、守衛室のある正門に走った。

「出港前でよかった。ひとりで来たって言うんだもの、どうしようかと思ったよ」

私の顔を見て、守衛さんは安心したように言った。

「ほら、君、お姉さんが来たよ」

呼ばれて、岸壁のはずれに立ち、海を眺めていた少年がふりかえった。色が白かった。紺色の制服の半ズボンからひょろりとした足が伸びている。眞美の言う通り、小学三年生くらいだと思うが、それにしては黒い革のランドセルが真新しかった。

「あの子、誰ですか」

「天谷《あまがい》さんの弟さんじゃないのかい。本人がそう言ったんだがね」

「私、ひとりっ子ですけど」

私が言うと、参ったな、と守衛さんは頭をかいた。

「ちょっと待ってて。受け付けした時、来客者カードに電話番号を書かせたから」

守衛さんは守衛室にひっこんだ。保護者に連絡してくれるらしい。

トラックが通り過ぎるのを待って、私は道路を渡り、少年のそばに歩み寄った。

「こんにちは。私を呼んだみたいだけど、君はいったい何者なのかな」

少年は、私の頭のてっぺんから爪先まで電子ビームのような視線を素早く走らせた。それからやっと質問に答える。

「北里陽生《きたざとはるき》」

北里は父の姓だ。それではこの子は父方の親戚なのかと考えている間に、陽生は胸ポケットから定期入れを取りだし、写真を一枚抜いた。そして私の胸の前へ突きだした。

「パパとママだよ」

海外で撮った写真らしかった。海を背景に撮られたその写真には、陽生と、見知らぬ女性と、それから無精髭を生やした男性が写っていた。

「君のパパって……」

「北里厚志《あつし》」

陽生が、父の名前を発音するのを、私はぼんやり聞いた。

守衛室前の停留所に駅から来たバスが停まり、職員が何人も降りてくる。挨拶《あいさつ》を交わすいくつもの声を聞きながら、私は写真に目を落としたまま黙っていた。十五年も前に渡米した父が向こうで再婚したことは母から聞いている。しかしこんな大きな息子がいたなんて知らなかった。

「パパも日本に帰ってきたってこと？」

「おばあちゃんの具合が悪いから、ママとふたりで鎌倉の家に来ただけだよ。パパは仕事があるからアメリカにいる」

なんだ。帰ってきたわけじゃないんだ。私は自分の声がぞっとするほど冷たくなっているのを感じながら言った。

「どうしてここに来たの」

陽生は答えない。黙ってうつむいている。

守衛さんは彼がひとりで来たと言っていた。今日は平日だから学校をサボって来たのかもしれない。

「私、もうすぐあの船に乗って出港しなきゃいけないんだよね」

私は〈よこすか〉を指して言った。

「大きい船でしょう。〈よこすか〉って言って〈しんかい六五〇〇〉の母船なんだ。〈しんかい六五〇〇〉、知ってるかな。パパが造った潜水調査船だよ。私はそのパイロット候補なの」

「知ってる」

陽生は、はねつけるように言った。

「今、連絡取れた。母親が迎えに来るそうだよ」

守衛さんがこちらに向かって大声を出した。それを聞いて、陽生がかすかに身じろぎした。

「ママ来るって。それにしてもよくここがわかったね」

「手紙に書いてあった。住所はネットで調べた」

手紙か、と私はつぶやいた。両親が離婚してしばらく、私は母に隠れて父に手紙を書いていた。ここに就職が決まった時も、もちろん知らせた。調査能力が高いんだね、君、とつぶやくと陽生は顔をあげた。

「パパへの手紙に書いてたでしょう。いつか日本に帰ってきて世界で一番深い海に行く船を造ってねって」

「ああ、うん、書いたかな」

父からは一度も返事がない。就職を知らせて以後は、私も手紙を出すのをやめてしまった。

陽生は私の顔をじっと見つめていたが、

「パパ、もう日本に帰ってこないと思うよ」

そう言うなり身を翻《ひるがえ》した。ランドセルを鳴らしながら走っていく。

守衛さんが驚いて後を追ったが、見失ってしまったらしい。「やれやれ」と言いながら戻ってきて守衛室に入っていった。母親にまた連絡を取るんだろう。

岸壁の方から神尾さんの呼ぶ声がした。こちらに向かって右手を大きく振っているのが見える。出港の時間が来たのだ。

でも私は動けなかった。お腹に湧《わ》いてくる泡が飲みくだせないほど大きくなって喉に上がってくるのがわかった。


「よこすか、しんかい、各部異常なし、潜航用意よし」

無線機に呼びかける神尾さんの声を聞いて、はっと我に返った。

出港前の出来事を思いだして、上の空になっていたらしい。

耐圧殻の壁にびっしりと並んだ計器にいそいで目を走らせ、頭の中で手順をさらい直す。

チェックリストに従って次々に電源を入れながら左を窺《うかが》うと、多岐司令が射るような目で私の手元を見ているのがわかった。ぼんやりしていたのを見抜かれたかもしれない。一気に緊張した。

「聞いているか、天谷」

神尾さんがきつい声で私に呼びかける。しまった。多岐司令の顔色が気になって、母船との通信が耳に入っていなかった。

「すぐ近くの海域で地震だってよ。たいしたことないらしいが、注意だけはしておけ」

はい、と頷《うなず》いて、私はバラストタンクのベント弁のスイッチに手を伸ばした。

ベント弁が開き、海水の注入がはじまった。船体が重くなるのと同時に体が下に落ちる感覚がしてくる。耐圧殻をくりぬいてはめられた、アクリル樹脂性の分厚い覗き窓の外に白い泡がたち、すぐに海中の景色に変わる。異常はない。船は垂直に海の底へ下降していく。

潜航開始だ。私は張りつめていた肺の中の空気を吐きだした。

今回の潜航地点は深さ三〇〇〇メートル。これまでの訓練の中で最も深い。深海では、陸上の数百倍にも及ぶ大水圧が待ち受けている。耐圧殻に少しでも亀裂が入れば、私たちは押しつぶされてしまう。

亀裂が入れば。

頭が混乱した。何を考えているんだろう。亀裂なんか入るわけない。

私が乗っているのは〈しんかい六五〇〇〉の耐圧殻だ。

十五年前、父も言ってたじゃないか。耐圧殻の中にいさえすれば、何も心配することはないって。

「天谷！　天谷！」

大声で呼ばれて右を向くと、神尾さんが険しい目をしていた。

「どうした、顔色が真っ青だぞ」

左を向くと、多岐司令までもが私を見ている。

その顔がぐにゃりと歪《ゆが》んだ。

おかしい。どうしたんだろう。息が苦しい。肺がつぶれるみたいだ。首筋に汗がにじむ。

落ち着け。冷静になれ。この船は安全だ。建造されて二十年以上、事故を起こしたことなんてない。そう教わったじゃないか。悪い想像をしちゃ駄目だ。別のことを考えなきゃ。

――パパ、もう日本に帰ってこないと思うよ。

陽生の声が、脳にぬるりと滑りこんできた。

いつか必ず帰ってくる。そう約束したのに、十五年たっても父は帰らなかった。これからもきっと帰ってこない。やっぱりそうだったんだ。

何も心配することがないなんて、嘘《うそ》ばっかり。

耐圧殻の中で、多岐司令も神尾さんも私も、つぶれる。

「天谷、落ち着け、しっかりしろ！」

多岐司令の声が遠くで聞こえた。

「よこすか、しんかい、緊急事態発生、潜航を中止し、直《ただ》ちに浮上する！」

水中通話器に向かって叫ぶ神尾さんの声が聞こえた次の瞬間、私は多岐司令の力強い手で、耐圧殻の床に組み伏せられていた。


「それで、なんで預かることになるのよ、その異母弟を」

眞美があきれた顔で言った。

テーブルの向かいで飲んでいた多岐司令と神尾さんが、ちらりとこちらを見る。

〈しんかい六五〇〇〉運航チームの宴会はおひらきを迎えようとしていた。隣の個室で歓迎会をやっていた広報課の職員もいつの間にか混ざりあって座っている。眞美も、当初こそ広報課の席で皆川《みながわ》理事にビールを注《つ》いでいたが、私を見つけるや否や、何か言いたげな顔で移動してきたのだ。

大声で言わないでよ、と私は顔をしかめた。

「しょうがないじゃない。なんか、すごい追いつめられてたみたいだし」

航海から帰ってきた私は、陽生の母、真理子《まりこ》さんの訪問を受けた。真理子さんは清楚《せいそ》で古風な感じのする女性だった。子供がいるとは思えないほど若く見えたが、母親の看病をしているせいだろうか、どことなくやつれた顔をしていた。

「あの子、不登校なんです」

真理子さんは言いづらそうに私にあの日のことを説明した。

不登校はアメリカの小学校に通っていた時からだそうだ。友達とのトラブルが原因らしいが、何があったのか一切話さないのだという。日本に帰国してからは、こちらの小学校にしばらく真面目《まじめ》に通っていたが、数週間もしないうちにまた行かなくなった。

追い打ちをかけるように陽生の祖母が入院した。ろくに口もきかず、ふさぎこんでいる孫の存在がストレスになっていたのかもしれない、と真理子さんは言う。

陽生が横須賀本部をひとりで訪ねてきたのは、その翌日だった。

あの日は珍しく登校すると言ったので、制服を着せて送りだしたのです、まさか深雪さんのところに行くなんて、と真理子さんはしきりに謝った。

――ミユキの家からだったら学校に行ってもいい。

横須賀本部から帰ってきた陽生は、真理子さんにそう言ったらしい。

「だからって、前妻の娘に預けるかな、自分の息子を」

眞美は非難するように言う。

「学校にちゃんと行くようになるまでだって。航海に出る時は帰してくださいって言われた。どうせ私はしばらく陸《おか》に置き去りだし」

「私は反対だな。人の心配している場合じゃないでしょ、あんたは」

眞美はあきれた顔をして、キンキの開きを箸《はし》で乱暴につつく。

私は中ジョッキをあおった。そんなこと言われなくてもわかっている。

五回目の訓練潜航の最中に、私はパニックに襲われた。耐圧殻がつぶれるのではないかという恐怖で息ができなくなったのだ。

耐圧殻は内径わずか二メートル。パイロット、コパイロット、研究者の三人が膝を抱えて乗りこむのがやっとだ。あまりの狭さに圧迫感を覚える人もいるらしいが、私はまったく平気だった。あの瞬間までは。

ここから出してと暴れた私は取り押さえられ、訓練潜航は中止。船はただちに浮上して揚収され、三十分後には上部ハッチが開かれた。

潜入して二分後、深度にしてわずか数十メートルだったからよかったようなものの、これが二〇〇〇メートルとか三〇〇〇メートル級の深海で起きていたら、どうなっていただろうか。

多岐司令は私に病院にかかるように命じ、完全に治るまで〈しんかい六五〇〇〉だけでなく、〈よこすか〉への乗船をも禁じた。

早く復帰したいと焦る私に医師は、閉所恐怖症かもしれませんねえ、とのんきに言った。

投薬は効かない。心因性のものなので原因が取り除かれなければ治ることはないでしょう、と。

「原因ははっきりしてるじゃない。その異母弟でしょう」

眞美は箸を振り回しながら言う。

「あんたにとって耐圧殻は、父親への信頼そのものなのよ。自分たち母子を捨てた父親にもう一度会いたくて、父親の古い職場に就職までしたのに、当の父親は手紙の返事もよこさない。信じよう、信じよう、と抑圧してきた不安な気持ちが、異母弟の出現でついに顕在化したってことでしょ。耐圧殻にも心理的な亀裂が入っちゃったってわけだ」

「……わかりやすく解説してくれて、どうもありがとう」

私は溜め息をついた。カウンセラーにも同じことを言われた。

「お父さんと少しでもつながっていたい気持ちはわかるけど、よくないよ、そういうの。早く治りたいんだったら、その異母弟を一刻も早く母親に返すことだね」

「もういいじゃない、ほっといてよ」

私は眞美から顔をそむけた。すでに今朝、預かってしまったのだ。陽生を引き渡して、ほっとしていた真理子さんの顔が思い浮かぶ。今さら断るというわけにもいかない。

「厳しいこと言うようだけど、これはあんただけの問題じゃないんだからね」

眞美は柄にもなく真剣な顔をして言う。そんなことはわかっている。私はお代わりで運ばれてきた中ジョッキを、目をつぶって飲み干した。

「運航管理部があんたをパイロット候補にしたのは、伊達《だて》や酔狂じゃないんだよ。女性研究者の潜航環境向上のためなんだから。広報課としてもさんざん宣伝しちゃったし、今さら耐圧殻に入れませんじゃすまないんだよ」

「そんなに追いつめるなよ。また暴れるぞ」

眞美の肩を目山《めやま》さんが叩《たた》いた。また、という言葉に心をひっかかれたような気がした。そもそも広報課でも運航チームでもない研究者の目山さんが、なぜこの宴会にいるのか。

私が言わなきゃ誰が言うのよ、と眞美が椅子を蹴たてて立ちあがり、怒りながらトイレに向かうと、代わりに目山さんが私の隣に座り、焼酎のお湯割りをつくって私に差しだした。それきり、自分は向かいの神尾さんに体を向け、熱心に語りかけている。無人探査機の限界深度について議論しているようだ。〈かいこう〉の子機《ビークル》を喪失したのは痛かった、などと話しているのが聞こえた。

〈かいこう七〇〇〇Ⅱ〉は海洋研究開発機構が所有する無人探査機だ。世界最深部、マリアナ海溝のチャレンジャー海淵《かいえん》の深さを初めて正確に計測したことで知られている。二〇〇三年にビークルを事故で失ってからは、七〇〇〇メートルしか潜れなくなったが、それでも、

〈しんかい六五〇〇〉と並んで世界第一級の潜航能力を持っていることには変わりない。

チャレンジャー海淵か、と私はテーブルに肘《ひじ》をついて溜め息をついた。

深さ、一〇九一一メートル。エベレストを逆さまにして沈めても山頂が海底につかないという、世界で一番深い海だ。しかし私の心はそれよりもっと深く沈みこんでいる。

「目山さん、この焼酎、お湯しか入ってないんですけど」

グラスを持ちあげて抗議した時だった。盛大な拍手が起こって皆川理事がこちらへ向かってくるのが見えた。

「落ちこんでいる深雪ちゃんに、この歌を贈ります」

酔っているらしく、大げさに礼をすると、大学時代にオペラサークルで鍛えたという美声をはりあげはじめた。

お前の応援歌だってさ、と肩を叩いてくる目山さんの腕を私は振り払った。なにが応援歌だ。人の気も知らないで。皆川理事を睨《にら》みつけてやったら、こちらに手をひろげたので、黙れうるさいぞ、と怒鳴ってやった。

トイレに行こうと立ちあがると世界がぐらついた。海の上にいるような気がしてゾッとする。船酔いなんかしたこともない、三半規管に欠陥があるのではとまで言われた私が、海が怖いだなんて。よろけながら一歩踏みだすと誰かの胸に強くぶつかった。

目をあげると知らない顔の青年がいた。驚いた顔をしている。

「多岐さん、例の奴が来ましたよ」

目山さんがそう言うと、その青年は私の隣に立ち、多岐司令に挨拶をした。この人誰だろう。ぼんやり見つめていると、

「君が高峰《たかみね》さんの」

多岐司令が驚いたように言った。

「なぜ、うちへ来たんだ」

多岐司令の声はこわばっている。不穏な空気を感じたのか、テーブルはしんとした。高峰と呼ばれたその青年は一瞬黙ったが、すぐにはっきりと言った。

「父の言っていたことが本当だったのか、確かめに来たんです」

「確かめるって、どうやって」

「どうやってでもです」

青年は真面目な顔で言う。

「とにかく、いつか深海に潜って確かめたい、そう思っています」

深海に潜りたいだなんて。私は思わず鼻で嗤《わら》ってしまった。

「そんなことできるわけないじゃない」

何かを言いかけた多岐司令を遮《さえぎ》って、私は青年に目を据える。

「深海に行けるのはね、パイロットと、選ばれた研究者だけなの。どこの誰かは存じませんが、あなたみたいな普通の人が行けるわけないでしょう」

多岐司令が私を睨む。構うものか。いい気になっているこの男を、ティッシュみたいにぴりっと裂いてやらないと気がすまない。

「パイロット候補の私だって潜れないのに、あなたなんかが潜れるはずない」

言っているうちに涙が出てきた。神尾さんが立ちあがって、彼女は今荒れているので構わないでくれ、などと言っている。余計なことばかり言って。みんなで私を馬鹿にして。

神尾さんに掴まれた腕を振り払おうとした時、青年が私を見ているのに気づいた。まなざしが顔に突き刺さる。

「どんなに難しくても僕は深海に行きますよ。〈しんかい六五〇〇〉で」

顔に血がのぼった。私は手を伸ばし、指の先に触れた徳利を掴んで勢いよく持ちあげた。

誰かの悲鳴が聞こえたのを最後に、あとの記憶はポッカリと抜け落ちている。


けたたましく鳴る時計を、虫を叩き殺すようにとめて、目覚めた。

いつもの洋室ではなく、和室に寝ていることに気づく。畳や布団に夜の闇が残っているのを見ると息が苦しくなって、窓まで這《は》っていき、カーテンを思い切り開けた。目がくらむような朝日が闇を駆逐し、部屋は光で満たされる。私はほっと息をついて畳にへたりこんだ。

浮上してハッチが開かれた時の、譬《たと》えようもない安堵感《あんどかん》を思いだす。

夢の中で、私は真っ暗な海の底に沈んだ耐圧殻の中でもがいていた。亀裂から刃《やいば》のように浸入してくる海水に全身を切り裂かれながら。

「どうしたの」

その声に振り返ると、陽生が襖《ふすま》の前に立ち、こちらを見つめていた。

だいぶ前に起きたらしく、もう制服を着ている。

そうか、昨日からこの子がいたのだ。ベッドのある洋室は彼に明け渡していたのだった。

「今日から学校行くけど、朝ご飯とかつくってくれるの」

そう言われて、私は思わず舌打ちをした。すっかり忘れていた。

「あと三十分で出ないと間に合わない。いそいでね」

陽生は眉を片方だけ吊りあげてダイニングに戻っていく。どこか懐《なつ》かしいその仕草に胸の奥をくすぐられ、私はくしゃみをした。

パジャマのままダイニングに行くと、陽生はテーブルに腰かけて頰杖《ほおづえ》をつき、テレビをぼんやり眺めていた。私が積みあげていた資料や請求書は隅の方へ乱暴に押しやられている。

私はフライパンを熱して卵をふたつ落とし、空いたスペースにウィンナーを入れた。

「白身のまわりに油をたらした方がいいよ。パリッと仕上がるから」

陽生が後ろから口を出してくる。

「別にパリッとしなくてもいいでしょ。時間ないんだから」

「うちのママはいつもそうしてる」

じゃあママのところに帰ればいいのに。心の中でつぶやきながらも、言われた通りにしてやった。

「はい、できました」

目玉焼きとウィンナーを一枚の皿に入れ、ご飯を二膳よそって置いた。テーブルの上には箸立てと調味料が置きっぱなしになっているから、あとはセルフサービスだ。

陽生はあきれた顔で皿を見つめている。

「サラダとかないの」

「生鮮食品は買わない主義なの。腐るでしょ、あれ」

陽生は、信じられないとか、ひどい生活だとか、ぶつぶつ言いながら、それでもぺろっと食べてしまった。そして、

「昨日は大変だったんだよ」

と、私に一瞥《いちべつ》をくれた。私が男の人ふたりにぶらさがって帰ってきたとか、その姿がブラジルで捕獲された宇宙人みたいだったとか、トイレでげえげえ吐いていたとか、悪意のある表現をまじえながら、あることないこと言う。真理子さんが、家では滅多に口をきかないと言っていたが、嘘じゃないだろうか。

「酔った人がしたことをあれこれ言うのは、マナー違反なんだよ。そんなことしてると将来女の子にもてないよ」

陽生は聞いていない。話せば話すほど記憶が鮮明になるのだろう、興奮した口調で言う。

「まだ寝ないって暴れたから、羽交《はが》い締めで布団に運ばれたんだよ。ほんと恥ずかしかった」

「へえ、羽交い締めだなんて難しい言葉知ってるね、帰国子女のくせに」

内心動揺した。そこまで酔っていたのか。昨日の宴会の後半がさっぱり思いだせない。送ってくれたふたりの男性って誰のことだろう。

考えるだけで憂鬱《ゆううつ》だ。私は時計を見あげて言った。

「ほら、もう時間だよ。遅刻しちゃうよ」

陽生は食器を流し台に片づけながら、こまっしゃくれた口調で言った。

「女の人が酔っぱらうのはみっともないって、パパよく言ってたよ」

私は黙った。陽生はこちらを二、三秒だけ見たが、すぐにランドセルを背負って、行ってきますも言わずに玄関を出ていった。

私もすぐに準備して家を出た。

金沢文庫《かなざわぶんこ》駅まで住宅街をひた走り、階段を一段飛ばしで駆けあがって、京急《けいきゅう》本線のホームに走りこむ。電車に飛び乗ると息が切れた。

頭と胸が重い。昨日はいったいどのくらい飲んだんだろう。

窓からは満開の桜が見えた。今年は花見に行かずじまいになりそうだ。そんな心境になれない。目を伏せた時、鞄《かばん》の中で携帯電話が震えた。

緊急地震速報だ。

電車が動いているせいだろうか、しばらく待ってみたが揺れを感じなかった。

最近、またぞろ地震が多くなってきている。日本列島全体で地殻変動が活発になっているのだと、地球内部ダイナミクス領域の研究員が広報誌に書いていたのを読んだ。

陽生は無事学校に着いたかな。アメリカから来たばかりの彼には、地震は恐ろしく感じられたのではないか。

私は首を振った。電車通学には慣れているので大丈夫です、と真理子さんは言っていたし、私が心配することじゃない。

それにしても、と窓に額をつけて思う。陽生はなぜあんなに反抗的なんだろう。私のことが気に入らないなら、家になんて来なければよかったのに。

陽生を預ける件について、真理子さんは父に話して了解を得たと言っていた。

手紙の返事も書かない、会いにも来ない、日本に帰るつもりもない。それなのに、陽生を私に預けることには同意するなんて。父が何を考えているのか私にはさっぱりわからない。

追浜《おっぱま》駅に着くと、改札を出て職場行きのバスに乗った。近づけば近づくほど、保留にしていた現実がじわじわとよみがえってくる。

私、なんのために出勤するんだろう。〈しんかい六五〇〇〉にも〈よこすか〉にも乗れないのに。耐圧殻のことを考えただけで、心臓が鳩尾《みぞおち》の奥でひしゃげて息がうまくできなくなる。

バスを降りて正門を入ると、広報課の棟に向かう眞美を見つけた。

春らしいブラウスに身を包み、耳に金色のピアスを揺らしながら歩いている。雑誌で紹介されるような広報ウーマン。

「おはよう。今日も気合い入ってるね」

私が横に並んで声をかけると、眞美はこちらを一瞥した。

「服装が決まると戦闘力が上がるのよ。あんたももう少しちゃんとした格好しなさい」

「どうせすぐ作業着に着替えちゃうし」

私はジーンズに灰色のパーカーを着て、長い髪を無造作にひとつにまとめている。メイクは必要最低限。機械油がつけば洗い落とさなければならないからだ。

「そういうのが通用するのは二十代のうちだけだからね。ランニング続けてる？　深雪は暴飲暴食するからほんと危ないと思う」

そうそう、と眞美は息継ぎもしないで言う。

「二日酔いは大丈夫？　昨日は相当飲んでたけど」

「そのことなんだけど」

私は反射的にうつむいた。

「私が暴れたって言う人がいたんだけど、それってほんとなの」

「暴れたどころじゃないわよ」

眞美は立ち止まって、私を睨む。

「神尾さんに絡むわ、徳利で高峰さんに殴りかかるわ、阿鼻叫喚《あびきょうかん》ってとこね。多岐司令、すごーく怒ってたよ」

最後の一言に頭を殴られたような気がしているところに、眞美はとどめを刺す。

「気持ちよく歌ってた皆川理事に、うるさいって叫んだのもまずかったな」

「叫んだ？」

血の気がひいた。

「そうよ。結局、殴りかかった勢いで転倒して、そのまま寝てくれたから助かったけど。あ、倒れた時にグラスをひっくりかえして、私の服にシミをつけたことはもう言ったっけ？」

「またまた、私が覚えてないからって、冗談言ってるんでしょ」

眞美は冷え冷えとした目をした。

「目山さんも高峰さんも、深雪を家まで送り届けるのに苦労したと思う。あのふたりにはお礼を言っておいた方がいいよ。あ、私の服のクリーニング代は気にしなくていいから」

言うだけ言って、広報課がある棟の方へ歩き去っていく。

思っていた以上の醜態だ。多岐司令の叱責は覚悟しなければならない。

高峰さんっていったい誰だろう。聞きそびれた。抜け落ちた記憶の糸をたぐってみたが思いだせない。そんな人にまで迷惑をかけたのかと思うと、溜め息が出た。

後ずさりするようにして私は岸壁まで戻った。海は凪《な》いでいた。水面《みなも》は鏡のように輝いている。ひしゃげたままの心臓を抱いて、私はしばらくそこにたたずんでいた。

覚悟を決めて、定時ギリギリに運航チームの事務所に着くと、待ち構えていた先輩のパイロットたちから、昨夜《ゆうべ》の醜態を一から百まで聞かされることになった。ご丁寧に携帯のカメラで撮影していたという先輩もいて、見ろ見ろと追い回された。他の人に見せないでくださいと懇願し、やっとのことで削除してもらう。

からかわれるのはまだいい方だ。いつもは冗談など口にしない副司令にまで、
「深雪じゃなくて深酒に改名した方がいいんじゃないか」
などと半笑いで言われ、ぐっとのみこむ恥ずかしさったらなかった。

散々からかわれるのを見たからか、神尾さんは説教がましいことは言わなかった。
「天谷、そろそろ経費出せって、経理が電話してきたぞ」

煙草の箱とライターをポケットに入れながら、向かいのデスクに腰を下ろす。

〈しんかい六五〇〇〉の潜航長である神尾さんは、世界中の海洋研究者にその名を知られたベテランパイロットだ。特に、潜水調査船のロボットアーム、通称マニピュレータの操作は神業で、これまでに数々の生き物や岩石の採集に成功している。

熱水に噴きあげられくるくると舞う小さなオハラエビをひょいと捕まえたとか、船が押し流されている最中に重い岩石をいくつも拾いあげたとか、伝説はいくらでもある。静止したものすら巧《うま》く摑めない私にとっては、まさに神のような存在だ。

「あの、高峰さんって誰のことですか」

隣の席に座っている先輩の遠野《とおの》さんにこっそり尋ねると、

「中途採用で広報課に入った新人だよ」

という答えが返ってきた。私より二つか三つ、年上だという。

理事会は、ここ数年、独立行政法人への交付金が削減傾向にある状況を憂慮して、広報活動を強化する方針を固めている。そのために即戦力となる経験者を広く募集したのだそうだ。

不況ということもあって応募者は多かったが、遊園地で企画運営をしていたキャリアを買われ、高峰が採用されたのだという。前の職場の名前を聞いて、私はなるほどと思った。伝統的なヒーローショーの企画に梃入《てこい》れをし、来場者数を飛躍的に伸ばした老舗《しにせ》の遊園地だ。

その企画を発案して成功させたのが高峰らしいと遠野さんは言った。

言われてみれば、先月、眞美にそんな話を聞かされたような気がする。

「高峰って、あの、高峰秋一《しゅういち》さんの息子なんだってな」

財布から出したレシートをデスクに並べていると、先輩たちが囁きあう声がした。

「先月亡くなったらしいよ。防波堤で足を滑らせて海に落ちたって」

「その息子が今月入所か。すごいタイミングだな。人事は知ってるのか」

「知らないってことはないと思うけど、別に気にしなかったんじゃないかな。高峰秋一さんが潜航した当時のこと知ってるの、多岐司令くらいだろうし」

私は黙ってPCを開き、経費を打ちこんでいく。昨日の酒が残っているのか、頭がずきずきする。

経費申請終わりましたと報告すると、神尾さんは書類に目を落としたまま言った。

「よかったな、天谷、二世のお仲間ができて」

「二世？」

「昨日は迷惑かけたんだろ。ちゃんと謝っておけよ」

先輩たちが一斉に笑う。

「謝っておきます」

素直に答えると、神尾さんは私に視線を向けた。

「それとお前、午後は現場からはずれろ」

午後から病院に行く予定になっていることを覚えていてくれたのだろうか。

「はい……あの……ご迷惑おかけします」

「いいんだ。二日酔いで出社するような奴に、整備なんてやらせる気なかったから」

冷たく言い放つ声に周囲がしんとした。神尾さんが事務所を出ていった後も、私の体はすくんだままだった。

病院に行ってカウンセリングを受け、横須賀本部に戻ってきたのは夕方近くだった。海が茜《あかね》色に輝いていた。接岸している船が一隻もないせいか、岸壁がやけに広々として見えた。

「お疲れさまです」

振り向くと、背の高い青年がいた。

端整な顔に屈託のない笑みを浮かべ、長い足をもてあますように立っている。なんだか特撮番組の主人公みたいな風貌だと思った。

首から職員証をさげているが、ワイシャツ姿ということは研究者ではなく事務方の人間なのだろうか。私が怪訝《けげん》な顔をしていると、青年は首をかしげた。

「覚えてないかな。広報課に配属された、高峰浩二《こうじ》です」

爽《さわ》やかなその声が、頭痛とともに昨日の記憶を呼び覚ます。

——どんなに難しくても僕は深海に行きますよ。〈しんかい六五〇〇〉で。

この人が高峰か。

殴りかかったことを謝らなきゃ、と思ったが、同時にどうしても謝りたくないという気持ちも湧いてきた。数秒間葛藤《かっとう》したあげく、

「天谷深雪です。〈しんかい六五〇〇〉運航チームに所属しています。あの、昨日は、家まで送っていただいたそうで、ありがとうございました」

お礼だけを言うことにした。

「ああ、いいんです。帰り道の途中だったし」

高峰は笑って首を振った。

親しい人に向けるようなくつろいだ笑顔だった。深海に行くと強情なまでに言い張っていた人物とは、まるで別人のように見えた。

「ところで、本館ってどこですか。これ、届けるように言われて」

彼は茶色い封筒をかざした。所内を把握させるため、広報課の先輩に使い走りさせられているらしい。

「案内します。ついてきてください」

早足で歩きはじめたが、しばらくして高峰がついてくる気配がないことに気づいた。振り向くと、岸壁を眺めながら、後ろ向きにのんびり歩いている。

「きれいな夕日だなあ。海が目の前にある職場っていいですね」

入所二日目にしてはリラックスしすぎじゃないだろうか。昨日の発言といい、どこかネジが緩んでいる人なのかもしれない。

本館に着き、封筒の届け先を訊くと七階の総務部だと言うので、エレベーターの前に連れていくと、高峰が階数表示に目をやりながらまた話しかけてきた。

「そうだ。昨日、皆川理事が歌っていた歌、何ていう歌なんですか。すごい美声でしたね」

あの歌のことか。気分が重くなった私は、かたくなな声を出した。

「酔ってたので覚えてません」

高峰は不思議そうな顔をして黙った。

その時、扉が開いて、客人を連れた多岐司令がエレベーターの中から出てきた。私に気づいてわずかに眉をひそめている。

お疲れさまです、と高峰が快活に挨拶をした。

多岐司令は小さく頷き、銛《もり》で突くような視線を私に向けてから、そのまま客人とともに本館の出口へ歩いていった。

空っぽになったエレベーターに乗りこむと、高峰がまた話しかけてくる。

「多岐司令って〈しんかい二〇〇〇〉時代からいる人なんですよね。どんな人なんですか」

どんな人って、と私は言いよどむ。

多岐司令は〈しんかい六五〇〇〉運航チームのトップで、私の上司だ。

〈しんかい六五〇〇〉の前身である〈しんかい二〇〇〇〉が活躍していた時代からパイロッ

トを務めていて、日本の深海探査史を切り拓いてきたひとりでもある。そのせいか、総合指令室から命令をくだすしゃがれた声からは、いつも言いようのない気迫が発せられている。司令に就任してからは、それでも随分丸くなったのだ、と神尾さんは言うが、昔を知らない運航チームの若手メンバーにとっては、いまだに恐ろしい存在だ。

高峰はふうんと相槌《あいづち》をうった。

「昨日お話しした時には、それほど怖い人には見えませんでしたけどね」

その言葉が終わるか終わらないかという時、激しい揺れがエレベーターを襲った。

私も高峰もよろめいて壁にもたれた。揺れは一瞬だったが、エレベーターは停止し、電灯が消えた。ケーブルがギイギイいう音がする。

頭が真っ白になった。

多岐司令の話題に気をとられて気づかなかったが、ここはまるで耐圧殻と一緒じゃないか。狭くて暗くて息苦しくて。

「途中で停止するなんて変だな。呼び出しボタンを押しましょうか」

高峰に尋ねられたが、返事どころか息もできない。強い力がエレベーターを押しつぶしてしまうのではないかという恐怖が思考を侵す。私は胸を押さえてしゃがみこんだ。

高峰が、管理会社と通信する声が遠くから聞こえた。震度三程度の地震だったそうだが、老朽化したシステムに故障が起きたらしい。幸い、同じ棟にエンジニアが保守点検に来ているので、すぐに向かわせるという。

「大丈夫ですか」

高峰が膝をつき、私の耳元に呼びかける。箱がきしむ音がしたような気がして、私は思わず高峰の腕を摑んだ。

「すぐ動きますよ」

高峰は穏やかな声で言ったが、一分一秒がとてつもなく長く思えた。これ以上待てない。

「私の気をまぎらわせてください。お願い、何でもいいから」

そう懇願すると、高峰は一瞬眉をひそめたようだったが、すぐにワイシャツの胸ポケットに手を入れてライターを取りだした。レバーを押して火花を散らし、点火する。

そして何を思ったか、私の手を取って、指に火を近づけた。

「熱い！」

体が反射的に動き、高峰を突き飛ばして立ちあがった瞬間、電灯が点《つ》き、エレベーターが動きはじめた。

上の階に到着すると扉が開いて、守衛さんとエンジニアが立っていた。

大丈夫ですか、と言いつつ、壁に背中を打ちつけて顔をしかめている高峰と、仁王立ちしている私を見て、怪訝な顔をしている。私は、咄嗟《とっさ》に高峰を指さした。

「セクハラです」

守衛さんは目を丸くしたが、すぐに重々しい表情で頷いた。


ひどい、と高峰は吐き捨てるように言った。

あの後、高峰は守衛さんに別室に連れていかれた。広報課長もやってきて事情聴取が行われた。ことが大きくなりそうだったので、途中で私も入って、高峰のために弁明した。

私の勘違いです、すみません、と。

「守衛さんは全然信じてなかったけどね」

高峰は憮然として言った。若い女の子と密室に閉じこめられたらねえ、と去り際に言われたのがひっかかっているらしい。

反対に、広報課長は私を哀れむような目で見ていた。また騒ぎを起こしたのか、と思ったのだろう。ここだけの話にしておいてあげるから、と優しげに言っていた。

そうこうしているうちに定時が過ぎてしまい、ふたりとも今日は帰れ、と言われた。なんとなく一緒に正門まで来て、夕闇の中、並んでバスを待っている。

「じゃあ、なんて説明すればよかったんですか。エレベーターで火をつけたなんて言ったら

怒られますよ

「正直に言えばよかったんじゃないかな」

高峰は言葉遣いもぞんざいに言う。

「パニックを起こしてまた暴れそうだったんです、って」

また、という言葉に反応して、私はむきになった。

「だからって、指を焼くことないでしょう」

「あれは父がよく使った手なんだ」

高峰はうんざりしたように溜め息をつく。

「恐怖には恐怖で対抗しろって。小さい頃、注射をいやがった僕を、ライターの火でびっくりさせて気をそらしたんだ。その隙《すき》にお医者さんがささっと注射を……」

「そんなこと、よくお医者さんも許しましたね。変なお父さん」

言ってから、しまったと思った。先輩たちの噂話を思いだす。

――高峰って、あの、高峰秋一さんの息子なんだってな。

――先月亡くなったらしいよ。防波堤で足を滑らせて海に落ちたって。

おそるおそる顔を見あげる。街灯の陰になって表情を窺うことはできなかった。

バスが来た。乗客はほとんどいない。

高峰は一番後ろの長い座席に腰を下ろす。まったく別の席に座るのも気まずいと思い、隣に離れて座ることにした。

車内は薄明かりの世界だった。窓の外はもう暗い。自動車メーカーの工場の脇に高く積まれたコンテナの文字ももう読めなかった。

「すみませんでした」

私は素直に謝った。

「私、先月、訓練潜航の最中に閉所恐怖症になっちゃって」

知ってる、と高峰はそっけなく言った。

「昨日、天谷さんを家まで送る途中に目山さんに聞いたよ」

私は体をすくめた。

「小さい頃からずっと、〈しんかい六五〇〇〉のパイロットになるのが夢でした。この前の訓練潜航さえクリアすればコパイロット、つまり、副パイロットに昇格できるはずだったんです」

今でも閉所のすべてが駄目だというわけではない。あの時のことを思いださなければ、エレベーターにだって乗れる。

しかし、耐圧殻だけは駄目だ。ハッチの中を覗いただけで息ができなくなる。

「有人潜水調査船のパイロットが、耐圧殻に入れないなんて笑っちゃいますよね」

今は治療中ということで運航チームにかろうじて置いてもらっているが、また発作を起こしたと知れたら今度こそはずされてしまうかもしれない。

「それだけは絶対にいやなんです。だから、つい、あんな言い訳をしてしまったんだと思います。本当にすみませんでした」

謝ってしまうと胸が少し軽くなった。高峰の表情も少し緩んだように見える。

「それにしても昨日はびっくりしました。多岐司令に、深海に潜りたいなんて言うから」

「そんなにおかしいかな。ここは深海を調査する機関でしょう」

「それはそうですけど、深海は地球最後の秘境、極限環境ですから、潜れるのはほとんど研究者ですよ。一回の潜水に一千万円くらいかかりますしね」

膝に目を落とした高峰をちらりと見て、私は話し続ける。

「研修で聴いたかもしれませんが、支援母船の燃料費、保守点検費、船員の人件費、これだけで相当な額がかかります。船の建造費も固定費として上積みされますし。それだけの費用をかけて航海に出ても、海が荒れていれば潜れません。個人だったら、宇宙に行く方が安いんじゃないかな」

費用には税金が使われる。そのため、調査船を使用するには厳しい審査を受けなければならない。研究船利用公募に企画提案書《プロポーザル》を出し、審査部会のランク分けで上位に入らなければならないのだ。そのハードルの高さは並ではない。

「タレントとか、ジャーナリストが潜ることもありますけど、それは彼らの影響力が評価されたからであって」

高峰は眉をわずかにひそめた。これくらいのことはすでに調べて知っているのかもしれない。私は息を吸って話し続けた。

「テレビ局が船を使わせてくれってお金を積むこともありますけど、公的な利益と合致しなければ実現することはないんですよ」

バスが停留所に停まった。仕事帰りらしい人々が乗りこんできて座席を埋めた。高峰が私のすぐ隣までつめてくる。太陽の匂いがした。幼い頃、母を手伝って日向《ひなた》から取りこんだ父のワイシャツの匂い。しばらくして彼は口を開いた。

「ということは、公的な利益と合致すれば、例外はあり得るってことだよね」

私は思わず、えっ、と小さく叫んだ。昨日入所したばかりの職員が何を言うか。

「例外なんてない。あるわけないじゃないですか」

次は追浜駅というアナウンスが流れ、バスが揺れた。高峰は前の座席の背を掴み、進行方向をじっと見つめている。

「転職までしてここに来たんだ。必ず、抜け道を見つけてみせる」

この人、何を言っているのだろう。深海に潜りたいとか、〈しんかい六五〇〇〉に乗りたいとか、ロマンを語っているだけだと思っていたが、本気でそんなことを考えているのか。

うちは独立行政法人だ。国の省庁から切り離されているとはいえ、文部科学省の管理下にあり、行っているのは国家の事業。そんな組織で自分勝手なことができるわけがない。

「できるわけがない、か」

バスが停まった。乗客が次々に降りていく。

「天谷さんがもう一度〈しんかい六五〇〇〉に乗るのと、どっちが難しいのかな」

私に鋭い一瞥を投げかけて、高峰はバスを降りていった。


それからどうやって家まで帰ったのか覚えていない。

頭が真っ白のまま電車に乗り、ぼんやりしながらスーパーで買い物をし、マンションにたどりつくと、部屋の鍵が開いているのに気づいた。

新しい同居人の存在を思いだす。

陽生はダイニングでテーブルに肘をつき、テレビ画面をぼんやりと眺めていた。番組の内容に興味があるわけではないらしい。

「お腹空《す》いちゃったよ」

コロッケの包みをテーブルに置くと、陽生は待ちくたびれた顔で言った。

「すぐつくるって。タイマーでご飯炊いてあるし、コロッケもあるし、キャベツもほら」

買ってきたカットキャベツを見せると、陽生は片方の眉を吊りあげた。

「それって、つくるって言えるの。せめて揚げる前のコロッケを買ってくればいいのに」

「油がもったいないじゃん」

「だったらせめて駅のお惣菜屋さんで買ってほしかった。よりによってなんでスーパーのコロッケなの」

口の減らない奴。スーパーのコロッケの何がいけないのだ。真理子さんは相当甘やかして育てたと見える。

コロッケを温め、キャベツを盛りつけ、即席のだしで作った味噌汁とご飯をよそうと、陽生は黙って椅子に座って食べはじめた。お腹が空いていたというのは本当らしい。

「働いているとさ、家に帰るまでにお腹が空いちゃって、すぐに食べられるもの買ってきちゃうんだよね」

言い訳をするようにつぶやくと、陽生はコロッケを箸で器用に割りながら私の顔を見た。

「だったら、僕がつくるよ」

「いやいや。十歳の子供に食事つくらせるほど、私も落ちぶれてないから」

「僕がつくった方が絶対美味《おい》しいと思うけどなー」

食欲が湧かなかったので、残したコロッケを陽生にやり、箸を置いた。

「ごちそうさま。さあ、お風呂入っておいで」

「わいてないよ」

「わかして、それから入れってことよ」

ご飯はつくらせないくせに風呂はわかせかよ、と文句を言いながら、陽生は浴室へ向かった。脱いだ制服はきちんとハンガーにかけてあるし、食べ終わった食器は流しに運んでいる。躾《しつけ》はきちんとされているらしい。

私は食器を洗い、久しぶりにお茶でも淹《い》れようと鍋を火にかけた。

対流するお湯を眺めていると、横須賀本部の前の海が頭に浮かんだ。

――天谷さんがもう一度〈しんかい六五〇〇〉に乗るのと、どっちが難しいのかな。

手痛いしっぺ返しだったな。

高峰は見抜いたんだろう。私が彼の夢を否定するのは、それが自分の夢と重なるからだということに。〈しんかい六五〇〇〉に乗りたい。今にもつぶれそうなその夢を、他の誰にも語られたくない。

語られるたびに思いだしてしまう。ここから出してと暴れた自分。惨めな自分を。

「お湯、沸騰してるよ」

後ろから手が伸びてきて、陽生がコンロの火を消した。

「ありがとう。急須、どこにしまったかな」

しゃがみこんで収納扉を開けた。目に涙がにじんでいることに気づいて、陽生に見られないようにシャツの袖でぬぐう。

「あったあった。清水港に停泊した時、お土産《みやげ》に買ってきたやつ」

「ミユキは、僕がここへ来てからずっと不機嫌だね」

ぽつりとつぶやく声がして、しゃがんだまま見あげると、陽生がうつろな目をしていた。しまった、と思う。彼が問題を抱えていることをすっかり忘れていた。私は、わざと明るい声を出した。

「そりゃ不機嫌にもなるよ。昨日は酔って暴れちゃうし、今日は会社でからかわれるし、明日はたぶん、多岐司令っていう、こわーい人に怒られるに決まってるしね」

陽生は私の顔を探るように見つめている。

「ところで、日本茶の淹れ方、知ってる？」

私が尋ねると、陽生はこくんと頷き、私の手から茶碗を受け取って、湯を入れて温めはじめた。しばらくして茶葉を入れた急須に湯を戻して蒸らしている。

手早く、注意深く作業を進めていくその横顔を見て、心がうずいた。陽生は父によく似ている。顔だけでなく仕草のすべてが。私は父に似ていると言われない。

陽生がお茶を注いでくれた。私は湯気がたつ茶碗を両手で持ち、口をつけた。ほのかな甘みとともに、目の覚めるような苦みがひろがった。

「へえ、淹れるのうまいね、帰国子女のくせに」

陽生は、それ差別だよ、と照れたような怒ったような顔で言った。

翌日、多岐司令から、午後一番に整備場に来いと言われた。

昼休みが終わる前に着くと、誰もいなかった。

整備場の奥には、午後から点検整備を行う予定の〈しんかい六五〇〇〉が、外皮をはがされて横たわっていた。耐圧殻がむきだしになっている。整備で毎日のように見ていたはずなのに、こんなにも小さい球体だったのかと改めて思う。平気で入っていたのが不思議だ。

逃げるように整備場の入り口に戻った私は、整備台の上に設置された〈しんかい二〇〇〇〉の実機を見あげた。二〇〇二年に退役してからというもの、横長のボディを見学者に披露するだけの毎日を送っているその姿が、なんとなく今の自分と重なる。

「こいつはまだまだ潜れる」

しゃがれた声に気づいて振り向くと、いつの間にか多岐司令がいた。年季が入った作業着を着てヘルメットをかぶっている。

「今はちょっと休んでるだけだ」

私の心を見透かすように言う。

「わかってます。壊れて海の底に沈んだわけじゃない。私とは違います」

顔を見たら、すぐにでも反省の言葉を口にしようと思っていたのに、つい憎まれ口を叩いてしまった。多岐司令はそれには構わず、外の岸壁に向かって手を振った。

「おお、こっちだ」

はるか向こうに高峰の姿が見えた。岸壁を歩きながら手を振り返している。

なぜ彼を呼ぶのだろうと不思議に思っていると、多岐司令が言った。

「しばらく、あいつと組んで仕事をしろ」

どういうことか理解するのに少し時間がかかった。チームをはずれろ、と言われていることに気づいた瞬間、頭が真っ白になった。

「お前の病気、そんな簡単に治らないだろう」

多岐司令は日焼けした顔をこちらに向けて言う。細い目の奥で何を考えているのか、読み取ることはできない。

「俺の経験上、お前みたいに真面目な奴というのはどこか危ない。いつか問題を起こすだろうと思ってたよ」

「危ないって、どういうことですか。精神的に弱いとか……そういうことですか」

多岐司令は私の質問には答えずに、耳の後ろをかいた。

「なあ、天谷。なにも有人にこだわる必要はないんじゃないか。無人探査機は今後伸びていく分野だ。お前、音響技術に興味があるって言ってたし、あっちの方が向いてるかもしれないぞ」

無人探査機のチームに異動しろと言われているのだろうか。確かに、遠隔操作できる無人探査機なら閉所恐怖症は関係ない。

でも、それでは、ここにいる理由がなくなってしまう。有人潜水調査船のパイロットになるためにここに来たのだ。有人でなければ意味がない。

私が黙っていると、多岐司令は両手をポケットに入れて言った。

「お前の気持ちはよくわかる。有人には無人にはない特別な力があるからな。しかし適性がない奴を乗せるわけにはいかないんだよ」

最後通牒《つうちょう》ともとれるその言葉に、私は何も言えなかった。

「とにかく現場を離れろ。その間にゆっくり考えるさ」

「遅くなってすみません。ここ、敷地内なのにけっこう遠いですね」

到着した高峰が場違いに明るい声を出す。

惨めに歪んだ顔を見られたくなくて、私はそっと顔をそむけた。

「やあ、高峰ジュニア、わざわざすまなかったな」

「いえ、いいんです。一度来てみたかったし」

高峰は、高い天井や資材を吊りあげるためのクレーンを興味深げに眺めている。

多岐司令はその横顔を眺めていたが、ヘルメットを脱いで手の中で撫《な》でると、言葉を慎重に選びながら言った。

「おとといは言いそびれてしまったが、お父さんのこと、残念だったな」

高峰は微笑して小さく頭をさげた。

多岐司令は私の方を向くと説明するように言った。

「高峰の親父さんは、深海生物学者でな、〈しんかい六五〇〇〉にも乗ったことがあるんだよ。就航してまだ数年の頃だったな。その時のパイロットは俺だったんだ」

あれから十八年もたつか、と独り言のように言っている。

「深海に潜って確認したいっていうのは、あれか、〈白い糸〉のことか」

「はい」

高峰が真剣な顔で頷く。多岐司令は困った顔をして地面に目を落とした。

「変な期待を持たせたくないから言うが、まず無理だぞ」

「天谷さんにも、昨日、そう言われました」

「そうかね」

多岐司令は私をちらりと見てから、しゃがれた声で言った。

「……天谷はね、〈しんかい六五〇〇〉のパイロットになりたい、それだけを思って、ここに就職したんだ。潜水船のパイロットっていうのは船を操縦できるだけじゃない、船を解体《ばら》してもう一度組み立てるくらいの整備の腕がなければ駄目なんだ。こいつは女だから重い物は持てないし握力も弱い。整備士として一人前になるまでは、血のにじむような思いだったろうよ。それでも深海に潜れずにいる。研究者だって同じことだ。一回潜るために何年も待つ人だっている。一生潜れない人もいるだろう。国の金を遣って潜るにはそれなりの資質が必要なんだ。わかるな」

高峰は返事をしない。自分だったら叱られているところだが、多岐司令は何も言わなかった。

「まあ、その話はおいておくとして」

多岐司令は、上司の顔になって高峰を見た。

「天谷をしばらくの間、広報課で預かってもらうよう新田《にった》さんと話をつけてきた」

新田さんは広報課長だ。性格が温厚で考え方も柔軟、新しいことにも挑戦させてくれるい い上司だと、眞美が言っていた。しかし昨日のエレベーターの一件を思い出した私はたちま ち憂鬱な気持ちになった。

「高峰の補佐にすると言っていたよ。ひとつ、よろしく頼むな」

高峰が意外そうな顔をした。多岐司令は、今度は私に向かって言う。

「そういうことだ。広報課でも気を抜くんじゃないぞ。〈しんかい一二〇〇〇〉の建造予算 でも獲《と》るくらいの気合いでやれ」

しばらくの間、か。

多岐司令の背中を見送りながら、私は体の力を抜いた。完全にはずされたのではないらし い。かといって事態が好転したわけでもない。

「あれが〈しんかい六五〇〇〉か」

遠くから高峰の声がした。多岐司令がいなくなった途端、勝手に整備場の見学をはじめた ようだ。

明日からこの人と働く。考えただけで私の気持ちはさらに深く沈みこんだ。

深度二〇〇メートル

翌日から、私は広報課預かりの身分となった。

高峰と一緒に仕事だなんてよかったじゃないか、と何も知らない運航チームの先輩たちは笑顔で送りだしてくれた。

宴会で一度会ったきりの高峰が、チームメンバーの顔と名前をすべて覚えていて、敷地内ですれ違うたびに快活にあいさつしてくるのが、体育会系の彼らにはよほど好印象だったらしい。つい数日前は、高峰の父親をネタに噂話に興じていたくせに、見事なてのひらの返しようだ。

「あいつ、ちょっと変だけど、あれでけっこう真面目だと思うよ」

神尾さんまでがそう言って高峰を褒める。

「お前はクソ真面目に見えて、実はそんなにちゃんとしてないからな」

冷水を浴びせられたような気がした。多岐司令も気になることを言っていた。私がいつか問題を起こすだろうと思っていた、と。

次の調査潜航に向けて忙しい先輩たちの邪魔にならないように、静かに運航チームの事務所を出た。

荷物を入れた段ボールを持って広報課のオフィスに入ると、こちらもばたばたと忙しそうだ。来たことは何度もあるが、中に入ってみると別世界だった。

私は高峰の隣のデスクを与えられた。長い間空席だったらしく、過去のイベントの配布物が山のように積みあがっている。なんとか片付けてデスクを拭《ふ》いていると、高峰が話しかけてきた。

「手始めに、横浜研究所での定例イベントを担当するように言われたんだけど」

地球情報館の開館日ですね、と私は答えた。

横浜研究所は、海洋研究開発機構が所有する六拠点のうちのひとつだ。

地球情報館はその中にある見学者用の展示施設で、月に一度、第三土曜日に子供向けのイベントや大人向けの公開セミナーを催すことになっている。

高峰が任されたのはこの、開館日と呼ばれる一日の企画と運営だった。

「もうそんなことやらされるんですか」

「見学に行ったことあるって言ったら、じゃあできるんじゃないかって話になって。今年度はかなり忙しいみたいで、人手不足なんだって。正田さんも手が空かないらしいし」

「でも入ってまだ四日目なのに」

「天谷さんは何度も参加してるから、細かいことは訊けって、正田さんが」

「頼まれて子供たちの前でパイロットの仕事について話したくらいですよ。運営側にまわったことなんてないし」

「まあ、なんとかなるよ」

高峰は軽い調子で言った。

「二週間あるし、マニュアルもあるみたいだから。当日は他の人も出てくれるそうだし、細かいことは僕が準備する。天谷さんは企画だけ一緒に考えてください」

随分楽観的なんだな、と思う。

開館日は派手なイベントではない。やることもだいたい決まっている。しかし子供が多いだけにウケなかった時の寂しさといったらない。大人向けの公開セミナーの方だって準備には時間がかかる。忙しい研究者には協力を断られることが多く、講演者を探すのも一苦労だ、と眞美がこぼすのを聞いたこともある。

「へー、そうやって座ってると、ちゃんとしたキャリアウーマンに見えるね」

華やかな声がして、書類を抱えた眞美がこちらに歩いてきた。シャツの襟《えり》をたてて大きな石を連ねたネックレスをしている。

「スーツ姿が初々しいなあ。新人の女の子みたい」

からかうような言い方につられたのか、高峰が小さく笑う。ムッとしている私にはかまわず、眞美は高峰ににっこりと笑いかけた。

「高峰さんにいい知らせ。公開セミナーの講演者に、目山プログラムディレクターを確保しました。もう仲良くなったみたいだし、やりやすくていいでしょ」

なぜ仲がいいのか尋ねようとして、すんでのところで思いとどまった。彼らは酔った私を家まで一緒に送り届けているのだ。

あれから目山さんには会っていない。眞美には謝っておけと言われたが、あの日のことを蒸し返されるに決まっているし、そうでなくても顔を合わせれば絡まれるので、できるだけ会わないようにしている。

しかし講演をやってもらう以上、避けてばかりはいられなくなる。

「高峰さん、よかったですね。目山さんは講演もうまいし、周知《アウトリーチ》への理解もあります。これで公開セミナーはなんとかなったも同然ですよ」

私が暗い声で言うと、眞美が大きく頷いた。

「折角だから、子供向けの水圧実験は深雪がやってみたら。日々水圧と戦ってたわけだし、リアリティのある話ができるでしょ。おはなし会は高峰さんがやるといいと思う。テーマは深海生物の紹介。勉強にもなるし」

わからないことがあったら何でも訊いてね、と言って眞美は足早に立ち去った。

「企画、全部決まっちゃいましたね」

私がつぶやくと、高峰が圧倒されたように頷き、すぐに気を取り直したように言う。

「とりあえず、僕がタイムテーブルをつくるから、天谷さんは実験教室の練習でもしておいてください」

手元の資料から、〈実験教室の進め方〉という一枚を抜いて私に手渡す。資料の右上に正田眞美という作成者名を認めて、どこまでも周到な仕事ぶりに私は溜め息をついた。高峰は自分のPCに向き直ると、エクセルを開き、手慣れた調子でキーボードを叩きはじめる。

高峰は、私が思っていたよりもずっと優秀だったらしい。

「目を通して、おかしいところがあったら教えてください」

翌日の午後にメールで送られてきたファイルを開くと、そこには、日本中の水族館や海洋関係の博物館で行われたイベントが、過去三年分、まとめられていた。うちでやったイベントも一枚の表になっている。

「開館日の企画はもう決まりましたよね。ここまでやる必要あるんでしょうか」

「必要はないかもしれないけど、個人的にどんな前例があるのか知っておきたかったんだ。変なところがあったら教えてくれる？」

そうは言われたものの、私もこうやって俯瞰《ふかん》して見るのは初めてで、抜けや漏れがあるかどうかもわからなかった。それは他の職員も同じだったようで、彼の資料は「活動計画の参考になる」と喜ばれた。広報課全体で共有されることになったらしい。

その翌日にはタイムテーブルができた。

前任者の作ったテンプレートに過去の反省を反映してつくり直したのだという。

入ったばかりの新人が改善点を指摘したりして、反感を持たれないだろうかと私は思ったが、高峰はそのあたりのバランス感覚にも優れているらしい。先輩たちに意見を請《こ》い、素直に聞きいれる姿に、好感を覚えこそすれ、反感を持つ人などいないようだった。

「いちいちお伺いをたてなくていいから、思う通りやりなさい」

新田課長などは途中から全権を委任してしまっている。即戦力で、完璧《かんぺき》主義で、謙虚だというイメージを、あっという間に周囲に植えつけてしまったようだ。

「溶けこむのが早いんですね」

会議が終わった後、片づけをしながら言うと、高峰は、

「転職したのは二度目だから」

と謙遜するでもなく言った。最初に勤めたのがテーマパークの運営会社、その次が老舗の遊園地だったそうだ。

「前の職場は古い体質でね。ヒーローショーを新しくしようって企画を出した時だって、前にもやって失敗したとか、社長が承認するはずないとか、さんざん叩かれたんだよ。社内用語を知らないだけで馬鹿にされたりもした。空飛ぶ絨毯《じゅうたん》をSJって呼ぶなんて同じ業界でも聞いたことがないし、隠語にする意味すらないのにね。仕事を複雑化して自分たちの立場を守ろうとしていたんだろうけど」

穏やかな顔で辛辣《しんらつ》なことを言う。

「だから、今度の転職先では、入ったばかりで何も知らないとか、これだから中途採用はとか言われたくなかったんだ」

大学を卒業してひとつの職場にしか勤めたことのない私にはピンとこない感覚だ。彼の目には、今の職場も同じように見えているのだろうか。

「でもここは全然違う」

高峰は私の考えを見透かしたように言った。

「国の機関だから、さぞかしガードが堅いだろうと思っていたけど、すごくひらけた感じがするよ。海外からのお客さんも多いし、海が近いせいかな、外部から入ってくるものにすごく寛容だよね」

「海のせいかどうかはわかりませんけど、少なくとも研究者は常に新しい知識や刺激を求める人たちですからね。でも、うちもけっこう面倒ですよ」

どんなことにも手続きが必要。何でも縦割り。いちいち文科省にお伺いをたてなければならない。研究機関といっても、行政の末端であることには変わりがない。公務員意識の強い職員も少なくないし、民間企業とは別の息苦しさがあるのではないかと思う。

「それで、前の職場では結局、企画を通すの、あきらめたんですか」

「いや、社長室に直接持っていった。この企画を通さないなら辞めさせてくれって一時間くらい粘ってたら、そこまで言うなら好きにやりなさいって」

そうやって実現させたのが、新機軸のヒーローショーだったわけか。

周囲の人間の心理を冷静に分析したり空気を読んで立ち回ったりする能力が高いんだな、と私は思った。それなのに、深海に潜りたいなどと実現不可能なことを言ったりするのはなぜだろう。どこか突拍子のなさを感じさせる。

おはなし会のシナリオがあらかたできてしまうと、高峰は、深海生物の映像を用意してくれと依頼してきた。

「いいですよ。何がいいですか」

私は、PCに向かい、〈BISMaL〉を開いた。日本近海の生物データベースだ。有人潜水調査船や無人探査機で撮影した写真や映像を検索できるようになっているだけでなく、全世界の海洋生物十二万種の情報を蓄積した〈OBIS〉とも連携している。

「〈OBIS〉のもとになっているのは、研究者二千七百人が参加して行われた〈海洋生物の人口調査《センサス》〉なんです」

データベースが開くのを待つ間、私は高峰にそう説明した。

日本が中心となって行われたこの国際プロジェクトによって、人類は有史以来初めて、海洋生物の棲息《せいそく》地や個体数を把握できるようになった。全海洋のわずか一割にも満たない日本近海が、生物のホットスポットであることがわかったのも、そのおかげだ。

「その話は僕も知ってる。日本列島はあらゆるタイプの海に囲まれている。そういう希有《けう》な環境が世界有数の生物多様性をもたらしたんだって、ここの広報誌で読んだよ」

「他の国が日本ほど熱心に近海を調べてないだけっていう可能性もありますけどね」

「できれば今回は、ただ面白い生物を見せるだけじゃなくて、環境と生態系の関係も説明しようと思って」

高峰は自分でつくったシナリオをデスクに広げた。

「子供には難しくないですか」

「わかりやすくやるから大丈夫」

高峰は自信ありげに頷いた。

「えーと、じゃあ、光合成依存型生態系の生物からお願いしていいかな」

「はい」

光合成依存型生態系とは、植物プランクトンを栄養源とする生物と、それを食べる生物が住む環境のことだ。深海生物にももちろんこの生態系に属するものがたくさんいる。ただし光がほとんど届かないので、浅海から降ってくる生物の死骸を口を開けて待っているか、お互いを食いあって生活するしかない。

「映像がないものは、後でどこかから静止画像を引っ張っておきますね」

私は指示された生物を次々に検索していく。

口だけが巨大化し他の部分はミイラのように細く縮まっているフクロウナギ。全身をイバラのような毛に貫かれ苦悶《くもん》しているような顔のヒレナガチョウチンアンコウ。目もなく骨もなく内臓のきれはしのような体に粘液をまとったヌタウナギ。

「漂泳《ひょうえい》生物に頼りすぎるかな。すまないけど底棲《ていせい》生物もお願いします」

高峰が後ろから指示した。

漂泳生物は海底から離れて泳ぎ回るもの、底棲生物は留《とど》まって生活するもののことだ。

やけに詳しいですねと言うと、高峰は苦笑いした。

「一夜漬けだよ。入所するまで深海生物に興味なかったから。二〇〇メートル以深からが深海だっていう定義も知らなかったくらいだし」

広報課のキャリア採用なのだから、入所する前から深海生物に詳しい必要はない。しかし、深海生物学者の父を持ち、深海に潜りたくてここへ来たとまで言っていたのに、興味がなかったとはどういうことだろう。

そんな余計なことを考えながら、底棲生物の映像を探した。

成猫ほどの大きさのあるオオグソクムシ。暗い海の底をずるずると這い回り、無数の足をわさわさと動かして死んだ魚に喰いつく映像を切り取る。センジュナマコが、透明な体から生やしたモヤシのような突起をもたもたと動かして歩き回る映像も。

「次は、化学合成生態系ですね」

振り返って尋ねると、高峰は頷いた。

化学合成生態系とは、深海底から湧出《ゆうしゅつ》する熱水や冷水のまわりに集まる生物と、彼らを養っている環境のことだ。彼らは太陽の光を必要としない。地球内部から吐きだされた化学物質で化学合成を行う微生物が、ここにいる生物たちの栄養源になる。

熱水噴出孔に密集する白いユノハナガニ。目のないエビ。硫化鉄で鱗《うろこ》を鎧《よろい》のようにかためたスケーリーフット。細い棲管《せいかん》から真っ赤なエラをちらちらと覗かせるチューブワーム。

三百度を超える熱水に蠢《うごめ》く彼らの姿は陽炎《かげろう》のように揺らめき、この世のものとは思えない。

この光景を美しいと思うかおぞましいと思うかは、見る人の感性によると思う。

「鯨骨《げいこつ》生物群集もおさえておきましょうか」

私は高峰の返事を待たずに、映像をデスクトップに保存していく。

巨大な鯨の背骨にコシオリエビや二枚貝が必死にしがみついている。腐敗した骨から出る硫化水素やメタンを目当てに集まっているのだ。死後百年もたつというこの骨は、ブロック状に分解されてしまっているが、これからも長い時間彼らを養い続ける。

「鯨の骨がここまで有効活用されているとは、知らなかったなあ」

高峰が後ろからモニターを覗きこんだ。

「深海はいつも食糧難ですからね。調査では生物をおびきよせるために餌を持っていくことがありますけど、どうやって嗅《か》ぎつけるのか、カニやソコダラがものすごい速度でやってきて先を争うように喰らいつくんですよ」

深海生物は、かつて浅海での競争に敗れ、暗い海の底へ追われたものたちだとも言われている。光の届かぬ深海底のこと、彼らは、自分がどんな姿に変わり果ててしまったのかも知らないだろう。

「こんな姿に生まれて一生餓《う》えに苦しんで、いったい何のために生まれてきたんだろうって。そういう感想を言う見学者もいます」

そう言いながら、私は保存した映像をひとつひとつ開いて確認する。

何のために生まれてきたのだろう。自分で言った言葉がふと、釣り針のように胸に刺さった。

「暗いねえ」

後ろから声がして、目山さんが私の肩を叩いた。

「深雪ちゃんは今、人生のどん底にいるからね。ものの見方も歪んでる。話半分に聞いておいた方がいいよ」

「目山さん、何しに来たんですか」

「深雪ちゃんが左遷されたっていうから、見物しに来たんだよ」

オフィスの隅から新田課長が、左遷とはなんだ左遷とは、と苦笑いしながら抗議した。

目山さんは、海洋・極限環境生物圏領域のプログラムディレクターである。三十五歳という若さで研究者の管理職に就いているのだから、優秀なのだと思う。発表した論文の数も多いと聞く。

しかし、青いポロシャツの襟をたてて、所内をうろうろと歩き回っている姿を見ると、休日の代官山に買い物に来た会社員くらいにしか見えない。そんな適当な格好でも顔の彫りが深いからお洒落に見えますね、と言ったことがあるが、服に金がかかってるのがわからないのか、そんなことだから嫁に行けないんだ、とさんざんやられた。

「広報の仕事ったってどうせあれだろ、これが初の女性パイロット候補ですって、あちこちでさらし者にされるんだろ。お前、ほんと女でよかったな。役にたたなくなっても飾ってもらえてさ」

侮辱的発言だ。コンプライアンス委員会に訴えますよ、と言ったら頭をはたかれた。

「暴力はやめてくださいって、いつも言ってるじゃないですか」

「どの口が言うんだよ。見ろよこの傷」

目山さんは自分の腕を突きだす。

「酔ったお前に嚙《か》みつかれたんだぞ。ダルマザメかお前は。慰謝料を金で払うのと体で払うのとどっちがいいか言え」

答えるのも馬鹿馬鹿しい。研究者の世界では実力がものを言うらしいが、こんな口の悪さでよく勝ち抜いてきたものだと思う。

「おや、高峰くんは深海生物のお勉強ですか。真面目だね」

私をいたぶるのに飽きたのか、目山さんは、直々に教えてあげようと言って、高峰の方を向いた。

「深海生物がこんな奇形をしているのはね、極限環境に適応するためなんだよ」

「適応、ですか」

「大事な部位は最大に、要《い》らないものは切り捨てて、徹底的に効率化をはかってるんだ」

この話になると目山さんは長い。目山さんにPCのマウスを奪われた私は椅子の背にもたれて溜め息をついた。

「例えば、このナガヅエエソ。泳ぐ機能を放棄して三脚状の鰓《えら》で体を海底に固定している。有機物をうまくキャッチできるように工夫しているんだ。我々から見たら滑稽《こっけい》な姿かもしれないが、次にいつ食糧が得られるかわからない深海では必然の進化だと思わないか。あ、こっちも見て」

目山さんはオニアンコウの画像を指さした。雌の透明な表皮から黄色い内臓が透けて見える。その脇腹にできそこないのような小さい雄が突き刺さっていた。

「深海では同種が出会うことも難しい。だから雄は雌に寄生して、血管も内臓も共有してしまうんだ。人間で言うと、女の腰に男の人面瘡《じんめんそう》がくっついている感じかな」

気持ち悪いたとえをする。ものの見方が歪んでいるのはそっちの方だ。

「高峰くんみたいなイケメンは女に不自由しないだろうが、俺なんかは、深雪ちゃんの白い足の付け根あたりにくっつけたらいいなと、心から思うね」

目山さんはふふふと笑う。近くの席の派遣職員の女性が、わあ気持ち悪いとつぶやいた。

「彼らは地上の何百倍もの水圧に耐えている。それなのに動く速さは浅海の生物と変わらない。この仕組みを工業技術に活用すれば、色んなことが可能になるかもしれないな」

「なるほど。目山さんにお話を伺うと、ものすごくイメージが湧いてきますね」

「深海に行きたくなっただろ」

高峰は返事の代わりに微笑する。

「しかし今のままじゃ行けないぜ。〈白い糸〉を探すのも無理だ。この世界はそんなに甘いもんじゃないからな」

〈白い糸〉。確か多岐司令も同じ言葉を口にしていた。

「同情や熱意だけでは人も船も動かない。お前の親父はそれがわからなかったから、あんな死に方をすることになったんだ」

私は思わず横目で高峰を見た。

「ご忠告、胸にとめておきます」

高峰は穏やかな声で答えている。あんな死に方などと言われて腹がたたないのかと思った私は、高峰の瞳に薄暗い光を見つけた。それは、怒りとも悲しみとも違う、じわじわと染みいるような光だった。

「高峰さん、業者さん来たよ」

眞美が手を挙げてこちらへ呼びかけてきた。

「目山さん、ちょっと待っててください、公開セミナーの打ち合わせをしたいので」

高峰はそう言うと、いそいでオフィスの入り口へ向かった。代わりに眞美がこちらへ歩いてくる。

「目山さん、うちの優秀な新人をいじめないでくださいよ」

「いじめてないよ。でもあいつ、怒ったら怖そうだな」

目山さんは、高峰の背中を眺めて言う。

「〈白い糸〉って何ですか」

私が尋ねると、ふたりは顔を見合わせた。

「十八年前、日本海溝の海底で目撃された未確認深海生物のことよ」

眞美が答える。それから一度も見つかっていないのだそうだ。写真も残っていない。

「見たのは高峰さんのお父さん、高峰秋一さんなの」

——あれから十八年もたつか。

整備場で、高峰を前にした多岐司令がつぶやいていたのを思いだす。こうも言っていた。高峰の父は〈しんかい六五〇〇〉に乗ったことがある。その時のパイロットは多岐司令だったのだと。

目山さんが腕を組んで目を伏せた。

「高峰博士はその生物を追うために大学も辞めたらしい。最後は海で事故死だそうだ。あいつはその敵《かたき》をとりに来たんだろうな」

「かたき？」

「当時は誰も相手にしなかったらしいからね」

目山さんがくぐもった声で言った。

「それは今も同じだけどね。当時を知っている年寄りたちにしてみれば、色々と感慨深い存在なんだろうが。そんなことより、眞美ちゃん、今日飲みに行かない？」

声のトーンを引き上げて、目山さんは眞美を見た。

「講師を引き受けてやったんだから少しくらいつきあってくれてもいいだろ」

「無理。今日残業あるから。深雪、あんた代わりに行きなさいよ。借りもあるんだし」

急に言われて言葉に詰まっていると、目山さんがきっぱりと首を振った。

「いや、俺は金輪際こいつと酒を飲まないと決めたんだ。もうこりごりだよ、なあ高峰」

戻ってきた高峰が苦笑しながら頷いた。

「お待たせしました。目山さん、打ち合わせお願いします」

企画書を掲げている。その瞳に薄暗い光はもうなかった。いつの間にか消えてなくなってしまったようだった。


数日後、家に帰った私に、陽生が一枚の紙を差しだした。

「これ、行きたい」

他でもない、地球情報館の開館日のお知らせだ。どこで知ったのかと尋ねると、

「海洋研究開発機構のサイトで見た」

と陽生は答えた。そうだった。私がいない時だったらPCを使っていい、と言ってあったのだ。

うちに来てからというもの、陽生はテレビばかり見ている。平日はきちんと学校に行っているようだが、休日はずっと家にいる。

このまま引きこもりになられたら困るから開館日にでも誘ってみようかと一度は思ったのだが、機構には父のことを知っている人が多い。好奇の目にさらされるかと思うと憂鬱にな

り、誘うどころか、イベントの存在すら知られないようにしていたのだ。

「いいよ、来なくて。だいたい深海になんて興味あるの？」

「あるに決まってるだろ。僕のパパは海洋探査技術の専門家なんだから」

アメリカにいた頃はよく職場を見学したんだ、と陽生は誇らしげに言う。

「当日は私も仕事してるし、身内が来てるって知られたくないんだけどなあ……。ほら、一応〈しんかい六五〇〇〉のパイロット候補だから」

さりげなく優位性を織りこみながら言ってやった。言いながら、いつまで候補でいられるのだろうかと少し暗い気持ちにもなる。

「ミユキになんか興味ないよ。僕はパパの昔の職場を見たいだけなんだから」

「あっそう。じゃあ好きにすれば。横浜研究所はすぐ近くだし、ひとりで行けるでしょ」

私は和室に入って襖をぴしゃりと閉め、部屋着に着替えはじめた。

「夕飯、どうするの」

怒ったような声が聞こえてきた。

「私いらない。冷蔵庫にあるもの勝手に食べて」

着替え終わった私は、敷きっぱなしの布団に寝転んで技術書を広げた。しばらくして、珍しく陽生が何も言い返してこなかったことに気がついた。

大人げなかったかな。十歳の子供と言い争いをするなんて。

襖をそっと開けて覗くと、つけっぱなしのテレビの前で、陽生がサラダにドレッシングをかけて、煮物とご飯を食べているのが見えた。自分でつくったのか味噌汁まである。

途端にお腹が空いてきた。でも、今さら出ていくわけにいかない。私は静かに襖を閉めた。


地球情報館の開館日は朝から晴天だった。

四月の下旬で気候もよく、横浜研究所には、いつもより多くの見学者が訪れた。大半が親子連れだ。

私は、ロビーに机と実験器具を用意して待機した。開始時刻が近づくと、親子が何組かと、大人数人が私のまわりを囲みはじめた。

「皆さん、こんにちは。実験教室を担当します天谷です。普段は、有人潜水調査船〈しんかい六五〇〇〉のパイロットをめざして、船の整備をやっています」

この人、テレビで見たことある、と子供のひとりが大声で言う。

「深海ではものすごい水圧がかかります。人間は、潜水調査船に乗らないと潜ることはできません。どのくらいの水圧がかかるのか、今から実際にお見せしたいと思います」

水深一〇〇〇メートルの水圧を再現できるアクリル圧力試験機に、カップ麺の容器を入れて、ポンプで水を送りこんでいく。みるみるうちに縮んでいく容器を、子供たちは口を開けて見つめている。

「発泡スチロールの中には空気が入っています。空気が水圧で押されて小さくなったので、容器も縮んでしまうんですね」

五分の一の大きさになった容器を取りだして渡すと、子供たちは興味深げに手の中で弄《もてあそ》んでいる。

「大水圧の中で、つぶれないで生きるために、深海生物は色んな工夫をしています。硬い殻をかぶったり、体の中に油を溜めて外側と内側の水圧を同じにしたり」

「人間がこの水圧下に行ったらどうなるんですか」

若い父親が手を挙げた。

「まず細胞の機能が破壊されます。神経伝達が狂い、タンパク質が変形、つまり体の形が維持できなくなって異常をきたし、死んでしまいます」

前にいた子供がぶるっと体を震わせた。

実験教室が終わって片づけをしていると、眞美が手伝いにやってきた。

「深雪の説明、難しすぎ、リアルすぎ。子供が完全にひいてたよ」

後ろで見ていたらしい。技術書に書いてあることをそのまま言うなんて、という苦言もいただく。

「難しい話を嚙み砕いて伝えるのが、広報の仕事なんだからね」

「気をつけます」

私がしゅんとしながら机を拭いていると、

「あの、どうも」

後ろから声をかけられた。振り向くとカーキ色のジャケットを着た中年男性が立っていた。

「今の実験、大変面白かったです。ああやって実際に見るとよくわかります」

ありがとうございます、と私は照れながら頭をさげた。

男性は、ロビーではしゃぎ回る子供たちに視線を向けた。

「今の子供たちはこういうことを知らないんでしょうなあ。理科教育がおろそかになっては、日本は終わりですよ。あんたがたは税金で雇われてるんだから、こういう実験をもっと積極的に見せていかないと」

「そうですね、おっしゃる通りです」

眞美がにっこり笑って応対する。

「この実験、色んなイベントでやってるんです。ただ、今のお子さんは塾とか受験で忙しくって、なかなか足を運んでもらえないのがつらいところです。でも頑張ります」

よどみのない返答に丸めこまれたのか、男性は満足そうに立ち去った。

片づけを続けながら、一瞬で笑顔を消し去った眞美が私に囁いた。

「我がままな子供も厄介だけど、義憤親父にも注意よ。こっちが若い女だと思って、延々説教されちゃうこともあるんだから」

うちの父親も同じタイプでさ、と眞美は使い終わった容器を重ねながら溜め息をついた。

「娘の仕事をろくに知ろうとしないくせに、二言目には税金泥棒って言ってくるから、実家に帰るといつも喧嘩よ。あー、思いだすだけで腹がたってきちゃった」

父親と喧嘩をするってどんなものだろう。想像してみたが、私にはよくわからなかった。

そうこうしているうちに、映像展示室でおはなし会がはじまった。

直径三メートルもある球形スクリーンを取り囲むようにして親子が座っている。私と眞美はその後ろに立って進行を見守った。

高峰は大型スクリーンに投影した映像を見せながら、深海生物をテンポよく紹介している。前の職場ではヒーローショーの司会もしたことがあるというだけあって、子供の心を摑むのがうまい。無邪気な笑い声が絶え間なく起きていた。

「深海生物はほんのたまにしか獲物と出会えません。だからできるだけ大きい魚を食べておきたいのです。そのためにはどうすればいいか。そうだ、口を大きくしよう。それでこうなりました」

フクロウナギの映像が出ると、あまりの極端な進化に、わあっと叫び声があがる。やりすぎだよーと言っている子供もいた。

難しい話を噛み砕いてわかりやすく伝えるのが広報の仕事。眞美の言った通りのことをやすやすとこなしている。これが即戦力というものか、と私は溜め息をついた。このまま〈しんかい六五〇〇〉に乗れなかったら私はここを辞めるかもしれない。その時、他の機関や企業で評価してもらえるだけの技能があるだろうか。

光合成依存型生態系、化学合成生態系と、おはなし会はテンポよく進み、最後は海底下に広がる暗黒の生態系に話が及ぶ。

「生命が誕生してから四十億年。最初の十億年は太陽がありませんでした。その十億年を生き抜いた僕たちの祖先が、海の底のその下に、今も棲んでいるのです」

特撮映画のナレーションでも読むような低い声で高峰がしめくくり、神秘的に蠢《うごめ》く超好熱微生物たちのイメージ映像が流れると、子供たちの間から溜め息が漏れた。

「今紹介した生物の他に、知っている生物がある人、いますか」

高峰がそう言うと、ひとりの子が勢いよく手を挙げた。

「江ノ島小学校四年生の北里陽生です」

マイクを受け取り、緊張で頰を赤らめながら名乗っている。眞美に肘で脇腹をつつかれ、私は顔をしかめた。実験教室の時はいなかったくせに。いつ潜りこんだのだろう。

「僕が好きなのはOarfish、ええと、日本名はリュウグウノツカイです」

うっかりなのか、英名を口走っている。

「体長が最大で一〇メートルもあるところや、日本刀みたいにきらきらしているところがかっこいいです。本当に竜宮城に連れていってくれそうな感じがします」

高峰がPCのキーボードを叩くと、大型スクリーンにリュウグウノツカイの映像が投影された。「これ知ってるー！」と小さい子供たちが歓声をあげる。

陽生に対抗するように、もうひとりの少年が手を挙げた。

「横浜緑鷗《りょくおう》小学校四年生の菊屋《きくや》洋介《ようすけ》です」

セルフレームの眼鏡を指で押しあげて言う。

「僕はシロウリガイが好きです。体内にバクテリアを飼い、その養分を吸い取って生きているだけでなく、ヘモグロビンを含む赤い体液を持っているところも神秘的です」

渋いところをついてきたわね、と眞美が横でつぶやいた。

子供とは思えない大人びた口調だ。陽生同様、友達が少なそうなタイプに見える。

ふたりの発言を皮切りに、子供たちは競うように手を挙げて、メンダコとか、デメニギスとか、好きな深海生物の名を発表しはじめた。会はおおいに盛りあがって、ぴったりの時間に終了した。

「前の職場を辞める時は、随分引き止められたらしいわよ。司会がすごくうまくて、ヒーローと並んで人気があったんだって。いつもより見学者が多いのもそのせいかもね」

眞美が囁いてくる。大型スクリーンの前から降りた高峰が、子供たちとその母親に取り囲まれるのを見ると、確かにそうかもしれないと思う。

その職場を辞めてまで探しに来た、〈白い糸〉とはどんな生物なのだろう。

――あいつはその敵をとりに来たんだろうな。

目山さんの言葉が頭に浮かんだ。

休憩時間になったので陽生を探すと、さっきの菊屋洋介くんと真面目な顔で話していた。携帯電話を見せ合い、メールアドレスを交換しているようだ。

「ほう、陽生少年にも、やっと友達ができたかね」

後ろから声をかけると、陽生は鼻白んだ顔をした。

「身内だって知られたくないんでしょ。人前で話しかけない方がいいんじゃないの」

「いや、もうバレてるから。派手に登場してくれてどうもありがとう」

広報課の職員たちはさっきから、あれが天谷さんの、とひそひそやっている。

「陽生くん、久しぶり。さっきは真っ先に手を挙げてくれて助かったよ」

母子たちから解放されたらしい高峰がやってきて、陽生に笑顔を見せた。

「こんにちは。この間は姉を介抱してくださって、ありがとうございました」

「礼儀正しい子だね」

高峰は身を屈めてニコリと笑う。陽生は高峰をまぶしそうに見あげている。

私はもうひとりの少年を目で追った。

洋介くんは母親のもとに戻っていた。傍らに、父親らしき人もいる。ラフなシャツに身を包んでいるが、髪はきちっと撫でつけられ、銀縁の眼鏡の奥からナイフで切れこみを入れたような目が覗いている。

どこかで見たことがあると思っていると、眞美が囁いた。

「菊屋国義《くによし》よ。衆議院議員の」

確か、政権を取ったばかりの与党の若手議員だ。先の震災でふくれあがった国の負債を減らすという名目で、各省庁に派遣された〈選択人〉と呼ばれる議員のひとりでもある。国家予算の選択と集中をマニフェストに掲げる内閣のもとで、省庁の予算を精査し、重点的に投入すべきものと削減すべきものとを見極めるために送りこまれたのだという。

菊屋議員はロビーに展示された地球深部探査船〈ちきゅう〉の模型を眺めていたが、しばらくすると妻子を連れて地球情報館から出ていった。

あの人、文科省担当なんだよね、と眞美が声をひそめて言う。

「なんで今日来たんだろ。家族サービスっていう雰囲気でもなかったし、怪しいなあ」

「うちも予算削減されるってこと？」

「科学系の独立行政法人って一番に狙われるじゃない。うちは宇宙航空研究開発機構《JAXA》と違って地味だしねえ」

「地味」

むっとして言うと、そりゃそうでしょ、と眞美はつぶやいた。

「あんた、知り合いに勤め先の名前聞かれて、一発でわかってもらえたことある？」

悔しいけど眞美の言う通りだ。〈しんかい六五〇〇〉はテレビに出る機会も多いから、知名度はそこそこある。しかしそれを運用する海洋研究開発機構の存在はあまり知られていない。

「その〈しんかい六五〇〇〉だって、就航して二十年以上たつのに後継機の話もないでしょ。このままじゃ有人は危ないんじゃないのかなあ」

眞美が追い打ちをかけるように言う。

「〈しんかい六五〇〇〉、なくなっちゃうの？」

陽生が尋ねる。誰も答えることはできなかった。

私は整備場でひっそりと眠る〈しんかい二〇〇〇〉のことを思った。日本の造船技術の叡《えい》智《ち》を結集して造られ、数々の新発見に立ち会い、未《いま》だ潜航能力を持ちながら、退役させられた〈しんかい六五〇〇〉のパイロットモデル。ふたつの船が同時に活躍していた一九九〇年代は、有人潜水調査船の最盛期とも言える時代だった。しかしその後、優秀な無人探査機がいくつも開発され、これからは無人の時代だと言う人もいる。

でも、それでいいのかもしれない。

心の奥から聞こえてきた声にゾッとした。

自分が乗れないのなら、いっそなくなってしまえばいい。そしたらもっと楽になれる。心のどこかで私はそう思っているかもしれない。

不安げな顔で私を見あげている陽生に、高峰がそっと声をかけた。

「もうすぐスーパーコンピューターの見学ツアーがはじまるけど」

「そうだった」

陽生は慌ててロビーの集合場所へ走っていく。

「こっちはそろそろ公開セミナーの準備に取りかからないとね」

ちょうどその時、ノートＰＣを脇に抱えた目山さんが到着した。今日はさすがにワイシャツを着ている。

「今日はよろしくお願いします」

高峰が律義に頭をさげると、目山さんは軽い調子で返事をして、入り口を指した。

「駐車場で菊屋議員らしき人とすれ違ったよ。家族連れで」

「そうなんです」

眞美がこわばった顔で答えると、目山さんは少し真面目な顔をした。しかしすぐに、俺の講演を聴かずに帰るなんて馬鹿な奴だと言って不敵に笑った。

見学者が帰り、地球情報館には静寂が戻った。片づけに追われる職員の靴音しか聞こえない。

私は展示室の段ボールをたたみ、紐で結わきながら、３Ｄスクリーンの部屋に目をやった。そこに陽生を待たせてある。

「深雪、もう終わった？」

眞美が展示室を覗いた。

「目山さんが本部まで乗せてってくれるって」

「いい。もうちょっとかかりそうだし、私ここから直帰するよ」

「あらそう。目山さんが追浜で打ちあげしようって言ってるんだけど」

「私とは金輪際飲まないって決めたんでしょ」

まあいいじゃないの、と眞美は笑った。

「陽生くんも連れてきなよ。どうせ夕飯食べさせなきゃいけないんでしょ。高峰さんも行きませんか」

行きます、と高峰が吹き抜けになっている二階で手を挙げた。

眞美は陽生を連れて目山さんの車に乗り、先に横須賀本部に戻っていった。一足先に居酒屋〈はまべ〉に行っているという。陽生は目山さんに研究室を見せてもらうんだと嬉しそうにしていた。

撤収作業が済んだのはそれから一時間後だった。

展示室はいつもの状態に戻った。球形のスクリーンに気候変動の映像が静かに映し出されている。

高峰を探すと、さっきまであんなに人がいたなんて嘘みたいだ。3Dスクリーンの部屋の中にいた。

「早く行かないと。待たせちゃいますよ」

声をかけたが、振り向きもせず映像に見入っている。

「すごいね、これ。本当に深海に潜ってるみたいだ」

スクリーンには〈しんかい六五〇〇〉の立体映像が映しだされていた。見学者が深海に潜る感動を疑似体験できるよう、かなり本格的に造られている。

手が届きそうなほどの距離に発光エビが見える。ふわふわと舞うメンダコも。ソコダラが巨大な目をぎょろぎょろさせて通り過ぎる。彼らのまわりには絶え間なく、白いものが降り続けていた。

「ほんとの雪みたいだね」

高峰は誰に言うでもなくつぶやいている。

「昔、父が言ってたな。深海に降る雪はとてつもなく綺麗だって」

「ただの海中懸濁物《けんだくぶつ》ですよ」

スクリーンの前を動こうとしない高峰に私は仕方なく言った。

「浅海で死んだプランクトンや魚の死骸が、だまになって深海に降ってくるんです」

球状、彗星《すいせい》状、糸状、平板状など、様々な形をしたそれが、ライトに照らされて青白く散る様子は、確かに地上に降る雪とよく似ている。

この雪に名前をつけたのは、戦後間もない頃、潜水艇〈くろしお号〉で海中調査を行っていた北海道大学の研究者たちだ。

マリンスノー、というその名前は今や世界中で使われている。

そこまで説明すると、

「そうか、そういうことか」

高峰はつぶやくと、大きく息を吸って唐突に歌いだした。

深い海に降る雪は　今日も静かにつもりゆく……

歌声はびっくりするほど大きく響いた。私は慌てて人差し指を口にあてる。

「ちょっと、やめてくださいよ」

「歓迎会で皆川理事が歌ってたのって、これでしょ」

私を見て嬉しそうに言う。思いだしてくれなくてよかったのに。

「いい歌だよね。それに」

高峰は腕を組んで感慨深げに言った。

「深い海に降る雪で、深雪。天谷さんの名前はここからつけられたんだね」

私はスクリーンに目をやった。

父の書斎にあった古い写真を思いだす。〈しんかい六五〇〇〉の着水式の写真だ。技術者、パイロット、研究者、そして当時の職員たちが誇らしげな顔をしている。

そこには若い父も、皆川理事も、多岐司令もいた。

「……その歌には続きがあるんです」

私は小さい声で歌詞を言った。


雪といっしょに降りておいで　君が乗ってるその船で……


「私が生まれたのは〈しんかい二〇〇〇〉が調査潜航をはじめた五年後なんです」

〈しんかい六五〇〇〉のプロジェクトがはじまったのもちょうどその頃だ。

技術研究者としてその建造に関《かか》わっていた父は、〈しんかい二〇〇〇〉に乗った研究者たちへのユーザビリティ調査をする中で、マリンスノーの美しさを何度も聞かされた。自分の娘にもいつか見せてやりたい。そんな願いをこめて深雪とつけたのだそうだ。

父から聞いたのではない。父と親しかった皆川理事が教えてくれたのだ。

名付けの理由に感動した理事は、この歌をつくり、耳にタコができるくらい聞かせてくれる。最近は酔うと歌うのが癖になっているようだ。

スクリーンの中の〈しんかい六五〇〇〉は堆積した雪の上にふわりと着底した。

「六五〇〇メートルは今のところ、人間が潜ることのできる限界深度です。でも、日本にはもっと深い海がある。世界にはさらに……。高峰さんはチャレンジャー海淵の深さを知っていますか？」

一〇九一一メートル、と高峰がつぶやくように答えた。私は頷いた。

「アメリカに渡る前、父は私に約束したんです。いつか帰ってくる、そして世界で一番深い海に行ける船を造るって」

いつの間にか私は熱っぽく語っていた。

「でも父は帰ってこなかった。母とも離婚して、それから一度も会っていません。だから私はパイロットになりたかったんです。パイロットになりさえすれば、いつか父と会えるんじゃないかって思ったから」

機構に採用されたことも、パイロット候補になったことも、父には手紙で知らせてある。しかし返事は来なかった。来ないはずだ。アメリカで再婚して新しく子供までつくっていたのだから。

あとは高峰さんが知っている通りです、と私は言った。

私は〈しんかい六五〇〇〉に乗れなくなってしまった。世界で一番深い海どころか、横須賀本部の前の浅い海にすら潜ることができない。

「だから、私は自分の名前が嫌いです。あの歌も大嫌い」

高峰は何も言わずにスクリーンに視線を戻した。映像の〈しんかい六五〇〇〉は、太陽の光に向かって上昇をはじめていた。

杉田駅から京急本線に乗り、ふたりで追浜駅に向かう。

駅のあちこちに夕闇が落ちて溜まっていた。窓の外を飛ぶように過ぎる景色もくすみはじめている。高峰は車両のドアにもたれかかって中吊り広告に目をやっていた。

これから打ちあげに行くというのに、なぜあんな暗い話をしてしまったのだろうと後悔する。少しでも気分を上向かせたかったが、適当な話題も見つからない。

迷った挙げ句、思い切ってあのことに触れてみることにした。

「あの、〈白い糸〉って、高峰さんのお父さんが見つけた未確認深海生物なんですよね」

高峰は眠そうな目をこちらに向けた。

「興味ないんじゃなかったっけ」

「興味がないとは言っていません。探しに行くのは無理だって、言っただけです」

むきになって言うと、高峰は眠気を払うように頭を振った。

「……多岐司令も言ってたけど、父は深海生物学者だったんだ」

少しずつ光を失っていく窓の外の空に目を向けて、硬い声で話しはじめる。

「〈白い糸〉を見たのは今から十八年前、日本海溝に潜った時らしい。地震学者と一緒の航海で、潜航の目的は、その年に起こった三陸はるか沖地震による海底の変化を観察することだったんだって」

高峰秋一は当時まだ若く、妻と幼い息子ふたりを養う真面目な助教授だった。目山さんのように、将来を嘱望された研究者だったのだそうだ。

「日本海溝に潜ったあの日まではね」

高峰は低い声で言った。

「深度六三〇〇メートルあたりを潜航している時だった。父は覗き窓のはしに、糸状のものが浮遊しているのを見た」

「それが〈白い糸〉ですか」

高峰は頷いた。

糸は一メートルほどの長さで、意思を持って動いているように見えた。分厚い窓を斜めに覗きこんで目をこらすと、その向こうにまばゆい閃光《せんこう》が見えた。すぐにパイロットに知らせたが彼らの角度からは糸が見えない。船体を旋回させているうちに、糸も閃光も闇の中に吸いこまれていった。浮上しなければならない時間が迫っていたため、それ以上の追跡はできなかった。

浮上してからビデオカメラを確かめると、糸の先だけがちらりと映っていた。他の研究者はそれを見て、クラゲやイカの足か、あるいはサルパの一種ではないかという見解を示した。秋一は納得しなかった。新種の生物だと確信していたからだ。しかし証拠もなく、その後一度も目撃されなかったことから、その主張が認められることはなかった。

それからというもの、秋一は〈白い糸〉の発見に血道をあげた。論文もろくに発表しない助教授の立場はたちまち悪くなり、出世コースからもはずされた。ついに私費で調査船を出すようになり、ふくらむ借金が家庭に暗い影を落とすようになった。

「どうして、そこまで執着したんですか」

私はためらいながら尋ねた。潜航中に正体不明の生物に出会うことは決して少なくない。しかし私費を投じてまでのめりこむ研究者などそうはいない。

「わからない。母によれば、研究者仲間が家に来て、研究室に戻れと激しく説得したこともあったらしい。だから同業者にも理解できないようなことなんだと思う」

高峰は窓の外に視線を移した。

「あの人は〈白い糸〉に取り憑《つ》かれた。母も親戚もそう言っていた。死ぬ直前、荒れた海のそばをふらふら歩く姿を見たって人もいる。警察は酔っていたんだろうって言っていた。知らないうちに大学も辞めていたみたいだし……」

みたいだ、かもしれない、という語尾に、晩年の高峰秋一と、家族の断絶が窺えた。

母と兄は遺体の引き取りを拒否した。高峰はひとりで警察に行き、荼毘《だび》に付すと、職場に戻って退職願を出したのだそうだ。

「深海に潜るにはどうしたらいいか調べたら、一番可能性が高いのがここだったんだ。試しに受けてみたら受かっちゃって、その後はバタバタだったな」

父親が死ぬまでは深海生物に興味もなかったし、むしろ意識的に遠ざけていたという。

列車は追浜駅についた。高峰が先に降り、私がその後を追う。

多岐司令が痛ましい目をして高峰を見ていた理由がなんとなくわかったような気がした。

高峰秋一の執念はすさまじい。まるで呪《のろ》いだ。家族を崩壊させ、自身にも死をもたらしたほどの。遺体を引き取りに行った息子の浩二は、その呪いがかった執念をもその身に引き受けてしまったのかもしれない。

私は目を伏せた。他人事《ひとごと》のように聞くことはできなかった。呪いを引き受けたのは私も同じだ。父の呪い。それは船をとりまく古い夢だ。捨てろと言われて捨てられるほど容易に片がつくものではない。

急にいたたまれない気持ちになった私は、走って高峰の前に回りこんだ。

「目山さんに相談してみたらどうでしょう」

ぶつかりそうになってのけぞった高峰に私は言った。

「目山さんはああ見えて、優秀な科学者なんです。深海調査は数えきれないほどしているし、何かヒントをもらえるかもしれません」

高峰は驚いた顔をした。

「言われなくても、そうするつもりだったけど」

「あ、そうですか。そうですよね」

私は握りしめた拳《こぶし》をもてあまし、踵を返してすたすたと歩きはじめた。何をやっているのだろう、急に熱くなったりして。

「天谷さんってなんか面白いね」

声がして振り向くと、高峰が笑いながらゆっくりと歩いていた。

深度五〇〇メートル

はまべは、目山さんが足しげく通う居酒屋だ。

深海魚を調理して出してくれる珍しい店で、店内には手書きの品書きがずらりと並び、浮き球や魚拓が飾ってあって漁師趣味にあふれている。

職場の宴会がここで開かれることが多いのは、この店が目山さんと癒着しているからだと高峰に説明すると、目山さんは憤慨した。

「地元の漁師とリレーションシップを持つのも立派な仕事だろ」

確かに、主人の稲葉《いなば》さんは漁師だ。でもその情報が目山さんの研究の役にたっているかどうかはわからない。単なる釣り仲間なのではないか。

「いらっしゃい、深雪ちゃん」

女将《おかみ》さんが前掛けで手をぬぐいながら出てきた。

「今日はお行儀よくしていてちょうだいね。この前は大変だったんだから」

返す言葉もない。

女将さんは高峰にも話しかけ、深海魚を食べたことがないと知ると、すぐにゲホウの刺身を出してくれた。

ゲホウは、下半身が蛇のような奇怪な魚だ。外法《げほう》、異端のものという意味だと言われているが、実際のところはわからない。刺身にすると桜色の肉が淡白で美味しい。でも内臓が口から飛びでた頭部が添えられているのがグロテスクだ。サービスでつけてくれているのだが、初めての客はびっくりすると思う。

高峰が美味しいと連呼するので、女将さんは機嫌がいい。稲葉さんまで一緒になって、今度バラムツが揚がったら食べさせてやるよ、などと気前よく言っている。

「バラムツってどんな魚なんですか」

「見かけは普通の魚で、比較的浅い深海に棲んでいるんですけど、体中にものすごい量の油を溜めこんでいて、オイルフィッシュとも呼ばれてるんですよ」

眞美が言葉を選びながら説明した。

「大トロより美味しいよ。市場では出回らない珍味だね」

稲葉さんがにやにやした。食べてみたいですね、と高峰が言うのを聞いて、目山さんも笑っている。

「やめた方がいいですよ」

私は横目で見て言う。

「その油、消化できませんから。食べると大変なことになるから販売禁止なんです」

「大変なことになるって」

それ以上は私も言いたくない。

「下から油を垂れ流すことになるのさ。前に食った時は長靴がいっぱいになったっけな」

稲葉さんが笑いながら言うと、高峰は、じゃあいいですと呻《うめ》くような声を出した。

陽生は眞美の横に座って、生意気にも生しらすなんか食べている。眞美も、すぐに母親に返せなどと言っていたわりには、楽しそうに相手をしている。

「口がおごるから、贅沢《ぜいたく》させないでくださいよ」

目山さんに言うと、普段ろくなものを食べてないというから不憫《ふびん》でね、という答えが返ってきた。私がいない間に陽生は悪評をばらまいたものと見える。

今日の感想や反省を口々に言いあっているうちに、皿は次々に空になっていった。目山さんは焼酎の水割り、眞美は日本酒、高峰はビールばかり頼んでいる。

私だけがウーロン茶を飲まされた。お代わりを頼もうとするたび、女将さんが警戒するような目をする。今後この店で宴会をする限り、私は一滴も飲ませてもらえないらしい。

陽生は満腹になると退屈そうにしていたが、客が引いてきたあたりで、稲葉さんが、珍しい貝殻や魚の鱗があるから厨房《ちゅうぼう》の裏に見においでと誘うと、目を輝かせてついていった。

料理も食べ尽くし、四人の箸の動きも鈍くなった頃、

「今日の講演、ものすごく面白かったです」

高峰が切りだした。

「破壊の次には創造が起こるっていう話、印象的でした。大規模な地殻変動は人間にとっては災厄《さいやく》だが、同時に深海底に生命の攪拌《かくはん》をもたらす。その繰り返しが日本近海の生物の多様性につながっているだなんて、今までそんな風に考えたことありませんでしたから」

熱っぽく語る高峰に、持ちあげなくてもいいよ、と目山さんは言う。

「あれだろ。〈白い糸〉のことを訊きたいんだろう」

高峰に向けた目山さんの目は酔いで赤くなっている。今夜の宴会は長くなりそうだと私は思った。

「そうです。回りくどい訊き方をしてすみません」

「俺も映像を見たことがあるけど、ありゃイカだよ」

目山さんは切り捨てるように言った。

「ミズヒキイカって知ってるか。別名Unknown species of squid。何度も目撃され、写真にも映像にも残りながら、未だ分類もできずにいる未確認深海生物だ」

「知っています」

おはなし会で手を挙げた子供たちの中にも、この生物の名を口にした子がいた。

不思議な生物だ。白いスペード形の胴体から、十本の足が傘の骨のように垂れさがっている。足は想像を絶するほど長く、細い。個体によっては足だけで六メートル以上あるそうだ。貴婦人のようにしゃなりしゃなりと海中を浮遊する様子は、時間を忘れて眺め入ってしまうほどの不気味さと美しさを兼ね備えている。

「でも、ミズヒキイカの生息地はメキシコ湾じゃなかったですか」

私が口を挟むと、目山さんは黙ってろという目をしてこちらを睨んだ。

「たまたま日本海溝に遊びに来てたんだろ」

「それじゃ糸の先に見えた閃光はどうなるんです」

高峰がかたくなな声で言った。

「深海には発光する生物がゴマンといるんだ。どれかが、たまたま通りかかったんだよ」

「閃光は〈白い糸〉の本体ではないかと父は書き遺していました」

知ってるよ、と目山さんはトングを持って新しい水割りをつくりはじめた。声の調子から、その説を覆すことのできる論拠がいくらでもあるのだということが窺えた。

これ以上は言っても無駄だと思ったのか、高峰が質問を変えた。

「深海は潜ってみないとわからない。みんなそう言いますよね」

「そりゃそうだ。人間の目はカメラのレンズとは違う。世界の奥行き、その場の空気、岩の質感、生物の気配。行けば、色んなインスピレーションが面白いほど湧いてくる。密閉された耐圧殻の中にいながら、匂いすら感じるという人もいるくらいだ。なあ、そうだろ」

急にふられて、私は慌ててタコの唐揚げを飲みこんだ。

「はい、無人探査機のパイロットも、深海底のそうした立体的なイメージを摑むために、一度は有人潜水調査船に乗るように言われます」

「じゃあ、肉眼で見るのと映像を見るのとでは、全然違うってことですよね」

目山さんが黙ってしまうと、テーブルに異様な空気が満ちた。

「いいか、高峰ジュニア」

ややあって、目山さんが口を開く。

「お前さんの言うことはもっともだ。日本の近海には、未だ発見されていない生物が十万種はいると言われている。だからお前さんの親父さんの考えたような形の生物も、絶対いないとは言えない。でも、だから何だって話だよ」

何を言おうとしているのか察したのだろう、眞美が長いまつ毛をそっと伏せた。

「〈白い糸〉の正体がわかりました、わーすごい、実際に見つかりました、わーすごい、そうなるだろうよ。見つかったらな。深海魚ファンは騒ぐかもしれない。ちょっとした話題にもなるかもな。でもそれだけだ。俺たちからしたら何の面白みもない」

「面白みがない？」

「新種の生物ごときを、わざわざ探しに行くほど研究者は暇じゃない。もっと優先すべき課題がたくさんあるんだ」

「逆にわざわざ探しに行く方が難しいんです」

私は助け船を出した。

「潜航一回で調査できるのはせいぜい半径数百メートル。深海は広いし、生物は常に移動しています。特定の生物を探すのは、サハラ砂漠で針を探すようなものですよ」

深海は暗い。投光器で照らして、一〇メートル先を見るのがやっとだ。さらに、降り続けるマリンスノーが吹雪のように視界をふさぐ。

「オニアンコウみたいに、一生かけても伴侶に出会えない魚もいるくらいですから」

高峰は目山さんを見つめている。ジョッキに残されたビールの泡がぬるくなってはじけていた。

「ま、だからさ」

目山さんがつぶやくように言った。

「あれはミズヒキイカだったことにして、謎は謎のままにしておいて、いつか誰かが偶然見つけてくれるのを待った方がいいってことだよ」

「どんな発見だったら面白みがあるんですか」

高峰が目山さんから視線をそらさずに言った。

「天谷さんにも言われました。公的な利益と合致しなければ潜れないって。じゃあ、どんな発見だったら、公的な利益があって、研究者に面白いと思ってもらえるんですか」

「食い下がるね」

しつこい高峰に閉口したらしく、目山さんは椅子の背にもたれかかったが、根負けしたのか宙を睨んで話しはじめる。

「そうだな、そりゃ色んな要素があるけど、お前みたいな素人に理解できそうなポイントは次の三つだな」

目山さんはひとつめ、と言って人差し指を出した。

「遺存種、いわゆる生きた化石の発見」

なるほど、と私は思いながらウーロン茶を飲んだ。

深海は深ければ深いほど、古生物が生き残っている可能性が高いと言われている。六千五百万年前の隕石衝突によってそのほとんどが絶滅したと言われているが、もし現存する種が見つかれば、生物の進化の過程を知る上で大きな手がかりとなることは間違いない。

有名なのはシーラカンスだ。三億八千万年も前から同じ姿で生き続けているこの深海魚の発見は、海洋生物学史上最大級の事件だったと言っても過言ではない。

「ふたつめは、生命の起源に関わる発見」

生命はどのようにして生まれたのか。その謎の鍵を握る生物は、今日のおはなし会で高峰が話した通り、深海底のさらに下、暗黒の生態系にいると言われている。地球深部探査船〈ちきゅう〉によって海底を掘削し、微生物を採取するプロジェクトも、すでに始動している。高度な掘削技術が確立したことで、ようやく研究できるようになった領域だ。

最後のひとつ、これはとてもわかりやすい話だ、と目山さんはにやりとした。

「海底資源の発見」

かつて大陸は海の底にあった。鉱山などから掘り出される金属はその時代に生成されたものだ。つまり大陸よりもはるかに広い海底には、膨大な量の鉱脈が眠っている可能性が高いということになる。その埋蔵量は陸上の数百倍とも言われている。

「日本は資源の少ない国だ。中国との軋轢《あつれき》や原発事故で問題が浮き彫りになったから、国民の関心も高い。国益に結びつきやすいから予算も獲りやすい分野だ。うちが今最も注力している領域でもあるね」

と目山さんが言った時だった。

「あれ、あんたたちの勤め先じゃないの」

稲葉さんがやってきて店のテレビを指さした。

小さな液晶画面に、さっきまで私たちがいた横浜研究所が映っていた。

画面はすぐにスタジオに切り替わった。ニュース番組のようだ。〈海底資源について考える〉というテロップが画面のはしに固定表示されている。

「洋介くんのお父さんだ」

陽生が声をあげた。確かに、男性キャスターの隣に座っているのは、菊屋国義衆議院議員だった。

『……海底にそれだけの資源が眠っているとは、驚きですね』

男性キャスターのコメントに、重々しく頷いている。

『沖縄海底の熱水鉱床《ねっすいこうしょう》からは、レアメタルを含む黒鉱《くろこう》が発見されています。日本近海には、他にも、泥火山、コバルトリッチ・マンガンクラスト、マンガン団塊など、大量の資源が眠っていると言われているのです』

菊屋議員は、銀色の眼鏡を指で押しあげる。

『日本は国土面積が世界第六十二位の小さな国です。しかし排他的経済水域は世界第六位、深海底を第二の国土とするならば、我が国は広大な地面と資源を有していることになります』

『それは大変勇気づけられるお話です』

男性キャスターが感嘆の声をあげる。

『それだけではありません。日本は世界最高水準の海洋探査技術を持っています。先ほど映像が出た海洋研究開発機構も、そういった組織のひとつです。私は文科省付きの〈選択人〉として、本日この独立行政法人を個人的に見学してきました。国家予算の選択と集中が叫ばれる中、文科省はこの分野により注力すべきだと考えます。海底資源は必ずや日本再興の要《かなめ》となるでしょう。私はそう確信しました』

時間が来たのか、番組は次の話題に切り替わった。

個人的な見学ねえ、と言って眞美が顔をしかめた。

「やっぱりただの家族サービスじゃなかったんだ。やけに熱心に〈ちきゅう〉の模型を見てたと思ったわ」

「ほら見ろ、旬な話題だったろ」

目山さんが嬉しそうに言う。

今さら驚く話でもない。機構はここ数年、海底資源探索を名目に交付金を確保している。菊屋議員の主張も、多くの研究者が言及してきたことの焼き直しにすぎない。

でもなんだろう、このいやな感じは。

菊屋議員は、シロウリガイの魅力を生き生きと語る息子を見なかったんだろうか。選択と集中。わかりやすい実利が優先され、その他の要素はそぎ落とされていく。それが今の日本の潮流だ。しかし、そぎ落としたその先にはどんな世界があるんだろう。

「間違いなく、今後は海底資源以外の予算は削られていくでしょうね」

私の漠然とした不安を言い当てるように眞美が言った。

「最優先はとにかく経済よ。生きた化石も、生命誕生の謎も、落ちるところまで落ちた今の日本を救えるわけじゃないし」

高峰は液晶画面に据えていた目を少し落とし、黙って宙を見つめていた。〈白い糸〉の話を再開する様子もなく、さっきまであれほど食い下がっていたのが嘘のように、思いつめた顔で何かをじっと考えこんでいた。

「なんで深海生物より海底資源の方が大事なの」

黙って大人たちの会話を聞いていた陽生が私に尋ねた。

「誰もそんなこと言ってないじゃない」

「言ってるよ」

私は仕方なく答えた。

「陽生だって学校で習ったでしょう。日本は資源が少ない国なの。資源がなければ電化製品もつくれないし、飛行機や車も動かないよ。電気だってつくれない」

「つくらなくていいよ」

眠くなったのか、ぐずるように言う。

「そしたら日本はお金を稼げないよ。貧乏な国になっちゃうんだよ」

「そんなの全然大事な問題じゃないよ」

「レアメタルがある場所を、ここ掘れワンワンって教えてくれる生物がいたら、国も喜んで予算を組んでくれるかもな」

目山さんが冗談を言ったが誰も笑わなかった。

陽生は眞美にもたれかかってぼんやりしていたが、しばらくするとうたた寝をはじめた。

時計を見ると二十一時を過ぎている。そろそろ帰ろうと思った時、眞美が溜め息をついた。

「なんか私、陽生くんの気持ちわかるなあ」

「気持ちって」

目山さんが黒糖アイスクリームにスプーンをさくりとさしながら訊き返す。

「昔の子供って、科学とか探検だとかに、もっとわくわくしていたと思うんだよね。月とかアマゾンとか南極とかサバンナとか、世界はまだ未知の場所ばっかりで。でも今は、どんな場所にも当たり前に行けるでしょう。どんな国でも、生き物でも、簡単にテレビやパソコンで見られちゃうし」

眞美は肘をつき、その上に赤らんだ頰を乗せた。

「でも深海ってすごいじゃない。私、深海生物の写真を見て、生まれて初めて感じたんだ。世界には、想像を絶するものがまだいるんだって。ここに就職したのも、その時の感動が忘れられなかったからなんだ」

眞美は指でグラスのふちをなぞった。

「想像を絶するもの……」

高峰が真面目な顔でつぶやくように繰り返すと、眞美は笑った。

「ダイオウイカだって昔は、想像上の化け物だって言われていたわけでしょ。スケーリーフットだってそう。鉄でできた鱗を持つ生物がいるなんてつい最近まで誰も知らなかった。だからお伽噺《とぎばなし》に出てくるような世界、例えば竜宮城だって、絶対にないとは限らないじゃない。深海のほとんどはまだ前人未到の地なんだから」

眞美は日本酒でとろんとした目をして高峰を見る。

「〈白い糸〉か。いいじゃない。お父さんはきっと見たのよ。すごい生物を」

高峰がこわばっていた顔をゆっくりと和らげた。

宴会はそこでおひらきになり、私たちは帰途についた。

目山さんは金沢八景《かなざわはっけい》駅で電車を降り、横浜で乗り換える眞美はそのまま乗っていった。高峰も横浜まで行くはずだったが、眠っている陽生を背負っていたので、そのまま家まで送ってくれるという。私が交代しようとすると、陽生がいやがってぐずるので、やむなく好意に甘えることにした。

住宅街の中を抜ける暗い道を歩く。

月が出ていた。陽生は相当重いはずだが高峰の足取りは軽い。細身のわりに意外と足腰が強いようだ。司会だけでなくヒーローや怪獣の代役くらいはこなしていたのかもしれない。

「目山さんって、きついですよね」

黙って歩く高峰の背中に向かって、私は口を開いた。

「でも本当は優しい人なんです。優しい嘘がつけないだけで。……多分ですけど」

「別に気にしてないよ。いろいろ手がかりももらったし」

こちらを振り返った高峰は微笑していた。黙っていたのは沈んでいたからではなく、目山さんに言われたことを考えていたからなのかもしれない。

「まだあきらめないんですか」

「あきらめろとは言われなかった」

「目山さんの言ったことをクリアするなんて到底無理だと思います」

生きた化石の発見、生命の起源に関わる発見、海底資源の発見。

どれも〈白い糸〉に関係するとは思えない。

「〈白い糸〉のことを否定しているわけじゃないですよ。そうじゃなくて、強いなと思ったんです。目山さんにああまで言われて一歩も引かなかったでしょう。私なんか、決して不可能な夢ではなかった。あと少しでかなうところだったのに、父を信じられない、耐圧殻も信じられない、それでパイロット候補からも降ろされそうになってる」

「僕だって最初は信じてなかったよ」

高峰は体を揺らして、ずり落ちてきた陽生を背負い直した。

「今でも父のことは好きになれない。警察で変わり果てた姿を見た時、なぜ戻ってきたのかと腹がたった。どうせ死ぬなら、好きだった深海生物たちに骨まで喰われてやればよかったのにって」

しかし高峰はおかしいと思ったのだそうだ。

「子供の頃、台風で荒れている海を見に行こうとして、父に死ぬほど殴られたことがあってね。いつも温和な顔がまるで鬼みたいだった。海の恐ろしさをあれほど知っていた父が、酔っていたとはいえ、波の高い海へ出かけるはずがない。出かけたとしたら、よっぽどの理由だったんだ」

父の遺した研究室を訪れた時、彼はその理由を知ることになった。

研究室の壁には〈白い糸〉の想像図が貼られていたのだ。

そこには白い髭とまばゆく光る目を持つ生き物の姿が描かれていた。

鹿のような角、駱駝《らくだ》のような顔、鬼のような目、牛のように薄い耳。蛇の鱗に覆われたうなじと、蛟《みずち》のような白い腹。腹以外の場所には鯉《こい》のような鱗が生えている。虎のように分厚いてのひらと、鷹のような鋭い爪の中に宝珠を摑み、長い体をくねらせて泳いでいる。

「それはもしかして……竜ですか」

私がためらいながら言うと、高峰はこらえきれないように笑いだした。

「笑っちゃうでしょ。竜だよ、竜」

私は何も言えなかった。

日本の子供なら誰でも一度は絵本やアニメで見たことのあるその姿。小さい頃はいると信じていた。今でもいたらいいなと思う。

もしそんな生き物が本当に深海にいて、それを見てしまったのだとしたら、高峰秋一が地位も家庭も捨ててのめりこんだのもわからないではない。しかし白い糸と閃光だけから想像するには、あまりにも奇想天外で、だいそれた夢なのではないか。誰にも信じてもらえなかったのも無理はないと思う。

私が黙っていると、高峰がふたたび口を開いた。

「それでも僕は信じようと決めたんだ」

そう言って一歩先を行く。

ここで大丈夫です、と高峰に礼を言って見送ると、陽生をおんぶして薄暗い階段をのぼった。

機材をかつぐのに比べたら何でもないと思ったのだが、部屋にたどりつき、ベッドの上に降ろすと床にへたりこんでしまった。事務仕事ばかりしていたせいか、体がなまっているみたいだ。

服を脱がせてパジャマを着せる。手つきが強引だったのか、陽生がうっすらと目を開けた。

「ここどこ？」

「あなたの部屋のベッドの上。明日は休みだからこのまま寝な」

電灯を消し、布団をかけてやる。ぐったりしていると陽生も可愛らしく見えた。長いまつ毛、小さい唇。まるで普通の子供みたいだ。

立ちあがろうとすると、引きとめるように陽生が言った。

「〈しんかい六五〇〇〉に乗れば、竜宮城に竜を探しに行けるかな」

眠っている間に、眞美の話と高峰の話が聞こえてごっちゃになったらしい。

「さあ、どうだろうね。そんなの本当にいるかどうかもわからないし」

〈しんかい六五〇〇〉にふたたび乗れるかどうかもわからないのだ、と心の中でつぶやいた時、陽生が張りつめた声を出した。

「……パイロットから降ろされそうだって、ほんと？」

私はどきりとした。高峰との会話を聞いていたのだろうか。さっきまで眠そうだった陽生の目はぱっちりと開いている。

「そんなことになったりしないよね」

小さな温かい手が祈るように私の腕を摑んだ。

「陽生には関係ないでしょ」

私は陽生の手をやんわりとふりほどいて立ちあがった。和室に入り、敷きっぱなしの布団に倒れこむ。

消えた電灯。暗い部屋。〈しんかい六五〇〇〉。私を見つめる父譲りのまなざし。

陽生は私にあの九歳だった夜のことを思い出させる。

パイロットから降ろされそうだって。そんなことになったりしないよね。

まるで、父から言われたような気がした。

目をつむると、暗い道を先へ行く高峰の背中が浮かぶ。

——それでも僕は信じようと決めたんだ。

深海生物に喰われてしまえばいいとまで嫌っていた父をなぜ信じることができるのだろう。私だって努力している。父を、耐圧殻をもう一度信じるために、カウンセリングにも行き、慣れない広報課の仕事もちゃんとやっている。でも、何ひとつ前に進まない。

昼間の疲れがこみあげてきて、うとうとした私はまたあの夢を見た。耐圧殻が押しつぶされる夢だ。私が海底に投げだされると、おぞましい姿をした生き物たちが這いだしてきて、その体を貪《むさぼ》った。

陽生が学校を無断欠席したという連絡を受けたのは、翌々日の月曜日、午後を少し回った頃だった。

「天谷さん、電話」

高峰はどこからとも言わずに、意味ありげに私の目を見た。

かけてきたのは陽生のクラスの担任だった。陽生が登校してこないので、真理子さんが住む鎌倉の実家と携帯電話に連絡したのだが、病院に行っているのか不通だったという。

「お姉様の自宅の番号も伺っていましたが、留守番電話でしたので、やむなくこちらにご連絡させていただきました」

担任の女性教師は早口で言った。陽生の携帯電話にもかけたが出なかったのだそうだ。

「大げさかとも思いましたが、こんなご時世ですから、念のためと思いまして」

陽生が不登校児だったからか、余計に心配してくれているようだった。真理子さんには引き続き連絡を取ってくれるという。

捜します、と言って電話を切ったものの、私は弱って溜め息をついた。

陽生のことなど何も知らない。深海生物に興味があると知ったのも最近だ。陽生は今朝、いつものように朝食を食べ、ランドセルを背負って出かけていった。どこに行ったのかなんて見当もつかない。

どうしたのかと高峰が訊いてきたので、私は事情を説明した。

「私、捜しに行きます。すみませんが午後は半休取らせてください」

「心当たりはあるの」

私は首を振る。あらためて訊かれると不安がこみあげた。

「鎌倉の実家の鍵を持っているので、そっちに帰っている可能性はあります」

真理子さんには担任が連絡を取ってくれている。私は別の場所を捜した方がいい。ひとまず自宅に帰ってみることにした。陽生が帰っていて、居留守を使っているかもしれない。

「ご迷惑をおかけします」

心配そうな顔の新田課長に頭をさげて、私は横須賀本部を出た。

マンションに帰りついたのはそれから三十分後だった。

階段を駆けあがり、鍵を取りだしてドアを開けるほんの数秒がもどかしく感じられたが、飛びこんだ部屋の中はがらんとしていた。

ダイニングにも洋室にも和室にも陽生はいなかった。クローゼットや押し入れも覗いてみたがいない。バスルームにもベランダにもいない。

朝に私が戸締まりした時と同じ空気が淀《よど》んでいた。

もう一度陽生の寝起きしている洋室を覗く。ベッドの上に『竜の伝説』という題名の児童書が置いてある。私が小さい頃父に買ってもらった古い本だ。数ページめくってみたが、そんなところに手がかりなどあるわけはなかった。

固定電話の留守電はすべて担任からだった。最後の伝言には、真理子さんと連絡が取れたという知らせが入っていた。病院にいて陽生は一緒ではないらしい。すぐに鎌倉の実家に戻って陽生がいるかどうか確かめてくれるという。

学校に折り返し電話をし、私の自宅にも陽生がいなかったことを伝える。担任の女性教師は授業中だったので、他の教師に伝言した。

溜め息をつきながらテーブルに手をついた時、そういえば、と思いだす。

昨日の昼食の後、陽生はちょっと買い物に行くと言って外出した。帰ってきたのは夕方だった。うちに来てから、休日に外出したのは、おとといの地球情報館を除いて初めてではなかっただろうか。

前夜のことをひきずっていた私は行き先を訊かなかった。もしかしたら今日も同じところにいるかもしれない。

胸にじわじわと後悔が満ちる。何かあったら私のせいだ。

地球情報館に行きたいと言った時の陽生の顔を思いだす。おはなし会で生き生きと話していた声。竜を探しに行けるかと尋ねた時の目。

どれもあの子がうちに来てから、ようやく見せた子供らしい表情だった。約束通り、学校にだってちゃんと通っていたじゃないか。それなのに。

――陽生には関係ないでしょ。

私はその手をふりほどいた。

見つからなかったらどうしよう。焦点の合わない目をテーブルに落とす。

その時、握りしめていた携帯電話が振動した。飛びつくように出ると、高峰だった。

陽生を発見したという。

「どこでですか？」

嚙みつくように尋ねると、のんびりとした声が返ってきた。

「海の公園。今、目の前にいるよ」

八景島の近くにある公園だ。このマンションから歩いて十分くらいのところにある。

「天谷さんが出ていった後、正田さんに心当たりがないか訊いてみたんだ」

もしかしたら、と眞美は言ったという。

子供向けの海洋イベントがあったら教えてほしいと陽生に訊かれて、海の公園で、浜辺に漂着した貝や骨などを拾う体験学習があることを教えたのだという。たまに深海魚が打ちあげられることもあるよ、とも。

男の子は夢中になるとまわりが見えなくなるからね、と高峰が陽生をかばうように言った。

「とりあえず迎えに来てくれるかな。急がなくていいから」

私は携帯電話を握りしめたまま、部屋を出てマンションの階段を駆けおりた。

そして海の公園へ抜ける道を走った。

平日の昼間だからか、海の公園には、のんびりとした空気が流れていた。海開きがまだなので浜辺に人は少ない。波打ち際には水紋が重なり、貝殻や藻が打ち寄せられていた。

湾が最も浜に食いこんだところに人影が三つ見えた。砂に足を取られながら近づいていくと、影は、高峰と、陽生と、菊屋洋介くんだった。

私に気づいた高峰が砂を蹴りながらこちらに歩いてきた。ズボンの裾《すそ》をまくって、脱いだ靴を片手に持っている。

「洋介くんがいるなんて、びっくりしたでしょ」

私の顔を見るなり言う。

「陽生くんの携帯電話に、たまたまかかってきたんだって」

それで彼も来てしまったというわけか。ふたりで無断欠席するなんて。

「彼の学校は創立記念日で休みなんだって。家も横浜で近いらしい」

高峰は昼に取り損ねた休憩時間を使って陽生を捜しに来てくれたという。

当の少年ふたりは濡《ぬ》れた砂に足を埋《うず》め、しゃがみこんで一心に何かをさらっている。

「陽生はここに何をしに来たんですか」

「まだ訊いてない。天谷さんが直接訊いた方がいいんじゃないかと思って」

高峰は手に持っていた靴を砂の上に落とし、片足立ちで器用に履いた。

「僕はそろそろ戻るけど、天谷さんは午後半休でしょ。ゆっくりしてったら」

私とすれ違うようにして八景島駅へ向かう。

陽生たちの方へ歩きかけて、お礼を言い忘れたことに気づいた。

「あの、ありがとうございました！」

高峰は振り返った。屈託のない笑みを浮かべて手を振りかえしている。

私が歩み寄ると、陽生は気まずそうな顔をして立ちあがった。

傍らの洋介くんもこちらを向く。無表情の顔に泥をつけ、手には小さいスコップを握っていた。

「何してるの、こんなところで」

穏やかに尋ねられたのが不気味だったのか、陽生はびくりと肩を震わせた。

「担任の先生も、お母さんも、すごく心配したんだよ」

「竜を探しに来たんだ」

陽生は小さい声で言う。

「竜ねえ」

私は溜め息をついた。

「僕、高峰さんの話聞いてたんだ。〈白い糸〉は竜宮城の竜だって」

「そうと決まったわけじゃないよ。そもそも竜なんているわけないし。もしいたとしても、日本の竜の伝説って川とか山に関するものばっかりでしょう。陽生の部屋にあった『竜の伝説』、私も読んだことあるけど、海の竜の話なんて書いてなかったじゃん。浦島太郎の話にだって竜は出てこないんだよ」

そう言ってから、私はなだめるように付け加える。

「ミズヒキイカかもしれないって目山さんも言ってたし」

「そんなの探してみなきゃわからないじゃないか。探せば、死骸とか骨とかが見つかるかもしれない。証拠があればいいんでしょ」

陽生は強情な口調でそう言い張る。洋介くんまでもが私を睨みつけていた。

仕方ない。私は靴を脱いだ。靴下も脱いで靴の中に押し入れる。

「よし、じゃあ、私も探すかな。午後、休み取っちゃったし」

陽生は目を丸くした。

「休み取ったって、それ僕のせい」

「そうよ。眞美も、高峰さんも、私も、あんたのせいで大迷惑だよ」

陽生は少し黙ったが、細長い枝を拾うと砂の上に大きな丸を書いた。まずこの中を探して、終わったら、別のところに取りかかってくれという。何か怪しいものが見つかったら、洋介くんが持ってきたバケツに入れるのだそうだ。

深海生物の死骸を見つけるなら港で漁師さんに網を見せてもらう方が早い。しかし余計なことを言うと面倒が増えそうだったので、素直に従うことにした。

砂の上に屈んでいると腰が痛む。明日は筋肉痛になるに違いない。少年たちは、しゃがんだまま、すいすいと蟹歩《かにある》きしているが、さすがにあんな真似《まね》はできないと思った。

二時間もすると収穫物がたくさん集まった。巻貝、桜貝、流木、硝子《ガラス》の破片、どこかの国の硬貨など、深海生物に関係ないものも拾った。というより、そんなものしか集まらなかった。てのひらに載せて運び、バケツに入れると、そこにはもっと得体の知れないものが入っていた。サザエの蓋《ふた》、ぬめぬめとした海藻、ゼラチン状の物質、カニの螯《はさみ》。

うちに持ちこむつもりじゃないだろうなとゾッとしたが、洋介くんが持ち帰って検分すると聞いてほっとした。菊屋家は災難だなとも思う。

「仕事休んで大丈夫だったの」

陽生がやってきて、手の中のものをバケツにザーッと入れた。

「いいの。今、あんまり仕事ないし」

「それってパパのせい？」

高峰の背中で聞いた話を気にしているのだろう。

「わかんない」

私は正直に言った。

——ミユキは、僕がここへ来てからずっと不機嫌だね。

陽生は頭のいい子だ。心にもないことを言って誤魔化したところですぐにばれてしまう。

「もしそうだったとしても、私は大人だから、パパのせいなんかにしないで、自分で乗り越えなくちゃね」

私は自分に言い聞かせるようにつぶやいた。海から穏やかな風が吹いて髪を揺らした。

陽生はじっとうつむいている。

「大丈夫だって」

膝についた砂を払って立ちあがりながら、私は明るい声を出した。

「私が〈しんかい六五〇〇〉に乗れなくても、他のパイロットや、目山さんたち研究者がいつか必ず見つけてくれるよ。竜かもしれないし、そうじゃないかもしれないけど、深海にはまだ見つかっていない生き物がいっぱいいるんだから」

陽生は顔をあげて私の顔を真っ直ぐ見つめた。洋介くんも近寄ってくる。

「それでも見つからなかったら、陽生や洋介くんが研究者になって探せばいいじゃない。その頃にはもっとすごい潜水調査船ができてるかもしれないよ。日本の海に竜がいるのかいないのか、それを確かめるのは、大人になった君たちなのかもしれないね」

死ぬほどくさい台詞《せりふ》だ。自分で言ったくせに恥ずかしくなって顔を伏せる。しかしこれくらい言っておかなければ、竜探しのために、また無断欠席しないとも限らない。

そう思いながら顔をあげた私は、ふたりの顔にうっすらと赤みがさしているのに気づいて驚いた。感動したのだろうか、洋介くんの目には涙が浮かんでいる。

「さ、帰るよ」

うしろめたくなって、ふたりにスコップとバケツを持ってくるよう命じた。公園の水道で手と足を洗う。ハンカチを持っていなかったので、ベンチに座って乾かし、靴を履いた。家まで送ると言ったのだが、洋介くんは固辞し、自分で切符を買って横浜行きの電車に乗って帰った。

「漂着物探すの、またやるつもりじゃないでしょうね」

マンションに帰る道で尋ねると、陽生は「やる」とかたくなな声を出した。

私は溜め息をついた。

「いいけど、学校はサボっちゃ駄目だよ。暗くなる前に帰ること。いいね」

「わかった」

それから、と私は息を吸った。

「夕飯の準備だけど、やっぱり手伝ってもらおうかな。お米は陽生に炊いておいてもらう。火や包丁を使う作業は一緒にやる。買い物は土日に行く。これでどう」

「いいよ。やっとまともなものが食べられそうだね」

「うるさいよ」

肘で軽く小突くと、陽生はくすぐったそうに笑った。

帰ったら真理子さんに事の顚末《てんまつ》を説明しなければならない。

陽生はいつまでうちにいるのだろうか。心地よさと、不安が入り交じった私の心は、潮風に吹かれて揺れていた。


六月に入ると、広報課では七月に行われる船舶一般公開の準備が本格的にはじまった。

メインの担当を命じられたのは高峰だ。眞美のサポートという補助輪付きではあるものの、地球情報館の開館日だけでなく、博物館の展示や地方都市での催しを、危なげなくこなしてきた実績が評価されたらしい。私はこれまで同様その補佐を命じられた。

海洋研究開発機構は八隻の調査船を運用している。

海洋調査船〈なつしま〉〈かいよう〉、学術研究船〈白鳳丸《はくほうまる》〉〈淡青丸《たんせいまる》〉、深海潜水調査船支援母船〈よこすか〉、深海調査研究船〈かいれい〉、海洋地球研究船〈みらい〉、地球深部探査船〈ちきゅう〉。

これほど多くの船舶を運用する機関も珍しいと思う。

この他、有人潜水調査船一隻と、無人探査機四機があり、トライトンブイ、アルゴフロート、ＯＢＳなど、海洋観測機器をひとつひとつ挙げていったら、きりがない。

「最低でも、調査船、有人潜水調査船、無人探査機については、何を質問されても答えられるように。パンフレットに載ってることはもちろん、歴史や裏話もね」

一般公開全体の企画段階から参加している眞美は容赦ない。

「だいたいのことは覚えたつもりだけど、何でも答えられるっていうのはなあ」

高峰は首をかしげたが、でも頑張ります、と素直に言った。

「わからないことがあったら、深雪に質問してください。この子、船馬鹿だから」

眞美の失礼な物言いに、私は顔をしかめた。

「それにしても調査船すべてを公開するって、スケジュール的に無理なんじゃないの。研究航海の予定、どの船も今年はぎっしりなんでしょ」

横須賀本部の地図を見ていると、眞美がそれをひったくった。

「あんた、さっきの会議で何聞いてたの。公開するのは三隻だけ。だからといって不在の船について説明しませんってわけにいかないでしょうが」

調査船は一年のうち三百日近くを航海に費やしている。ここに停泊するのは補給やメンテナンスの時くらいなので、一般の人が調査船に出会える機会は稀《まれ》だ。

しかし今回のイベントは違う。

機構の運用する調査船、探査機、海洋観測機器をできるだけ多く公開、展示しようという試みで、それだけに多数の見学者やマスコミの動員が期待できる。

「これからは国の予算をめぐり、独立行政法人の存亡を賭《か》けた戦いになると言っても過言ではありません」

珍しく険しい顔をした新田課長の檄《げき》も飛んでいる。

「研究者、技術者が積みあげた成果を国民に広く周知《アウトリーチ》するのは広報課の責務でもあります。是非励んでいただきたい」

理事長からそんな訓辞もあったらしい。

予算も多めに振り分けられているという。勝負の一年というのはあながち建前ではないらしい。

「有名なタレントでも呼べればいいんだけど、そこまでの予算はないし、手持ちの船で勝負するしかないの」

高峰さんにしっかり教えておきなさいよ、と言って眞美は会議室を出ていった。

「とりあえずおさらいしておきましょうか」

私はテーブルにパンフレットを並べ、当日訊かれそうなことでも、疑問に思ったことでも、何でも質問してくださいと言った。

「調査船についてはかなり覚えた。有人潜水調査船にも詳しくなったつもりだけど、人間の目で実際に深海を見られるっていう強み以外に、無人探査機との違いをきちんと説明する自信はまだないな」

高峰は腕を組んでパンフレットを見下ろしている。

「有人は静かに動くことができるので、生態系を乱さずにそっと近寄るのに適しています。ケーブルがない分自由度も高いですね。無人のケーブルは長いし重いし、母船に収納するのも大変ですから」

有人の優位性ばかり話していることに気づいて、私は慌ててつけ加えた。

「ただし、無人には無人の強みがあります。機体は小さくてすむし、危険な海域にも潜航できます。それだけ、人を乗せて潜るのが大変だということですが」

有人潜水調査船が未だ超えられない最高潜航深度六五〇〇メートルを、無人探査機〈かいこう七〇〇〇Ⅱ〉はあっさり超えている。泥や生物の採取をすることも可能だ。同じ無人探査機の〈ハイパードルフィン〉を使えば、母船にいながらにして、超高感度ハイビジョンカメラで撮影した映像を見ながら、遠隔操作で海底探査をすることもできる。

高峰が眉をひそめた。

「遠隔操作できるのはケーブルがあるからだよね。じゃあ自律型無人探査機《AUV》はどうやって動かすの。深海って電波が届かないでしょ」

「いい質問ですね」

私は思わずにやりとする。

「人が乗りこむ有人潜水調査船を〈ガンダム型〉、ケーブルで遠隔操作する有索無人探査機《ROV》を〈鉄人28号型〉ってよく言うんですけど、それに比べて自律型無人探査機は〈アトム型〉なんです。つまり自らの判断で潜航するんです」

私は〈うらしま〉のパンフレットを高峰の前に置いた。

深海巡航探査機〈うらしま〉。魚雷のようなスマートなボディに人工知能が搭載されていて、自らの位置を計算しながら航走することができる。世界中の海洋データを自動採取する他、海底地形や海底下構造のデータを取得することもできる。

「まだ開発途上ですが、最も未来を嘱望されている分野です。海底資源の探索には特に有効だと言われています。無人化がますます進みそうで、有人派としては悔しいような思いですけどね」

少し前に、〈うらしま〉の後継機として開発されていた試作機が亡失したことがあった。自律航行のテスト中に音響信号が途絶え、追跡できなくなってしまったのだ。事故に遭ったのか、故障したのか、とにかく開発者たちは肩を落としていたのだが、数日後それがひょっこりと現れた。どこを彷徨《さまよ》っていたのか、自力で予定航路まで戻ってきたのだ。発見の報を聞いた開発者たちは涙を流さんばかりに喜んでいた。

有人には有人の、無人には無人の夢がある。中でも自律型無人探査機の進撃ははじまったばかりだ。

高峰はふうんと言って、有人潜水調査船のパンフレットを手に取った。

「いつか、多岐司令が言ってたよね。〈しんかい一二〇〇〇〉の予算を獲るつもりでやれって。それって実現可能な話なの?」

「構想はあるみたいですよ。すでに設計図があるという話も」

ふいに息苦しくなった私は無理に笑った。

「でもそんな莫大《ばくだい》な予算、今の日本からは捻出できないでしょう。〈しんかい六五〇〇〉の建造費が当時の価格で百二十五億円。一万メートル級の潜水船にはもっとかかります。そんな計画、国家的な大義名分がないとまず無理だと思いますよ」

日本列島はプレートの沈みこむ海溝に寄り添い、陸地のすべてを火山帯に貫かれている。私たちは地震の巣の上に暮らしているのだ。その被害をいかにして抑えるか、それは日本が抱える究極の課題だ。

だからこそ世界に先駆けて、六五〇〇メートル級の有人潜水調査船を建造する意味があったのだ。

「一万メートル級の潜水船を持つ意味だって勿論《もちろん》あります。日本海溝の最深部は八〇二〇メートル、小笠原海溝は九七八〇メートル。そこで地震が起きる可能性は充分にありますから。でも……」

〈しんかい六五〇〇〉で深海の九八パーセントを潜航できる以上、残り二パーセントを調査するためだけに莫大な税金を費やすのかと問われれば苦しいところだ。潜水船を造れば当然、それを載せて潜航地点まで運ぶ支援母船だって必要になる。文科省や納税者を納得させることができなければ実現は難しい。何よりユーザーである研究者から熱望されなければ、プロジェクト自体起ちあがらないだろう。

なるほど、と高峰はつぶやいた。

「それじゃ一万メートルより深く潜った人類は、後にも先にもジャック・ピカールだけってことか」

「そうなりますね」

ジャック・ピカールはスイスの海洋学者で、技術者でもある。一九六〇年に潜水艇〈トリエステ〉でアメリカ海軍のドン・ウォルシュ大尉とともに、チャレンジャー海淵に潜り、深さ一〇九一六メートルの海底に到達している。潜水艇とはいっても当時の技術では行って帰ってくるだけで精一杯だ。彼らはそこでヒラメのような魚を見たという。それ以来、人間の乗った船がその深度に到達したことはない。

「本当にヒラメがいたんだろうか」

高峰がつぶやくように言った。

「ナマコと見間違えたんじゃないかっていう説が有力です」

と、私は答えた。ヒラメのような硬骨魚が、七〇〇〇メートル以深の〈超深海〉で棲息するのはきわめて難しいと言われている。いるのはほとんどが軟体動物か甲殻類だ。〈かいこう〉がチャレンジャー海淵で採取したのもエビだった。

「ピカールは撮影した写真をアメリカ海軍に渡したって主張しているらしいですが、真相は藪の中です。証拠は何も残っていません」

証拠が残ってない、という言葉を聞いて高峰は黙った。おおかた〈白い糸〉のことを考えているのだろう。

「休憩にしましょうか」

急に重苦しくなった空気に耐えかねて、私は飲み物を買いに会議室の外に出た。

財布を取りに広報課のオフィスに戻ると、眞美がテレビモニターの前に座っていた。映像制作チームの職員と話している。一般公開の日に上映する映像をつくっているようだ。

調査船の開発や建造に携わった技術者やパイロットが、熱い思いを語る内容になるらしい。遠隔地に住む人々には個々に撮影を依頼し、データを送ってもらうのだそうだ。

何気なくモニターを見た私は、はっとした。

父が映っている。

肺が一気に収縮したような気がした。呼吸ができなくなる。まるで耐圧殻の中にいるみたい。目をそらして立ち去ろうと思うのに、体が石になったように動かなかった。

父は私が知っている十五年前の姿からほとんど変わっていなかった。白髪が増え、顔の皺《しわ》も深くなっていた。でも、眉を片方だけ吊りあげる仕草も、肚《はら》の底から響くような低い声も、別れた時のままだ。

〈しんかい六五〇〇〉の建造に携わった日々のことを熱っぽく語っている。開発の苦労、就航した時の歓び。その日々こそが人生最良の時だった。そんな思いが伝わってきた。父はかつての同僚たちに懐かしく語りかける。そして新しい世代に期待していると力強く訴えた。そこで映像は終わった。

終わったということが信じられずに私は立ちすくんでいた。

——お父さんはもっとすごい船を造る。

幼い私に約束したあの言葉は何だったのだろう。

父は未来に触れなかった。新しい世代に期待している。それだけだ。自分の夢は〈しんかい六五〇〇〉で終わった。そう考えているようにしか見えなかった。

眞美が振り向き、しまった、という顔をした。

チームをはずされた後も指の先や耳のはしに残っていたぬくもりが、主電源を切られたように消えていくのがわかった。財布を取ることも飲み物を買うことも忘れて、気がついたら私は会議室に戻っていた。

「遅かったね」

高峰が目をあげて、それから驚いたように言う。

「顔が真っ青だよ。具合、悪いんじゃないの」

私は無理矢理笑顔をつくって首を振った。

そうだ。有人にこだわることなんかなかったんだ。〈しんかい一二〇〇〇〉の建造なんて実現するはずがないのだから。自分だって高峰にそう言ったじゃないか。

「それじゃ、再開しましょうか」

私はテーブルに座った。これでいい。これでいいんだ。父の呪いから、私は解き放たれたんだ。少なくとも、耐圧殻が押しつぶされる夢に脅かされることはなくなるだろう。

深度一〇〇〇メートル

無人探査機のチームに異動したい。

そう多岐司令に伝えたのは、六月も末になった頃のことだった。

「随分思い切ったな」

湿気のこもる夕暮れの整備場で多岐司令は頭をかいた。

「てっきり、有人に戻してくれと泣きつかれるもんだと思ってたよ」

カウンセリングにはちゃんと通っているのかと訊かれて、私は頷いた。

治療は進んでいない。あの時のことを思いだすだけで息が苦しくなる。もう二度と父も耐圧殻も信じることはできないのだと、私は説明した。

だから有人潜水調査船のパイロットはあきらめると。

「信じることができない、か」

多岐司令は長い溜め息をついた。

「〈しんかい六五〇〇〉は、北里さんひとりが造ったんじゃないぞ。色んな人の手によって造られたものだ。できた後も、俺たちパイロットや造船所の技術者が我が子のように手をかけて、メンテナンスや改造を繰り返している。おかげで事故ひとつない。お前はそういう人間たちのことも、信じられなくなったのか」

多岐司令のしゃがれた声は、頭の奥に封じこめた記憶を呼び覚ます。

運航チームに配属され、右も左もわからなかった頃の自分。新しい作業着の匂い。新人の私が船体に触れるのを苦虫を嚙みつぶしたような表情で見つめながら、整備を教えてくれた神尾さんの横顔。おっかなびっくり部品をいじる私の手元を凝視していた多岐司令の恐ろしい目。

電気系統、油圧系統、シーケンス制御。

パイロットが把握していないものはボルトひとつでもあってはならない。宇宙船と違って、海底で船体が故障しても耐圧殻の外に出ることはできない。五感を総動員して、わずかな音や振動をたよりに異常を感じとれるようにならなければ駄目だ、と何度も言われた。

家に帰ってから毎晩、潜航理論や水中音響の教科書と向き合い、系統図と取っ組み合いをするように作業を覚えた。スパナを握る手の力が強くなっていく私に、他の先輩も徐々に信頬を寄せてくれるようになった。

「俺だって恐怖がないわけじゃない」

多岐司令は言う。

「ハッチを閉める時は祈るような気持ちだ。髪一本でも挟まっていれば浸水の恐れがあるからな。しかしそこから先は肚を決めるしかないんだ。なんでだかわかるか」

「潜ってから何かあっても、どうしようもないからですか」

「違う。そうじゃない。そうじゃないよ」

多岐司令が声を荒らげたので、私はびくりとした。

俺たちはお前に一番大事なことを教え忘れたんだな、と多岐司令は悔しそうに言った。

「お前の気持ちはわかった。わかったが、俺は明日からしばらく沖だ。すぐどうこうはできん。戻ってきたらきちんと話そう」

小笠原海溝での調査潜航が始まるのだ。帰港は恐らく一般公開の直前になる。

「それまでにもう一度だけ考えておけ。自分が何のために深海に潜るのか。有人だろうと、無人だろうと、それがわからなければ同じことだ」

多岐司令は私に背を向けて薄暗い整備場の奥へ去った。

明日の出港に向けて、先輩たちが忙しく働いているのが見える。

誰かが電灯を点けた。〈しんかい六五〇〇〉が白く浮かびあがる。二本のマニピュレータが私の方へ向かって差しのべられている。心臓部となる耐圧殻をその胸に抱いて、なめらかな外皮は生き物の肌のように息づいている。

何のために深海に潜るのか、という言葉を口の中で反芻《はんすう》する。

映像に映る父の姿を見た時、父と私の古い夢は終わったと思った。もはや潜る意味などないのだと。

しかし他にどうすればいいのだ。夢が終わった今でも、私は〈しんかい六五〇〇〉が愛おしくてたまらない。近寄るのは怖いくせに、その肌に、骨に、神経に、触りたくてしょうがないのだ。潜れなくてもいい。近くにいるだけでいい。

作業服姿の神尾さんが立ちあがった。多岐司令との会話を聞いていたのだろうか。かつての教育係は私を黙って見つめている。

私は逃げるように整備場を後にした。

わずかに残っていた六月も過ぎ去って、七月がやってきた。

高峰は着々と一般公開当日の準備を進めていく。彼と一緒に廊下を歩くと、他部署の人に代わる代わる声をかけられた。飲みにもよく誘われているらしい。

当初は先輩らしく高峰を教える立場だった眞美も、ずっと前からいた同僚のように接するようになっている。眞美の方が年下なのだから当たり前だが、ふたりで冗談を言っている姿を見ると、むしろ高峰の方が先輩に見えた。残業した帰りに飲みに寄ったりもするらしい。

ふたりは多忙になり、私はひとりでランチを摂《と》ることが多くなった。でも、本来の職場から切り離された新人じゃあるまいし、ひとりでランチくらい食べられる。

「深雪ちゃんには弟がいるからな。誘ったら悪いと思ってるんじゃないの。俺も最近、眞美ちゃんに遊んでもらえなくて寂しいよ」

研究室を抜けだして向かいに座った目山さんが煙草の箱を弄びながら言う。

私は最近早く帰る。海の公園で漂流物を探し続ける陽生を迎えに行き、一緒にご飯をつくるためだ。

「立派な保護者だな。若いのにすっかり所帯染みちゃって、まあ」

目山さんは私のコーヒーに勝手に砂糖を入れて勝手に飲んでいる。

「そんなに寂しいなら俺の私設秘書にしてやろうか。三十歳までなら雇ってやるよ」

「なんで三十歳なんですか」

「年増《としま》の秘書なんて雇ってもしょうがないだろ」

そう言う目山さんは三十五歳だ。そんなことばっかり言っているから結婚できないんですよ、と私は毒づいた。

「ふん、これでも引く手数多《あまた》なんだぜ。将来有望なサイエンティストだからね。なんなら俺とつきあってみるか」

思わず目を見返した。本気なのか冗談なのかわからない。

「申しこみ資格は二十九歳までだけど」

なんで二十九歳までなんですか、と一応訊いてみた。

「人間の女は、二十六歳から女性ホルモンが低下するからな。二十九歳がぎりぎりだよ」

「そういうの、セクハラって言うんですよ」

私は顔をしかめる。しかし、くだらない会話のおかげで心がほんの少し、軽くなったことも確かだった。

「お前、気になるんだろ」

「気になるって何がですか」

「高峰浩二がだよ」

なぜ高峰が出てくるのだと言おうとして、胸が詰まった。

「気をつけた方がいいぜ。あいつがいい人に見えるのは抜け殻だからだ。中身を〈白い糸〉

に乗っ取られてるからだよ」

目山さんの言葉に私はハッとした。乗っ取られている。呪いをかけられている。言い方は違うけれど、私も高峰から父親の話を聞かされた時、同じようなことを思ったからだ。

「お前も、今は抜け殻みたいなものだから、あいつに惹《ひ》かれるのかもしれない。しかしこれ以上近づくのは危険だと思うよ。適度に距離を置いた方がいい」

「惹かれてるだなんて、冗談きついですよ」

「本気で言ってるんだけどな」

「もう関係ないですよ。一般公開が終わったら、私、また異動になるかもしれないし」

「一般公開って高峰がやるんだろ」

目山さんは意地悪そうな目をした。

「無事に終わればいいけどな。もしかしたら荒れるかもしれないぜ」

そう言って席を立つ。呼び止めようとした時、かすかな震動を感じた。コーヒーカップの水面が波立っている。天井から吊るされたプレートが揺れていた。また地震か。

なんだか不吉な予感がした。

もしかしたら荒れるかもしれない。目山さんの予言は意外な形で現実になった。

船舶一般公開の前日、菊屋議員の秘書から経営企画室を通して連絡があったのだ。

「明日、菊屋が視察に行きます。諸々よろしくお願いします」

新田課長はただちに高峰と眞美を会議室に呼びだした。

私はパンフレットにアンケートを挟みこむ作業をしながら、会議が終わるのを待った。オフィスに戻ってきたふたりはそれほど深刻な顔をしていなかった。

「大丈夫なの」

私が尋ねると、眞美が溜め息をつきながら首を振った。

「さあね。わざわざ明日を狙って来るのが怪しいといえば怪しいけど」

「怪しいって」

「課長はパフォーマンスじゃないかって」

明日はマスコミのカメラも入る。それを利用して、自らの存在感や影響力を強めたいという狙いがあるのかもしれない、という。〈選択人〉の言動はなにかと注目を浴びている。つい昨日も、独立行政法人科学技術振興機構《JST》の運営について、菊屋議員が口を挟んだという報道があった。対岸の火事とは思えない。

「マスコミにも事前予告しているかもしれないね」

高峰がつぶやいた。目を伏せたままじっと考えこんでいる。

「だからといって今から特別な対策ができるわけじゃないし。まあ大丈夫でしょう。高峰さんが完璧に準備してくれてるから」

眞美が明るい声を出した。

残っている業務は私のやっている挟みこみだけらしい。ふたりに手伝ってもらうと、パンフレットの山はみるみるうちに小さくなった。

定時が来た。私は陽生を迎えに行かなければならない。最終確認をしている眞美と高峰の後ろから、帰りますと声をかけると、こちらも見ずに、お疲れさまという答えが返ってきた。準備が終わったといっても、まだやることがあるらしい。

私は邪魔をしないように静かにオフィスを出た。

空はまだ明るかった。風もなく蒸し暑い。歩くだけで汗がにじんだ。

敷地のあちこちにテントが張られている。業者がトラックを乗り入れて、無人探査機を展示するためのフレームを組んでいた。慌ただしい、でも浮き浮きとした祭りの前日の空気が漂っている。

私はふと思いついて、海洋科学技術館に入った。

敷地内につくられた見学者用の施設で、船舶模型や生物標本の他、〈しんかい六五〇〇〉の実寸模型も展示されている。

本物は船体の上部ハッチから梯子《はしご》を使って乗りこむが、模型は脇腹に開けられた大きな入り口から入れるようになっている。

私はおそるおそる耐圧殻の中に入ってみた。臙脂《えんじ》色のマットに座り、計器類がびっしりと配置された球状の壁や天井を見あげる。しばらくそのままでいたが、息が苦しくなることも恐怖に襲われることもなかった。当然だ。入り口は大きく開け放たれているし、ここは海上ではない。

座ったまま手を伸ばす。暗闇の中でも操作できるようにと何度も練習した手順をたどって、私の指は計器の上を移動していった。

「よこすか、しんかい、各部異常なし、潜航用意よし」

水中通話器に向かって呼びかけてみる。

私の頭の中で〈しんかい六五〇〇〉は海中に潜入し、無事着底。模型の中に操縦装置はないが、目をつぶって想像する。私はそれを操作している。船は海底をゆっくり進む。

面舵《おもかじ》いっぱい。前進停止。

見えない操縦装置を置き、身を乗りだして窓を覗く。

そこには深海の世界が広がっているはずだ。

……でも実際には、レプリカの岩が見えただけだった。

肺の中の空気をゆっくりと吐きだす。

ここまでだ。私の夢が行けるのは、ここまでだ。

一般公開が終われば、私は大好きな有人潜水調査船のチームをはずれる。

さようなら、〈しんかい六五〇〇〉。

急に涙があふれだした。膝を抱え、顔をうずめてしばらく泣いた。

機械油の匂い。生き物の触手のように動くマニピュレータ。闇を照らす投光器。そして、地上にいる時と変わらず穏やかな調子で船を操縦するパイロットたち。

思い出が遠く過ぎ去るのを待って、涙を拭いた。

ひとりだけで静かに別れを告げることができた。そう思いながら、耐圧殻から這いだした私が見たのは、海洋科学技術館の入り口に立つ見慣れた長身だった。

「そこで、何してるんですか」

恥ずかしさがこみあげる。膝を抱えている姿こそ見られなかっただろうが、すすり泣く声は聞かれたに違いない。

高峰は気まずそうに言い訳をする。

「あの、帰る前に復習のために船舶模型を見ておこうと思って。そしたら」

入るに入れなかったということか。黙ってうつむくと、高峰は観念したように言った。

「ごめん、立ち聞きするつもりはなかったんだ」

「私、もう帰りますから」

私は高峰とすれ違って、足早に外に出た。

「じゃあ、一緒に帰ろうよ」

追いかけてきた高峰が隣に並んだ。

「心配しなくても、早まったことなんかしませんよ」

立ち止まって言うと、高峰はあっけにとられた顔をして、それから噴きだした。

「そこまで心配してないよ。たまには天谷さんと帰るのもいいかなって思って」

私はふたたび歩きだした。

「帰るんじゃありません。陽生を迎えに行くんです」

「海の公園だよね。僕も行くよ」

なぜお前が来るのかと言いたげな顔だったのだろう。高峰はなだめるように言った。

「まあいいじゃない。僕も久しぶりに陽生くんに会いたいし」

海の公園についた時、太陽はすでに西に傾いていた。

陽生は茜色に染まった波打ち際にしゃがみこんで砂をさらっていた。高峰が一緒なのを見るとスコップを投げだして駆け寄ってくる。

「明日の一般公開、僕も行きます」

日焼けした顔を高峰に向け、目をきらきらさせている。

「毎日漂着物を探してるんだって。お姉さんから聞いたよ」

「はい。でもまだ成果はありません。研究者に必要なのはとにかく、あきらめない心だって、目山さんも言っていました」

私は思わず口元を緩めた。予算と調査船を確保するためなら手段を選ばない目山さんの言いそうなことだ。

「目山さんもここに来たの」

高峰が複雑な表情を浮かべて私を見た。

「二回くらい。帰りが一緒になったので、車でここまで送ってもらったんです」

「へえ、そうなんだ。忙しいって僕の相手はしてくれないのに」

高峰はそう言って腕を組んだ。

目山さんは居酒屋はまべでの打ちあげから高峰を避けているらしい。

単純に鬱陶しいだけだと思うが、この前食堂で会った時に言っていたように、あえて距離を取っているのかもしれなかった。高峰に取り憑いている何ものかに近寄らないように。

「帰ろうよ」

陽生に呼びかけると、暗くなる前まではやっていていいという約束だ、という答えが返ってきた。私は時計を見た。日没まではまだ少し時間がある。

「正田さんに聞いたんだけど、無人チームに移るって本当？」

陽生を眺めながら、高峰が遠慮がちに話しかけてきた。さっき実寸模型の中で泣いていたわけを遠回しに尋ねようとしているのかもしれない。

「まだ希望を出しただけです。どちらにしろ有人はあきらめました。適性がないって言われてふっきれたっていうか、父の夢に囚われていた自分に嫌気がさしたっていうか」

「そうか」

高峰はつぶやくように言った。私が父の映像を見たことも、眞美から聞いているのだろう。

「さっきは最後のお別れをしていたんです。本物には乗れないから、せめて模型にと思って。そろそろ広報課勤務も終わりになると思います。高峰さんには迷惑かけたけど、おかげでいい勉強にもなったし、本当にありがとうございました」

私は頭をさげた。

嘘ではない。古い夢に振り回される高峰の姿を客観的に見ることがなかったら、父の幻影を振り切ることなどできなかっただろう。

高峰はしばらく黙っていた。

波打ち際を見つめる目が暗く輝いている。前にも見たその陰鬱な光は、彼の体をじわじわと侵蝕しているように見えた。私は目をそらした。

「あ」

陽生が素っ頓狂な声をあげた。

何かを摑み天に向かってかざしている。砂まみれのその手から、幾筋もの海水が肘を伝って落ち、制服の白いシャツを濡らしていた。

「ねえ、これなに？」

呼びかける声に、私は歩み寄った。

陽生の手の中には、朱鷺《とき》色をした透明なかけらがあった。

「貝だね。名前はわからないけど」

「なんだ、鱗じゃないんだ」

陽生はそう言ってポケットから何かを取りだした。

「これの完全なやつがほしいんだ」

私のてのひらに載せてくれたそれは、奇妙な鱗の破片だった。

セロファンのように薄く透明でいびつな円形をしている。表皮に露出する部分の片側は磨《す》り硝子のように曇っている。もう片側には条溝《じょうこう》がいくつも走り、扇子《せんす》のような隆起線があった。

かなり大きな鱗のようだ。完全な形だったら直径五センチにもなるだろう。

「これどうしたの」

「この前はまべに行った時、おじさんにもらった」

陽生は、私のてのひらを覗きこんで言う。

「深海魚の胃から出たんだって。最近よく見るって言ってたよ」

「最近？」

「うん、何年かに一回、出るんだって。何の鱗かわからないし、捨てちゃうって言うからもらってきたんだ」

背後から高峰の手が伸びてきて、てのひらから鱗を取りあげた。さっき陽生がしていたように沈みゆく太陽にかざしている。

その手の先を見た私ははっとした。

鱗のあちこちから、黒い星が瞬くのが見える。

私は高峰の顔を見あげた。鱗に真っ直ぐ向けられた瞳の奥に一瞬怪しく燃える火が見えたような気がして、どきりとした。

やがて、高峰は鱗を陽生のてのひらにそっと返して言った。

「目山さんに見せてみたらどうかな。明日の一般公開見に来るって言ってたし」

「目山さんに、ですか……」

私はためらいながら言った。魚の胃から鱗が見つかるなんて、研究者にとっては日常茶飯事だろう。鼻で嗤《わら》われるのがオチではないか。

陽生は高峰の言葉を本気にして喜んでいる。

「竜の鱗かもね」

何度も太陽にかざしては、黒い星を確かめていた。

「竜ってどっちかっていうと爬虫類でしょ。魚の鱗なんかついてないと思うけど」

そうつぶやくと、高峰がまあいいじゃないと言った。

確かに、頰を上気させている陽生を見ると、それ以上茶々を入れる気は起きなかった。

私は陽生を家に連れて帰り、学生時代に使った小さな標本箱を探して綿を敷き、その上に鱗を載せてやった。陽生は目を輝かせ、標本箱を枕元に置いて眠った。

翌日は、太陽が痛いほど輝く、雲ひとつない晴天だった。

岸壁に並ぶ三隻の研究船には、見学希望者が列をつくった。広報課の職員が三十分刻みで案内を行う。

しきりにカメラを向けられているのは、地球深部探査船〈ちきゅう〉の、天を突くようにそびえる掘削櫓《やぐら》だ。深海底を七五〇〇メートルも掘ることのできるこの船は、巨大地震発生のメカニズムや、地球生命誕生の謎を探る調査で成果を挙げていて、海底資源探査での活躍も期待されている。ファインダーにはおさまりきらない壮大な船体を、見学者たちは飽きることなく見あげていた。

深海調査研究船〈かいれい〉では、無人探査機〈かいこう七〇〇〇Ⅱ〉のコントロールルームを特別に公開していた。ロボットアニメのような操縦席で操縦装置を触らせてもらえるからか、乗り込んでいくのは大人のほうが多い。

私は〈よこすか〉を案内して回る役を仰せつかっていた。潜水船の整備ができるように格納庫が備えられていることや、採取したサンプルをすぐに分析できるラボラトリーや研究室があることなどを、船の中を歩きながら見学者に説明していく。

見学者たちは船が揺れることに戸惑っていた。小さい子供などはよろけてしまうので注意を呼びかける。でも私にはこの揺れが心地いい。海の大きなエネルギーに抱かれている感じがする。

「潜ってる時、地震が起きたらどうなりますか」

子供のひとりが質問する。

「さあどうなるでしょう。私も体験したことがないのでわかりません」

私が正直に言うと、見学者からどっと笑い声が起きた。

「潜航中に地震が起こったこともあるそうですが、震源地が遠かったので、乗っている人は何も感じなかったそうです」

「ちょうど真下で地震が起きたらどうなりますか」

「そうですね、地震が起きると、海底の亀裂からガスが噴きでて、生き物が流されることがあります。ですから、〈しんかい六五〇〇〉も少しは流されるかもしれませんね」

別の子供が手を挙げた。

「トイレに行きたくなったらどうするんですか」

「我慢します」

また大きな笑い声が起きた。

「とはいっても、六五〇〇メートル潜ってあがってくると、八時間くらいたってしまいます。簡易トイレもありますが、それが恥ずかしいという人は、オムツをするんですよ」

子供を中心に、やだーという声があがった。年配の男性が手を挙げた。

「ニュースで見たんですが、中国が七〇〇〇メートル級の有人潜水調査船を建造しているそうですね。日本は資源を狙われている。もっと焦らないといけないのと違いますか」

何と答えようかと逡巡していると、背後から神尾さんが朗らかな声で言った。

「こちらには二十年以上のキャリアがあります。そう簡単に負けはしませんよ」

質問者を中心に好意的な微笑が漏れた。

そろそろ交代の時間だと、神尾さんが私の肩を叩いた。

船から降りると、眞美が目の前を歩いていた。見学者を連れ、岸壁を案内している。船マニアらしき男性に、対岸に停泊しているのは空母ジョージ・ワシントンですかとしつこく問われ、「その通りです。空母まで見られるなんて皆さんは運がいいですね！」と笑顔で切り返していた。

敷地のあちこちには特設ブースがつくられ、無人探査機や、海洋観測機器が展示されている。子供向けのクイズ大会や、グッズ販売も行われ、横須賀本部はまるで文化祭のような賑《にぎ》わいに包まれていた。グラウンドの芝生でお弁当を広げている親子もいる。

高峰は広報課のオフィスで指示を出したり、トラブル対応をしたりしているらしい。姿が見えなかった。迷子が何人か出たのと、目眩《めまい》を起こした女性がひとりいた他は、幸い大きなハプニングも起きなかったようだ。

一般公開は、大成功の様相を呈しながら、終わりの時間を迎えようとしていた。

しめくくりに、クイズ大会優勝者の表彰と理事長の挨拶が行われることになっている。任された仕事が終わって手持ち無沙汰《ぶさた》になった私は、会場になっている整備場に向かった。

岸壁で、タラップを降りてきた〈ちきゅう〉の甲板員たちとすれ違う。顔見知りの何人かが手を振ってくれた。国際プロジェクトに属する船だけあって国籍も様々な彼らは、掘削のプロフェッショナルだ。オレンジ色の作業着からは、彼らが日々格闘している岩盤や熱水や硫化水素の匂いがたちのぼっているように感じられた。

その姿を見送っていると、視界の中に陽生が飛びこんできた。小遣いで買ったのか、グッズを入れた紙袋をぶらさげている。

「鱗、目山さんに見せた?」

声をかけると、口をひき結んで首を横に振る。

「目山さんは忙しいから、高峰さんが代わりに預かってくれるって」

「あ、そうか。学会発表がどうとか言ってたな」

今、目山さんは死ぬほど忙しいらしい。論文の執筆が大詰めでろくに家にも帰っていないのだと、今朝本館の廊下で出くわした時に言っていた。今日が一般公開であることも忘れていたようで、

「土曜なのに人が多いな。わいわい、うるさくてたまらない」

と不機嫌そうに言っていた。

陽生はトイレに行く途中で偶然高峰に会い、標本箱を預けたのだそうだ。

「偶然ねえ」

広い敷地の中で、一般見学者の陽生と、ほとんどの時間、オフィスに詰めている高峰が、そんなに都合よく出会えるものだろうか。私が首をかしげていると、陽生はもじもじした様子で、

「僕、早く整備場に行って前の方で見たいんだ」

と小走りになって行ってしまった。様子がおかしい。

陽生の後を追って足を速めたが、仮設テントの下にいた新田課長に呼びとめられた。

「天谷さん、整備場に行くの。僕もそろそろ行こうかな」

テントを出て私と一緒に歩きだした新田課長は、額に汗をかきながら満面の笑みを浮かべていた。集客数が多かったので機嫌がいいのだろう。

「運航チームに戻るかもしれないんだって？　寂しくなるなあ。うちは常に現場経験のある広報担当を必要としているからね。パイロットがいやになったらいつでも戻っておいで」

君には居場所があるのだとさりげなく仄《ほの》めかしてくれる。優しい人だ。私は胸がいっぱいになって、三ヶ月間お世話になったお礼を言った。

「それにしても高峰くんはたいしたものだよ。さっきテレビ局の人と話したんだけど、今日の様子を今夜のニュースで大きく扱ってくれるって。彼がマスコミへの根回しを周到にしていたおかげだよ。高峰秋一さんの息子さんだって聞いて、採用するかどうか正直迷うところもあったけど、結果オーライだったなあ」

「そういえば菊屋議員が来ませんでしたね」

私がふと思いだして言うと、新田課長は腕を組んだ。

「予定変更したんじゃないかな。議員さんにはよくあることだ。おかげでこっちは振り回されちゃったけどね」

整備場には大勢の人がいた。

大半の見学者は帰ってしまったようだが、それでもクイズ大会の表彰をされる子供の保護者や、職員たちが入るといっぱいになった。打ちあげ気分で参加しているのか、ビールがあればいいのに、などと言っている職員もいる。

高峰は〈しんかい二〇〇〇〉の整備台の上にいた。マイクを設置している。進行が気になるのか、腕時計に目をやっている。

ほどなくしてクイズ大会の表彰式が始まった。

整備台にあがった子供たちは嬉しそうに賞品を受け取っている。最前列あたりに陽生がいる。その横に、洋介くんが立っていた。

「課長」

私は緊張した。

「菊屋議員の息子さんが来ています。あそこ」

新田課長が顔をこわばらせて伸びあがった時、眞美がやってきて囁いた。

「菊屋議員がいらっしゃいました」

整備場の入り口に、黒いスーツに身を包んだ菊屋国義がいた。後ろにテレビカメラが何台もついてきている。

そういうことか。背中から汗がひいていった。

見学者が少なくなり、整備場に人が集まった隙に、カメラを連れて敷地内を歩き回ったのに違いない。そこでどんなことをしゃべったのかは想像がつく。海底資源探査に予算を集中せよ、とテレビで披露したのと同じ主張を繰り返したのだろう。

整備台の上では、理事長が来場者への謝辞を述べている最中だった。

視線を左に動かすと、〈しんかい二〇〇〇〉の船尾近くに控えている高峰が見えた。そのまなざしが菊屋議員に据えられていた。

気のせいだろうか、唇の端がかすかに持ちあがったように見えた。議員を待ちかねていたかのように。動悸がした。

——社長室に直接持っていった。この企画を通さないなら辞めさせてくれって。

ずっと前に聞いた高峰の言葉が、なぜか今になってよみがえる。

挨拶が終わり盛大な拍手が起きると、理事長に菊屋議員が歩み寄った。

理事長は笑顔で迎え、高峰の方に上半身を寄せて何かを囁いた。議員にスピーチをさせてやれと言ったようだ。

記者たちが一斉にカメラのレンズを向ける。

整備台にあがった菊屋議員はナイフの切れこみのような目を細めて、拍手にこたえた。

「海洋研究開発機構にお越しの皆さん、今日は楽しい一日を過ごされたと思います。実は私も海洋大学の出身でして、学生時代には船に乗って調査に出たこともあります。今日は久々に現場を見ることができて懐かしく思いました」

クールな顔立ちに似合わない柔らかな表情を浮かべて、岸壁に目をやる。

「日本は小さい国です。しかし排他的経済水域の大きさは世界第六位。深海底を第二の国土とするならば、広大な地面と資源を有することになるのです」

菊屋議員は微笑み、誇らしげに声を張りあげた。

「少資源国家などとはもう言わせません。希少鉱物を得るために、外国に頭をさげる必要もないのです。日本はみごと復興を果たし、燦然《さんぜん》と輝く海洋大国になるでしょう。未来の担い手となる子供たちのために、教育にもっとお金をかけることもできるのです」

教育に話を寄せているのは、会場に親子連れが多いためだろう。

「我が党は、国益に有用なものを選択し、税金を集中させる一方、不要不急の事業は徹底的に削減していくつもりです」

菊屋議員の野太い声が響く。

会場の空気は和やかな打ちあげの場から、いつの間にか与党の政策をアピールする場へと変わってしまっていた。議員からすれば自分の話だけが放送されればいいのだから、前後との脈絡などどうでもいいのだろう。しかし、さっきまで楽しそうにしていた子供たちは話についていけずに疲れた表情を浮かべている。

陽生の隣で、洋介くんが父を睨みつけているのが見えた。

「当機構の職員諸君にも申し上げたい」

菊屋議員の目は職員たちに向いた。ワイシャツ姿の職員、私服姿の研究員、整備場の奥で腕を組んでいる多岐司令や神尾さんまでをも、ぐるりと見回す。

「あなたがたの給与や研究費には税金が使われている。あなたがたのスポンサーは国民なのです。そのことをどうかしっかりと胸に刻み、国益に沿う活動の推進に、より一層努力していただけますようお願いします」

演説を終えて菊屋議員は整備台を降りた。拍手が起こったが、心なしかまばらだった。

新田課長がハンカチで汗を拭いた。

「演説だけですんだか。やれやれ、変なことを言われなくてよかった」

整備台の中央に高峰が歩み出た。マイクの前にふたたび立つ。議員への謝辞を述べて、閉会するのだろうと誰もが思ったその時。

「最後に、皆さんにお見せしたいものがあります」

高峰がよく通る声で言った。

「菊屋先生も聞いてください」

秘書に連れられ、整備場を出ていこうとしていた菊屋議員が怪訝な顔をして振り向いた。

私は整備台の前に目をやった。陽生が赤みのさした頬で高峰を一心に見つめている。

さっき岸壁で陽生が見せたもじもじとした態度が頭をよぎった。さらに遡《さかのぼ》って、太陽の光に鱗を透かせていた高峰の姿も。

まさか、と思うのと同時に、高峰は手に持った標本箱を高々と掲げ、快活な声で会場全体に呼びかけた。

「皆さんはこれを何だと思いますか」

私は戦慄《せんりつ》した。体中の血が潮のようにひいていく。

「先日、この付近で水揚げされた深海魚の胃の中から発見された、ある深海生物の鱗です」

会場がざわめいた。伸びあがって標本箱の中身をなんとか見ようとしている子供もいる。

新田課長が混乱した顔で、どういうことかと眞美に訊く。眞美はこわばった顔で、わからないと首を振った。

高峰は高く掲げた右手をおろし、てのひらの中の標本箱にじっと目を落とした。そしてその目を会場に向けると、屈託のない笑みを浮かべて声を張りあげた。

「今日、会場に来てくれた子供たちみんなに質問します」

高峰は何も持っていない方の手を自ら挙げてみせた。

「君たちには夢がありますか。そのためだったら、どんなに頑張ってもいいと思えるような、そのことを考えるだけで毎日がきらきらと輝いて見えるような、そんな夢が」

数人の子供の手が遠慮がちに挙がった。しかし多くの子供は高峰の言葉の意味をはかりかねているのか、戸惑うような表情を浮かべている。

「君たちのお父さん、お母さんはどうでしょうか。君たちにどんな夢を語ってくれますか」

突然矛先を向けられた大人たちが決まりの悪そうな表情を浮かべる。

高峰は会場をゆっくりと見回した後、ふたたび標本箱を高く掲げた。そして厳粛な声調でゆっくりと語りはじめた。

「僕にはあります。どうしてもかなえたい夢。それがこの鱗です」

整備場の入り口からさしこむ明るい太陽の日差しに照らされて、標本箱のケースが煌《きら》めいた。

「この鱗は、今から十八年前、日本海溝の深さ六三〇〇メートルの海底で、ただ一度だけ目撃された未確認深海生物のものと思われます。〈しんかい六五〇〇〉に乗って、その生物を目撃したのは、深海生物学者だった僕の父でした」

「止めましょう」

眞美が鋭く言う。

「いや、しかし、へたに騒ぎ立てるのも……」

新田課長が迷うように言った。傷が深くなるばかりではないかと危惧しているのだろう。

「しかし、なぜこんな時に。なにも議員がいる時にこんな話をしなくても」

いや、議員がいるからこそやったのだ。私はそう思った。高峰は、最も注目されるタイミングを狙っていたのに違いない。

「父はこの生物を十八年もの間、探し続けました。父の話によれば、この生物は未だかつて僕たちが見たことのないような不思議な姿をしていたそうです。けれど父は、ふたたびこの生物に出会うこともなく、この生物が存在するという証拠を見つけることもできずに、四ヶ月前、調査中の事故によってこの世を去りました」

そこまで一気にしゃべった高峰は、手の中の標本箱に熱いまなざしを向けた。

「しかしつい先日、その生物のものと思われる鱗が見つかったのです。この鱗を見つけたのは、なんと、君たちと同じくらいの、十歳の小学生でした」

会場はにわかに熱気を帯びた。

テレビ局もひきずられるように撮影を続けている。

「残念ながら、当機構ではこの生物を探しに行くことはできません。菊屋先生がさっき言われた通り、国益にそぐわない不要不急の事業は削減されなければならないからです」

菊屋議員が口の端を歪めるのが見えた。

「日本近海には、全海洋生物種の約一四パーセントが密集しています。生物の多様性だけとってみても、日本はすでに燦然と輝く海洋大国なのです」

高峰は菊屋議員の使った言葉をうまく再構成している。

「さらに未発見の生物も十万種以上いると言われています。僕たちの知らない世界が、日本人の知らない日本が、この海のはるか下にあるのです」

高峰は岸壁の向こうに広がる青い海を見た。その語りに吸い寄せられ、来場者たちは一心に整備台の上を見つめていた。

「海底資源を得ることこそが国益に沿う行為なのだと、菊屋先生はおっしゃいました。しかしそれだけが、本当に復興のため、未来を担う子供のためとなり得るのでしょうか？」

高峰は整備台の下に立つ菊屋議員に語りかけるように言った。

「僕が今手にしているこの鱗は海底資源ではありません。ならば、この鱗は一体何のために地上へ現れ、僕たちの興味をこんなにも掻《か》きたてるのでしょうか」

高峰は大きく息を吸ってから、力強く言った。

「それは、この国の夢を繋《つな》ぐためです」

菊屋議員は眉をひそめて高峰を睨むように見た。

「現在の日本の子供たちは、自分の生まれた国の前途に絶望しているように見えます。子供たちだけではありません。僕たちだってそうです」

高峰は陽生や洋介くん、会場にいる子供たちの顔ひとつひとつに目を向けた。

「僕たちが生まれてきた時、日本はすでに最盛期を終えようとしていました。オリンピックも万博も高度経済成長期も、僕たちは知らない。残されていたのは、莫大な国の借金、重い福祉負担、破壊された環境、そして物ばかりが潤沢にあふれた世界でした」

ふたたび菊屋議員にするどいまなざしを向けて、高峰は尖った声を出した。

「菊屋先生はどんな日本を復興するつもりなのでしょう。資源を掘り、消費するだけの未来。それはあなたの育った古い日本の再現にすぎないのではないでしょうか」

やはりやめさせよう、と新田課長が眞美に囁いた時、

「続けさせなさい」

豊かなテノールが響いた。振り向くと皆川理事が立っていた。仕立てのいいスーツに恰幅《かっぷく》のよい体を包んで、整備台の高峰をあおいでいる。

「資源は費やしてしまえば終わりです」

高峰は肚の底から響くような声で言った。

「しかし人類がまだ足を踏み入れぬ深海底に潜り、未知の生物を探すという夢は、今ここにいる子供たちに、枯渇することのない莫大なエネルギーを与えてくれるのではないでしょうか。まだ終わってなどいない、これからはじまる物語を次世代に引き継ぐことこそが、僕たち大人が果たすべき責務なのではないでしょうか」

高峰はふたたび海の方を向いた。

そして岸壁に停泊している三隻の調査船を見つめた。

「菊屋先生が言われたように、僕たちのスポンサーは国民です。どんな未来に投資するか決めるのは議員でも官僚でもない。国民の皆さんです。今日ご覧いただいた通り、海洋研究開

発機構は、それを実現するだけの船と探査機と人材を有しています」

菊屋議員は、自分の演説をまったく別の物語によって塗りつぶしていく広報課の職員を呆《ぼう》然《ぜん》とした顔で見つめている。

――同情や熱意だけでは人も船も動かない。

目山さんのあの言葉に、高峰は立ち向かおうとしているのだろうか。他者の熱意を呼び覚ますことで、人を、船を、動かそうとしているのだろうか。

高峰は会場を泰然と見回した。

その目が私をとらえる。

どうだ、と言われたような気がして、心臓が止まった。

会場から嵐のような拍手が巻き起こった。子供も親も頬を紅潮させて手を叩いている。周囲を窺うようにしながら、こっそり手を叩いている研究員もいる。

私は整備場の奥を見た。

多岐司令、副司令、そして〈しんかい六五〇〇〉運航チームの先輩たちが、腕を組んだまま高峰を静かに見つめていた。

彼はもしかして、本当に深海に行くことができるかもしれない。

ふいにそんな途方もない予感を覚えた。

なぜできないなどと思ったのだろう。未確認深海生物など見つかるはずがないと、どうして私は決めつけていたのだろう。

覚悟を決めたような顔で整備台を降りる高峰に、無数のカメラが向けられていた。

テレビ局だけではない。一般見学者のハンディカメラや携帯電話のカメラが、高峰を撮影し続けていた。

深度二〇〇〇メートル

久しぶりに座る運航チームのデスクにはうっすらと埃《ほこり》が積もっていた。まるで海底堆積物のようなそれに触れると、指の先が白くなった。

私は作業着に着替えて、神尾さんと整備場に向かった。

〈しんかい六五〇〇〉が朝日を反射している。私はその姿をまぶしく見つめた。

もう一度、有人潜水調査船に乗りたいです。

船舶一般公開を終えた週明け、そう言って頭をさげた私に、多岐司令は少し思案してから尋ねた。

「それは、あのジュニアのためか」

そうですとも違いますとも言いかねて、私は口ごもった。

高峰の話を信じたと言えば嘘になる。しかし、二度と〈しんかい六五〇〇〉に乗れないと固く閉じていた心が、あのスピーチによってこじ開けられたことだけは確かだ。

多岐司令は私を見つめ、まあいい、と溜め息まじりに言った。

「少しはましになったみたいだな」

治療を続けることを条件に、運航チームに戻り、整備に就くことを許可してくれた。時宜を見て訓練潜航も再開してくれるという。あくまで私が耐圧殻に入れるようになったらの話だけれど。

「使いものにならないようなら、今度こそ異動してもらうからな。そうなった時、無人チームの方で貰ってくれるかどうかはわからないぞ」

と釘《くぎ》も刺された。

それでもいい。もう一度チャンスをもらえるなら。

整備の勘を取り戻すために、しばらくの間、神尾さんのアシスタントをすることになった。熟練した手つきで進んでいく作業を見ながら、必要な工具を渡していく。機械油の匂いが鼻をつくと、今までのことが思いだされて泣きそうになった。やっぱり、ここに戻ってきてよかった。

作業が一通り終わると点検するように言われた。目を皿のようにして部品をひとつひとつチェックする私を、神尾さんは腰に手を当てて眺めている。

船体に触るのは閉所恐怖症を起こしたあの日以来だ。不安になって振り向くと、神尾さんが、いいから続けろという表情で顎をあげた。できるだろうか。私は奥歯を強く嚙んだ。

大丈夫だ。神尾さんが私を見捨てたことなど一度もなかったじゃないか。容赦なく叱る一方で、多岐司令に雷を落とされないよう、いつもフォローしてくれた。その人の前から逃げだすわけにはいかない。

「終わりました」

立ちあがって報告すると、神尾さんは「よし」と頷いた。その声を聞いたらとうとう涙があふれてきた。

「おいおい、なんだよ。泣くなよ、こんなところで」

「今まで、すごく迷惑かけて、ほんとにすみませんでした」

「俺が泣かせたと思われるだろうが」

神尾さんは慌てたようにまわりを見る。私は思わず笑って涙を拭いた。

「私、必ず〈しんかい六五〇〇〉に乗ってみせます」

「そうだな。早いとこ、閉所恐怖症を克服してくれ」

神尾さんはぶっきらぼうに言って工具を片づけはじめた。

そばに行って手伝っていると、

「そういえば、あいつはまだ復帰しないのか」

おさえた声で言う。

「……来週の月曜日には出てくるそうです」

あの事件のあと、高峰は二週間の停職を命じられた。戒告や減給よりも重い処分だ。無理もない。イベントの主催者である広報課の職員が、その場を私的な野心のために利用したのだから。しかしそれだけだったら、ここまで重い処分にはならなかった。

「まさか、こんな大騒ぎになるとはな」

神尾さんが腰を叩きながら立ちあがった。

——続けさせなさい。

皆川理事が高峰を止めなかったのは、あの場にいた人間の大半が機構の関係者だったからだ。数少ない一般見学者があれを聞いてどうこうすることはないだろう。テレビ局には放送しないよう要請すればいい。たかが一職員の暴走なのだ。ニュース性があるとは思えない。無理に止めて見苦しいところを見せることもない。そう判断したからだ。菊屋議員には後で謝るつもりだったのだろう。

しかし、それは誤算だった。

高峰を会議室に連行して説諭した後、処分が出るまでの間自宅待機を命じた新田課長は、週が明けた月曜日、信じがたい報告を受け冷や汗をかくことになった。

ネットの動画投稿サイトに、土曜日の映像がアップされたのだ。

一般見学者によって撮影されたらしいその映像には、菊屋議員の演説と、高峰による新種の生物の発表、そして議員に反発するスピーチが映っていた。閲覧数はあっという間に数万件を超えた。

「なんで、こんなにアクセスがあるんだ」

新田課長はそう呻いてデスクで頭を抱えたらしい。機構自体も、動画投稿サイトにチャンネルを持っているが、ここまで短期間に集中して閲覧されたことなどなかった。

原因はすぐにわかった。ある女性タレントのブログに、一般公開の様子がその映像へのリンクと一緒に綴られていたのだ。日頃から深海生物ファンだと公言しているそのタレントは、お忍びで会場に来ていたらしい。

彼女のブログによって点いた火は、タレントのファンや、深海生物ファンのコミュニティへと、あっという間に移っていった。そうなれば、もはや消し止めることは不可能だった。動画はどこまでも拡散されていく。

やがてテレビ局が、当日の映像を報道しますよ、と報道室を通して連絡してきた。広報課の一職員の暴走にニュース性はない。しかし〈選択人〉の菊屋議員が衆人環視の中でやりこめられた映像にはニュース性があるのだ。

そんな生物が本当にいるんですか。

なぜ探しに行かないんですか。

あの広報課の職員は今何をしているんですか。

そんな問い合わせが殺到し、眞美たちは対応に追われた。映像が公開された以上、あれは嘘ですとは言えない。海洋研究開発機構の公式サイトには、一般公開にて当機構職員が行った発表は現時点では推測の域を出ないものであること、現在、海洋・極限環境生物圏領域において研究・分析中であることを説明する文章や、不確定な情報を発信したことへのお詫《わ》びが急ぎ掲載された。しかしそれだけで問い合わせの電話やメールが止むはずもなかった。

――僕たちの知らない世界が、日本人の知らない日本が、この海のはるか下にあるのです。

高峰の言葉がかきたてたのは、人々の心に潜む密《ひそ》かな欲求だったのではないかと、私はニュース映像を眺めながら思った。未曽有《みぞう》の天災に襲われ、その余波に苦しみ、目をそむけたくなるような現実を見据えているうちに少しずつ失われていった自信。

まだ終わってなどいない、これからはじまる物語を信じたかったのは、子供ではなく、大人の方だったのかもしれない。

彼はこうなることを予測していたのだろうか。

高峰はその後一度も出勤することなく、自宅待機からそのまま停職へと移行させられた。新田課長は、停職中に彼の家を訪ねることや、連絡を取ることを一切禁じたので、あの日以来高峰と話をした職員はいない。新田課長からの指示を伝えるため、一度だけ彼に電話した眞美によれば、「思ったより元気そうだった」らしい。

「私、すごく買ってたのになあ、彼のこと。顔はいいし、仕事はそつないし、話も面白いし」

眞美はそう言って溜め息をつく。もしかして高峰のことを好きだったのかな、と私は思った。一見派手に思えて実際はガードの堅い眞美が、特定の異性と頻繁に飲みに行くなんて珍しいからだ。

「でもどっか変なのよね、あの人。来る者は拒まず去る者は追わずって感じで、誘われたら誰とでも飲みに行くくせに、自分からは絶対に誘わない。興味があるのは〈白い糸〉のことだけ。目山さんの言う通り、見てくれのいい外見はただの抜け殻なのかも」

まさかあんなことをするとは、と眞美は吐き捨てるように言う。

あれからすぐに運航チームに戻った私と違い、事後対応に忙殺されている職員たちにとって、高峰の存在は日に日に疎ましいものになっているらしい。経営企画室は文科省への報告書作成に追われ、報道室はメディア対応に冷や汗をかくことになった。当然広報課への風当たりは強くなる。一般公開の責任者であり、高峰の上司でもある新田課長は、機構の内でも外でも頭をさげて回る破目になった。出勤してもデスクに座る暇も与えられず、やつれてきているらしい。

一方で高峰の行為を支持する人たちもいる。神尾さんがそうだ。

「俺はスッとしたよ」

と眞美と反対のことを言う。

「いや、海底資源探査に反対だっていう意味じゃないよ。資源探査はうちの事業の重要な柱だからな」

油で黒ずんだ指を見つめながら言う。

「しかしね、俺たちのことを何も知らずに、国益のために努力しろなんて言われて、頭にこなかった奴はいないんじゃないかな。確かに予算は食ってるかもしれない。しかし政治家が選挙だ政局だってやっている間に、地道に技術を積み重ねてきたからこそ、世界に誇る海洋探査技術を持つことができたんじゃないか。政治家が旗を振った途端に、技術が海から湧いて出たわけじゃないんだぜ。我が物顔に語られたんじゃ、むかっ腹もたつってもんだよ」

いつになく熱っぽく語る顔を、気圧《けお》されたように見つめていると、神尾さんは照れ笑いをした。

「……まあ、とにかく、スッとしたってことだよ」

所内は大方このふたつの意見に分かれるらしい。前者に直接高峰の被害をこうむった人が多く、後者に影響の少なかった人が多いのは、仕方ないだろう。

目山さんは、言うまでもなく前者だった。

「俺は今、高峰を激しく憎んでいる」

私が食堂でコーヒーを注文しているところにやってきて怒りをぶちまける。

論文の執筆に追われていた目山さんには、事件に気づく余裕もなかった。なんとかめどがついて仮眠室に入り、うとうとしかけたところを叩き起こされたのだそうだ。寝ぼけ眼《まなこ》のまま呼ばれた理事長室で、あの鱗を分析せよと直々に命じられたという。

ここまでの騒ぎになった以上、分析しないわけにはいかない、ありふれた生物だったことがわかれば、そう発表して幕引きをすることができる——理事長はそう言った。

「でも、実際に分析をするのは目山さんじゃないんでしょう」

「巣谷《すたに》に特別研究チームを組ませる」

目山さんは口の端を歪めながら言った。

巣谷さんは、目山さんの研究チームにいる若い研究員だ。いつも大きな口を開けてにやにやしているので、オオグチボヤというあだ名がついている。

「しかし理事長は分析を一ヶ月でやれと仰せだ。他の研究チームや、大学にまで協力を求めなければならないとなると、その調整とか監督とか報告とかは、俺の仕事になるんだよ」

私がカップを持ってテーブルに着くと、目山さんもついてきて向かいに腰を下ろす。

「はまべの稲葉さんも稲葉さんだよ。あの鱗を俺に直接くれれば、まともな日程で分析できたものを、よりにもよって高峰に渡すとは」

俺がどれだけあの店に注ぎこんだと思ってるんだと、怨《うら》みが尽きることはない。

「高峰さんじゃなくて陽生に渡したんですよ」

「うるさい。そもそもお前の監督能力に問題があるんだよ。知らないおじさんから簡単に物もらうなって、ちゃんと教育しておけ」

目山さんは毒を吐き続ける。

「管理職に祭りあげられてからというもの、人事だとか交渉だとかに振り回されて、研究船利用公募も近づいて焦ってるところに、どうしてあいつは、高峰って奴は、何の怨みがあってこんな仕打ちをするんだ。俺の人生を何だと思ってるんだ」

「ちょっと大げさじゃないんですか、人生だなんて」

大げさじゃねえよ、と目山さんは私のコーヒーに勝手に砂糖を入れ、カップにやかましくスプーンを打ちつけながら眉間の皺を深くする。

「こうしている間にも、科学は前へ前へ進んでるんだぞ。俺がここに籍を置いてるのは、世界最高峰の海洋探査技術を駆使するためであって、事務方の新人くんの夢をかなえるためじゃないんだ。ただでさえ自分の研究をする時間がないのに、あの親子の狂った夢なんかに巻きこまれてたまるか」

高峰とは一生涯口をきかない、と宣言して、私のコーヒーをひと息に飲み干してしまった。

「お前もあいつとは縁を切れ。いいな」

子供のようなことを言い捨てて去っていく。

来週の月曜日、高峰は停職を解かれる。

出勤しても当分は針の筵《むしろ》だろう。さすがにその信念も砕けてしまうのではないか。

三ヶ月前の自分を思いだした。ひしゃげた心臓を抱えて海を眺めていた惨めな自分。しかし、今の高峰が置かれた状況に比べたらずっとましのような気がした。

月曜日がやってきた。

私は出港間近の〈よこすか〉を見あげながら岸壁に立っていた。

タラップの前に、トランクを抱えた研究員たちが列をつくっている。その中には目山さんもいた。鱗の分析は陸に残るチームメンバーにひとまず預けて、かねてから予定されていた巣谷さんの調査潜航につきあうために乗船するのだそうだ。

「今回は僕が首席研究員なんです」

巣谷さんは嬉しそうに言っていた。

「いつもは目山さんの下僕ですが、今回ばかりは好きにやらせてもらいますよ」

口とは裏腹に、目山さんの部下たちは上司を崇拝している。目山さんから与えられる過酷なタスクをこなすのがどうやら彼らの歓びらしい。研究者は総じて内向的で繊細なタイプが多いので、喜怒哀楽がわかりやすい若い上司というのは案外やりやすいのかもしれない。

トランクに腰かけた目山さんと目が合うと、

「お前、無人チームに行くんじゃなかったのか」

と、意地の悪い口調で言われた。

「もう一度有人に挑戦します」

私が真面目な顔で言うと、目山さんは、ふうん、と鼻を鳴らした。

「多岐さんも大変だな。まあ、よかったんじゃないの。お祝いに今晩部屋に行ってやってもいいぞ」

セクハラまがいの冗談を吐くところを見ると、少しは機嫌が直ってきたらしい。

研究員が乗船を終えるまで待機を命じられた私は、直射日光を避けて木陰に入った。〈しんかい六五〇〇〉は昨日のうちに積みこまれている。今頃は格納庫で充電ケーブルにつながれているはずだ。

あと少ししたら私も〈よこすか〉に乗る。硬い地面とはしばらくお別れだ。

それにしてもいやに待たせる。目をあげた私は、出勤する職員の一群から、人影がひとつ離れて岸壁へ出てくるのを見つけた。

高峰だ。

長身をもてあますようにして海風に吹かれている。その姿は二週間前と変わらない。

どうしようか。迷った挙げ句、話しかけることにした。

近づいてくる私を見ると、高峰はまぶしそうに目を細めた。

「あの、私、今日から〈よこすか〉で沖縄まで行くんです。乗船はもっと先だって言われてたんですけど、急に人手が足りなくなって。といっても整備士としてですけど」

一方的に報告すると、高峰は驚いた顔をした。

「無人に異動するって話は？」

「いえ、結局もとの、有人チームに戻してもらいました」

高峰は、そうか、と力なくつぶやいた。

「高峰さんは今日から出勤なんですよね」

言ったきり後が続かない。停職中は何してたんですかとか、広報課では風当たりが強いでしょうが負けないでくださいとか、色々考えたが、どれもふさわしくない気がして、話題を変えた。

「陽生が心配していましたよ」

事件の日、私は片づけに追われて、陽生と一緒には帰れなかった。

「あの鱗を発表してくれって頼んだのは、僕なんだ」

陽生は家に帰った私の顔を見るなりそう言った。こんな事態になるとは思わなかったのだろう。スピーチの後、険しい顔をした新田課長や他の広報職員に囲まれた高峰を見て、怖くなったらしい。子供の浅知恵でかばおうと思ったようだ。

あれから二週間。陽生は漂着物探しをやめ、毎日テレビかPCを見ている。前と違うのは、高峰に関するニュースを熱心に拾っているということだ。

海洋研究開発機構への交付金を増やしてやれ。

沸きあがった世論に対し、菊屋議員は主張を巧みに翻した。最初からそう思っていたと言わんばかりの論陣を張っているらしい。

陽生のそんな報告を聞きながら、私はあの事件の日、菊屋議員と交わした会話を思いだしていた。整備場で片づけをしている私の前に洋介くんを連れて現れたのだ。

「陽生くんのお姉さんですね。息子がお世話になっています」

菊屋議員に会釈され、私は慌ててヘルメットをぬいだ。

「友達がいないようで心配していたのですが、陽生くんと友達になってから随分快活になって、妻からもよろしく伝えてくれと言われていたのです」

先生そろそろ、と囁く秘書に頷いてから、菊屋議員は言った。

「さっきの広報課の職員、名前は何というのですか」

私は、少しためらった後、答えた。

「高峰浩二、です」

「高峰……」

菊屋議員は眉をひそめて、宙を睨んだ。その顔を洋介くんが射るような目で見ていた。

「あの日の夜、洋介くんは、生まれて初めてお父さんと喧嘩したらしいよ。お父さんとは意見が合わないって、洋介くん、怒ってた」

そんな報告までしてくれた陽生は、私がパイロット候補として運航チームに復帰したことを知ると、脱力したような笑顔を見せた。航海中は鎌倉に帰っていてねと頼むと、まるで重大な任務でも命じられたかのように、真面目くさって頷いていた。

「そんなわけで、もし暇があったら、陽生にメールしてあげてください」

「わかった」

無表情で答える高峰に、私は違和感を覚えた。一般公開の前日、海の公園で話した人物と同じような気もするし、違うような気もする。

ふいに高峰が私の後ろを見て表情を硬くした。振り向くと皆川理事がいた。

「元気だったかな」

朗々と響く声を聞くや否や、高峰が頭を深々とさげた。

「申し訳ありませんでした」

潔い謝罪だった。

私は妙に落ち着かない気分になった。〈白い糸〉のことに関しては反省などしないだろうと無意識に期待していたのかもしれない。

「やってしまったものは仕方がない。肝心なのはその後だ」

皆川理事は体を大儀そうにねじって〈よこすか〉を見た。その目の照準はもっと遠いところ、格納庫の中の〈しんかい六五〇〇〉に合わせられているようだった。

「高峰くんは、緒明亮乍《おあきりょうさく》という人を知っているか」

その名前を聞いて私は体をこわばらせた。何を言おうとしているのだろう。

「緒明亮乍は、太平洋戦争中、特攻兵器〈回天〉、いわゆる人間魚雷の設計に携わった海軍造船官だ。戦後は潜水艇〈くろしお〉の開発に関わり、その後、潜水球〈うずしお〉のアドバイザーを務めた。日本の有人潜水調査船の礎を築いたひとりでもある」

皆川理事はそこまで説明すると、

「その緒明さんが、こんな言葉を遺している」

と言って、厳粛な表情を浮かべた。

「……現在我が国の若者の多くは国の前途にこれといった希望を持っていないようだ。ただ享楽的に人生を過ごせばよいといった風潮がある。この青少年たちに健全な夢を与える意味でも、世界に誇れるような深海潜水調査船を建造して人類未踏の深海底を探検することは重要な国の責務と思う……と」

高峰がはっとしたのを見て、皆川理事は頷いた。

「君があの日、披露したスピーチを聞いて、この言葉を久しぶりに思いだしたよ。広報課長を制止して最後までやらせたのは、君が何を言いたいのか最後まで聞いてみたい、そう思ったからだ」

「……その方は今もご存命なのですか」

高峰が尋ねると、皆川理事は首を振った。

「〈うずしお〉は完成しなかった。テスト潜水で事故を起こし、乗員二名が死亡したのだ。

緒明氏はその二日後に鉄道自殺をはかって亡くなられた」

高峰の眉が痙攣《けいれん》するように動いた。

「未知の領域を解き明かしたいと強く願うことは人間の自然な欲求であるとともに、研究者の本能でもある。そのエネルギーがなければ海洋探査技術がここまでの進化を遂げることはなかっただろう。君の言ったことは決して間違いではない。しかしだ」

皆川理事は後ろ手のまま、鋭い眼光を高峰に据えた。

「こういうことも知っておくべきだと思う。そもそも〈くろしお〉が建造されたのは、豊富な蛋白《たんぱく》資源を探すため、餓えにあえぐ日本国民を救うためだった」

次に私に目を据える。

「〈うずしお〉の耐圧殻の下半分はアクリル製樹脂でできていた。それが〈しんかい二〇〇〇〉では鋼鉄製に、〈しんかい六五〇〇〉ではチタン合金製に進化している。チタンは希少鉱物ではないが、金属として用いられるようになったのはつい最近のことだ。より強化された耐圧殻は人類をより深い海へと導いている。鉱物がなければ船を建造できない。その船を動かすには燃料がいる。我々が享受している先端技術の裏では、資源を確保するため、血のにじむような思いで外国とわたりあう人々がいることを忘れてはならない」

一方で持続可能なエネルギーの開発を進めることも大事だがね、と付け加える。

「資源だけではない。血税をめぐる争いも激化するだろう。あのアメリカ航空宇宙局《NASA》ですら、国民の理解を得るのに必死なくらいだからな。それを考えれば、今回の君の暴走もあながち無駄ではなかったかもしれない」

長広舌に疲れてきたのだろう、皆川理事は大きな溜め息をついた。

「しかし科学者は嘘をつくことができない生き物でね。理事長は目山プログラムディレクターに鱗の分析を命じたそうだが、たいした結果が出なかったとしても、そのまま発表しなければならない。その場合、君の野望は再起不能だ。それは覚悟しておきなさい」

高峰は顔をこわばらせたが頷くことはしなかった。

皆川理事はそれを気にする様子もなく、海を眺めながら、〈白い糸〉か、と懐かしそうにつぶやいた。そして痛みに耐えるように目を閉じた。

「天谷、終わったぞ、早く来い」

神尾さんの呼ぶ声がする。出港時刻が迫っているのだ。

「それじゃあ」

私は高峰に声をかけ、皆川理事に会釈した。

「ああ、深雪ちゃん」

皆川理事は厳粛な表情を捨て、くだけた調子で私を呼び止める。

子供時代から知っているせいで、ちゃん付けで呼ぶ癖が抜けてくれないのには困る。私が二世二世とからかわれるのは、半ば皆川理事のせいでもあるのだ。

「ビデオレター見たよ。お父さん、元気そうだったなあ」

相好《そうごう》を崩して言う。

「陽生くんと一緒に住んでいるんだってね。今度ご飯でも食べに来なさい。うちの奥さんも深雪ちゃんに会いたがっていたよ」

はい、と私は頷いた。

タラップをあがって〈よこすか〉に乗りこむと、デッキにいた目山さんに睨まれた。

「高峰とは話すなって言っただろうが」

「皆川理事のお説教につきあっただけですよ」

目山さんは、へえ、と皮肉っぽく笑った。

「高峰にお説教とは、山師で有名な皆川博士が聞いてあきれるよ」

若い頃は好戦的な性格で、研究予算を強引にもぎとることで有名な地質学者だったのだと、目山さんは言う。

「ま、あのおっさんの牙《きば》もとうとう折れたっていうことだな。年を取って弱気になったのか、それとも官僚に籠絡《ろうらく》されたのか」

「目山さんは、どっちの味方なんですか」

私は、正門で車に乗りこむ皆川理事を見やった。

岸壁に残された高峰が〈よこすか〉をあおいでいる。眞美がやってきて一言二言交わすと、ひきずるようにしてオフィスの方角へ連れていった。

彼ともっとちゃんと話せばよかったな、と私は後悔した。

「そういえば、鱗の分析はどうなったんですか」

目山さんは、うるさいなあとばかりに鼻に皺を寄せた。

「うちのチームの技術員がちゃんと進めてるよ。せめてこの航海中くらい忘れさせてくれ」

船がゆったりと動きだした。湾の外へと進んでいく。

さあ出港だ、と叫んで目山さんは次席研究室へ戻っていく。その後ろ姿を見送っていると、

「お前、目山さんにあんまり失礼な口きくなよ」

デッキに出てきた神尾さんに言われた。思わず身をすくめる。

「研究者と仲良くなるのは悪いことじゃないが、現場ではけじめをつけた方がいい。馴れ合いの関係のままじゃ、いざという時いい仕事ができないぞ」

「はい」

私が短く返事をすると、神尾さんは操舵室へ入っていった。

私は遠ざかる岸壁を眺めた。岸壁にはもう誰の姿も見えない。

皆川理事がさっき言った言葉を思いだす。

――科学者は嘘をつくことができない生き物でね。

それは当たり前だ。いくら人々の心を動かしても、鱗がありふれた生物のものだと知れたら、〈白い糸〉を自分で探しに行くどころか、その謎を追う道は永遠に閉ざされてしまう。

もしかしたら、と私は思った。高峰は父の夢に決着をつけようとしたのではないか。この私が〈しんかい六五〇〇〉に一度は別れを告げたように。

だからあんな暴挙に出た。古い夢にとどめをさすために。

いや、余計なことを考えるのはやめよう。航海中は自分の任務に専念しよう。

ふたたびデッキに出てきた神尾さんが、激しく首を振る私を見て、犬かお前はとつぶやいた。

調査海域である沖縄に〈よこすか〉がたどりついたのは、出港して三日後のことだった。運航要員の居室で目を覚ますと潮の香りが肺いっぱいに満ちた。船の上に戻ってきたのだと実感する。

格納庫で朝礼を終え、総合指令室へ行くと、目山さんたちが船室から操舵室へあがってくる声が聞こえた。

今回の首席研究員は僕なんですよ、誰を潜らせるかは僕が決めます、と巣谷さんがぶつぶつ言っている。目山さんは船酔いで不機嫌らしい。俺がどれだけお前のプロポーザルを手伝ったと思ってる、ほとんど俺が書いたようなものだろうが、と低い声で言っていた。

「今日の潜航研究者は決まりましたか」

船長と一緒に天気図を睨んでいた多岐司令が、丁寧な口調で巣谷さんに尋ねる。

多岐司令は、相手が大学を出たばかりの若手研究者でも、大御所研究者でも、同じように敬意を持って接する。相手への評価を顔に出すこともしない。

しかしその態度がかえって研究者を緊張させるらしい。巣谷さんはこわばった面持ちで多岐司令を見つめていたが、観念したように溜め息をついた。

「……目山さんです。潜航計画は昨日の打ち合わせ通りで」

巣谷さんが膨れっ面をして言うと、ポロシャツ姿の目山さんが「はーい」と勢いよく手を挙げた。

「今日いっぱい空が保《も》ちそうです。なんとかいけるでしょう」

多岐司令がそう言うと、目山さんが快哉《かいさい》を叫んだ。

調査潜航はとにかく海況に左右される。調査船を押さえ、沖までたどりつくことができても、海況如何《いかん》によっては潜航中止となってしまうのだから、研究者たちはギリギリまで胃が痛い思いをすることになる。

「いやな顔するなよ。俺が首席の時は、お前ばっか潜ってたじゃないか」

言われて巣谷さんが、目山さんはついてない人なのにおかしいなあ、とぼやいた。

研究者の中には何度航海に出ても潜れない人というのがいる。雨男のようなもので、それをついてない人と呼ぶのだ。目山さんは昇進してからなぜか潜航中止にぶつかることが多くなった。師匠筋にあたる人にツキのなさをなすりつけられたのだという。実際、弟子を代わりに潜らせてツキを取り戻そうとする人は少なくない。研究航海で、運というのはそれほど大事なのだ。

今日のパイロットは神尾さん、コパイロットは先輩の遠野さんが務める。

格納庫に戻ると、神尾さんが真剣な目で最終確認に入っていた。声をかけるのがためらわれるほど集中している。背中から緊迫した空気が漂ってきた。

八時を過ぎると、サンドウィッチセットが司厨《しちゅう》部からパイロットの事務室に届けられた。スイマーはスタンバイせよとの船内放送がかかる。

これでほぼ潜航が決定したようなものだ。

船長と多岐司令が船尾に現れた。難しい顔で海を見つめている。台風が思ったより近くを通過するという予報がもたらされたせいだろう。

「潜りますよね」

目山さんが顔をくもらせて問いかけている。

「長い時間は潜れないかもしれません。しかし準備ははじめましょう」

多岐司令が言うと、船長が頷いて操舵室に向かった。

パイロット、コパイロット、そして潜航研究者である目山さんが、格納庫の二階部分から耐圧殻に入る。外からハッチが閉められると、耐圧殻は密閉され完全な球体となる。搭乗が終わると、Aフレームクレーンから吊り上げ索が〈しんかい六五〇〇〉の船体にかけられた。ダイバースーツを着たスイマーふたりと運転士ひとりを乗せたゴムボートが、〈よこすか〉の側部から海面に降ろされた。〈しんかい六五〇〇〉の着水地点に先回りして待機する。私は船尾から海面を眺めた。心なしか波が高くなったような気がする。ゴムボートが大きく揺れていた。

天高く吊りあげられた〈しんかい六五〇〇〉は、遊園地の乗り物よろしく激しく左右に振れながら海面に降ろされる。この瞬間が一番怖いという人もいる。

〈しんかい六五〇〇〉が着水すると、〈よこすか〉から無線で指示を受けた運転士がゴムボートを近くまで寄せた。スイマーが白い波をたてて飛びこむ。船体にとりついて吊り上げ索をはずそうとしたその時、多岐司令からトランシーバーで連絡が入った。

「潜航中止だ」

ただちに揚収作業にかかるよう命ずる。

私は空をあおいだ。東の空に不穏な黒い雲が一筋、こちらに向かってくるのが見えた。


翌日は気持ちがよいくらいに晴れた。

巣谷さんは満面に笑みを浮かべて深海へ潜航していった。おかげでその晩、翌日の潜航準備のために格納庫にいた私は、目山さんに捕まって怨み節を聞かされることになった。

「これだから有人は嫌いなんだ。たかが二〇〇〇メートルの潜航なのに、多岐司令は慎重にもほどがあるよ。結局ほとんど荒れなかったじゃないか」

「無人だって天候に左右されるのは一緒ですよ」

「俺を潜らせないなら、〈しんかい六五〇〇〉なんて退役しちまえばいい」

同じ愚痴を繰り返し聞かされてうんざりした私は、目山さんが船酔いに襲われてトイレに駆けこんだおかげでやっと解放されて、仕事に戻った。

苛烈《かれつ》な水圧に耐えながら今日の潜航を無事に終えた〈しんかい六五〇〇〉は、疲れたような顔をしている。熱水噴出孔で硫化水素を浴びたせいだろうか、いつもより肌に照りがないように見えた。

潜航準備が終わったのは二十一時をすぎた頃だった。先輩たちは居室に引きあげていく。ひとりで工具を片づけていると、脇で煙草を吸っていた多岐司令が、火を消し、私の方へ歩いてきた。

「目山次席研究員の気はすんだかな」

老眼鏡の奥から覗く目はいつもより温和に見えた。

「まだ、吐いてるんじゃないでしょうか」

私がそう言うと、船酔いと戦うのも研究者の仕事だな、と多岐司令は笑った。

「お前はどう思う。昨日は潜航するべきだったと思うか」

難しい質問だと、私は思った。多岐司令ほどの人だって、潜航を決定するのにあれほどの時間を要したのだ。自分のような経験の浅い見習いに意見できるようなことではない。

着水作業がうまくいったのだから、潜ってしまえばよかったのかもしれない。海中は天候に左右されないからだ。しかし、母船に引き揚げる時に海が荒れていたら、船体によじ登って手作業で索を取りつけるスイマーの命を、危険にさらすことにもなりかねない。

「……その通りだ。〈しんかい六五〇〇〉は二十年あまり、無事故を貫いている。慎重すぎるくらい慎重な判断を重ねた結果だ。無人探査機を亡失することも勿論あってはならないが、こっちには生きた人間が乗っているんだからな。いくら目山さんの頼みでもこれだけは譲ることができない」

　それでも危険な目に遭わないわけではない、と多岐司令は独り言のように言った。

　アメリカの有人潜水調査船〈アルビン〉は岩の割れ目にはまって抜けだせなくなったことがあるという。船体を左右に振りながら後進を繰り返し、二時間半かけて脱出したそうだ。一歩間違えば海の底で沈黙していたかもしれない。

　多岐司令は細い目をさらに細めて老眼鏡をはずした。

「それでもなお、人間が深海に潜ることの意義がわかるか」

　私は背筋を伸ばした。

「人間の目にはカメラとは違う特別な力があるからです」

「映像技術は進化を続けている。その特別な力とやらを、いつか超えるかもしれない。そう反論されたらどう答える」

　私が口ごもると、多岐司令は眉間に皺を寄せた。

「人間には第六感ってものがあると俺は信じている」

〈しんかい六五〇〇〉を見あげながら、言葉をつぐ。

「目山さんたち研究者を見ればわかるだろう。彼らには、命なんてものよりもっと大事なものがあるのさ。千年に一度の大地殻変動が起きるや否や、よくぞ自分の生きている時代に起きてくれたと奮い立ち、大きな余震の続く震源地の海底に連れていってくれと叫ぶ、それが科学者ってもんだ。研究者の第六感、それは執念のような知的好奇心だよ。その執念をそのまま深海に連れていってやれるのが有人潜水調査船なんだ。耐圧殻に人間の魂が灯《とも》ってはじめて、この船は生命を得ると言ってもいい」

丸みを帯びたボディを、多岐司令は慈しむように撫でた。

執念は時にとんでもない発見をすることがある。

あと一〇メートル、あと五メートルでいい、先を見せてくれ。

その先に絶対に何かがあるはずだ。

懇願されて進んだ先に、求めるものを見つけた例は決して少なくないのだ、と。

「高峰秋一さんが〈白い糸〉を見つけた時な。今でも俺は後悔してるんだよ。あの人の言うことを信じて、あのまま突き進んでやればよかったってな」

耐圧殻には小さい覗き窓が三つついている。パイロット、コパイロット、研究者の三名がそれぞれ別の窓を見ることになり、自然、視界に映るものは変わってくる。同じものを見ているとは限らない。高峰秋一さんが〈白い糸〉を追ってくれと言った時、潜航可能な時間はすでに費えていた。リスクを冒してでも彼の希望を容れるか否か、難しい決断だったろう。

「どうだ、そろそろ耐圧殻の中でも覗いてみるか」

ふいに言われて体がこわばった。多岐司令は私をじっと見つめている。

迷っている暇はない。覚悟を決めて、船体にかけられた梯子を登り、ハッチを覗いた。

怖かった。足の震えを気取《けど》られないようおさえるのがやっとだった。

「降りてみろ」

さっきより大きく震える足で一段一段降りていく。苔《こけ》色のマットに着地すると、多岐司令がハッチを閉めはじめた。待って、と叫びそうになるのを必死にこらえる。腰が砕けてマットに座りこみ、壁に並んだ計器を見渡す。操縦装置に触った瞬間、あの時のことが脳裏によみがえった。

亀裂。浸水。つぶれる。そんな言葉が脳にしみだしてくる。呼吸が苦しくなる。

――恐怖には恐怖で対抗しろ。

高峰の声が聞こえたような気がした。指を焼こうとした理由を説明した時の言葉だ。しかし、それを思い出したところで、この恐怖を上回る恐怖なんて思いつかない。

奥歯を噛みしめて耐えていると光がさしこんだ。ハッチが開いて多岐司令の顔が覗く。

「どうだ、少しは気分よくいられるようになったか」

駄目だったら今度こそ降ろされる。そう思った。咄嗟に嘘の返事をした。

「はい。もう大丈夫です」

「そうか。次の航海に訓練潜航を組みこめるかどうか検討してやろう」

多岐司令のしゃがれた声を聞きながら、私は、一刻も早くここから出してくれと心の中で叫んでいた。

深度三〇〇〇メートル

私たちの乗った〈よこすか〉が横須賀本部へ帰港したのは、出港から十一日目の朝だった。タラップを降りて地面を踏むとほっとする。

船酔いがひどく、食事がほとんど喉を通らなかったという目山さんは、青い顔をしてトランクに座っていた。深海蟹の一種を生きたまま採取できた巣谷さんは、水槽を飼育室に運ぼうと奮戦している。

「おかえりー」

明るい声がして眞美がやってきた。「はいこれ」と頼まれていたデータを渡すと顔を輝かせる。

「ありがとう。女性研究者向けの乗船案内つくるから、女子目線の船内写真が欲しかったんだ」

そんなに喜んでくれると、頑張った甲斐があったというものだ。

ついでにつくっておいた女性用の持ち物リストも渡した。トイレやお風呂が男女共用だった昔に比べると、船内環境は格段に進歩したが、余計に持ちこまなければならないものはやはり多い。

「神尾さんには、海外の女性研究者は男女共用でも気にしないぞ、って言われたけどね。女性を特別扱いすることが男女平等なのか、って」

「でも、その特別扱いがなければ、あんたはパイロット候補になれなかったわけだし」

眞美はさらりと辛辣《しんらつ》なことを言い、リストから顔をあげて微笑《ほほえ》んだ。

「いいリストじゃない。わかりやすくまとまってる。広報課勤務のおかげかな」

「……高峰さんはどうしてる？」

気になっていたことを尋ねると、眞美は首を振った。

「一応今も広報課だけど、司会するような仕事からははずされて裏方の手伝いやってるよ」

要するに干されているのだろう。懲罰的な意味合いもあるのかもしれない。眞美によれば、事件から一ヶ月近くたつ今でも鱗への問い合わせが絶えないのだそうだ。

「早く分析終わらせてもらわないと、困っちゃうわ」

眞美は溜め息をつくと、目山さーん、と叫びながら岸壁を走っていった。

事務所で荷物を片づけていると、眞美に渡し忘れた資料が出てきた。帰るついでに広報課に寄って届けなければならない。

広報課のある棟に入ると、高峰がエレベーターの前に立っていた。夏らしいストライプの半袖シャツを着て、片手に封筒を持っている。

「帰ってたんだ」

「さっき帰港しました。あの、眞美に届け物があって」

久しぶりに話すせいか、しどろもどろになってしまう。高峰は手を差しだした。

「渡しておくよ」

「いえ、いいんです。説明もしなくちゃいけないし」

エレベーターに乗りこむと、高峰は、広報課の階と、ひとつ上の階のボタンを押した。他の部署に用事があるらしい。こっそり表情を窺ってみたが、落ちこんでいるようには見えなかった。

「今は裏方……だそうですね。眞美に聞きました」

シンポジウムの準備とかね、と高峰は答えた。

何のシンポジウムだろう。尋ねようとした時、扉が開いた。広報課がある階に着いたのだ。

慌てて降りると、高峰が思いついたように「開」ボタンを押して、上半身を乗りだした。

「そうだ、今日時間ある？」

一瞬言葉に詰まったが、このまま帰るつもりですけど、と答えた。

「家に帰って、それからまた出てこられるかな」

真面目な顔をしている。飲みに行こうというのだろうか。高峰と話すな、という目山さんの言葉が頭をよぎったが、つい頷いてしまった。

「陽生くんはまだ鎌倉にいるの？」

「いえ、今日帰ることは伝えてありますから、帰ればうちにいるはずですけど」

「じゃあ陽生くんも連れてきて。晩ご飯も出るらしいから」

そこで初めて、高峰は私の困惑顔に気づいたようだ。

「急にごめん。実は今夜、皆川理事に招待されてるんだ。僕ひとりじゃ気まずいし、天谷さんが同行してくれたら助かるんだけどな。ふたりが来ることは、僕から伝えておくから」

待ち合わせの時間は後でメールする、という。

高峰がなぜ、皆川理事の家に呼ばれるんだろう。尋ねようとした私の目の前で、扉は閉まった。

マンションに帰って玄関を開けると、陽生の靴と、もうひとつ女物の靴が揃《そろ》えてあった。

ダイニングに入ると、真理子さんが慌てて立ちあがる。陽生はテーブルで宿題をやっていた。私の留守中に陽生を訪ねてくることがあったら勝手にあがってもらって構いません、と言ってあったのだが、実際に来たのは初めてだ。

「お邪魔してすみません。せめてご挨拶だけでもと」

真理子さんは手土産を遠慮がちに差しだす。

「お勤めしていると、食事の準備も大変かと思って」

鎌倉山にある有名店のハンバーグ詰め合わせだ。一万円はくだらないだろう。にやりとしている陽生と目が合った。私をだしにしてねだったのに違いない。

「すみません、陽生を預かってもらったのに、私の方は何も」

「いえ、お仕事で行ってたんですから。それに預かっていただいているのは私の方ですし」

「あ、そうでしたね」

すっかり保護者気分でいたことに恥ずかしくなってうつむくと、真理子さんはおかしそうに笑った。陽生を預けに来た日よりずっと顔色がよく見える。

「それじゃ、私、おいとまします」

真理子さんは鞄や日傘を持って玄関へ出た。靴をはきながら、私に視線を投げかける。

「あの、後でお電話していいですか」

陽生に聞かれたくない話があるのだろうか。私はダイニングに向かって、

「送っていくから、留守番してて」

と呼びかけた。

私は駅までの道を、日傘をさした真理子さんとふたりで歩いた。

「すみません。帰ったばかりで、お疲れだったでしょうに」

真理子さんは申し訳なさそうに言い、陽生が無断欠席した一件について重ねて詫びる。

「お話って何ですか」

私は警戒しながら切りだした。

陽生を預ける期間のことなんですけど、と真理子さんはためらいがちに言った。

「母が先週退院しまして、こちらも少し楽になりました。陽生も学校にちゃんと通えているようですし、いつまでも深雪さんを煩わせるわけにもいきません。そろそろ、と思ったのですけれど」

陽生を引き取りたいということか。当然だ。もともとそういう話だったのだから。

わかりました、と言おうとした時、

「先週、陽生を迎えに行って驚きました」

真理子さんが続けて言った。

「前より、生き生きとしているというか、子供らしくなったというか、海の生物のことを色々と教えてくれて、あの子のあんな笑顔、久しぶりに見たような気がします。学校でもお友達ができたって、担任の先生もおっしゃってました」

あなたには人を変える力があるんですね、と真理子さんはつぶやいた。

「いえ、勤め先の人たちが面倒を見てくれましたから」

私は喧嘩ばかりだった。陽生を傷つけてしまう方が多かったと思う。

真理子さんは首を振って微笑んだ。

「ひどい母親だと思われたでしょう。息子を、血のつながったお姉さんとはいえ、会ったばかりの深雪さんに預けるなんて。これでもかなり悩んだんですよ。厚志さんはちょうど出張中で、相談もできなかったですし。それにあの人は、その、仕事第一で、子供についての相談に乗ってくれる人じゃないでしょう」

そうなのか、と私は心のうちでつぶやく。母に対してもそうだったのだろうか。

「陽生があなたのことをどこで知ったのかはわかりません。十二歳になるまで、深雪さんのことは話さずにいよう、そう夫婦で決めてあったので」

陽生は手紙を見たと言っていた。そのことを真理子さんは知らないのかもしれない。

「でも、深雪さんの家に行きたいと言う陽生を見て思ったんです。あなたに預ければ何かが変わるのではないかって。あの子が、あんなにも強く何かを望んだのは、初めてのことでしたから」

駅に着いた。改札の前で立ち止まった真理子さんは、私の顔をじっと見た。

「陽生はもう少しそちらにいたいと言うんです。深雪さんさえよければ、もう少し預かっていただけませんか」

「それはいいですけど。大丈夫なんでしょうか、お母さんと離れたままで」

大丈夫です、と真理子さんはつぶやいた。

「私、子育てが生き甲斐だったんです。向こうには知人も少ないですし、厚志さんはほとんど家にいませんから、つい子供べったりになってしまって。あの子も私に気を遣っていたんでしょうね、口答えしたこともありませんでした。そのことに私は気づかなかった。気づこうともしなかったんです」

初めて会った時、母親が迎えに来ると知って身じろぎした陽生の姿を思いだす。

彼はあの時、息苦しい家庭から逃げだそうとしていたのか。会ったこともない異母姉に助けを求めて。

「これからもたびたび航海に出られるでしょう。その間はこちらに帰してください。そうやって少しずつ、あの子との関係を築き直していければ、と」

真理子さんは穏やかな調子で言い、急に気づいたように顔をしかめる。

「あ、でも、あなたのお母様が反対されるようなことがあったら、それは」

今さら何を言うのだ、と思いながら、私は首を振った。

「それは大丈夫です。母は二年前に他界しましたから」

真理子さんはぽかんとした。初めて聞かされたらしい。

「父には母方の親戚から連絡したはずです。葬儀には呼ばなかったけど」

「そうだったんですか」

真理子さんの心情を思いやって、父は前妻の死をあえて知らせなかったのかもしれない、と私は思った。

「それで、厚志さんからは何と」

「父から連絡をもらったことは、一度も」

「一度もないって、お母様が亡くなられた後も？」

真理子さんは合点がいかないという様子で首をかしげたが、ではこちらで、と会釈をして改札の向こうへと去った。

マンションに戻ると、陽生はまだ宿題をやっていた。

晩ご飯は皆川理事の家で食べるよ、と告げて、浴室に入り、急いでシャワーを浴びた。

ジーンズにたっぷりとしたサマーニットを着て、陽生を連れてマンションを出る。皆川理事を父の古い友人だと説明したせいだろうか、陽生は緊張しているように見えた。少し見ないうちに背が伸びた気がする。父は背が高いから、彼ものっぽになるだろう。

高峰は、元町・中華街駅の改札で待っていた。

背が伸びたんじゃない、と陽生に、私が思ったのと同じことを言う。

「そうでもないよ」

「いや、伸びたよ。一〇センチくらい」

「一ヶ月で一〇センチも伸びるわけないじゃん」

私の航海中、高峰は約束を守って陽生に何回かメールを送ってくれていたらしい。ふたりの関係は以前よりもずっと親密そうだった。

高峰は陽生から私に目を移すと、ぎょっとした顔をする。

「そんな格好で行くの」

「おかしいですか。皆川さんの家でしょう」

高峰はホームパーティにでも招かれたような格好をしている。ネクタイこそしめていないが、暑いのにジャケットまで着ているのだ。

「だって理事の家だよ」

「理事って言ったたって、皆川さんは研究者ですから。若い研究員が招かれる時も、みんなTシャツ、短パンですよ」

約束の時間が迫っていたのでタクシーで行くことにした。陽生が助手席に座りたいと言ったので、私と高峰は後部座席に座ることになった。

シートベルトに挟まらないよう髪をまとめていると、

「天谷さんって髪長いんだね。いつも結んでるからわからなかった」

高峰が感心したように言った。

「切ろう切ろうと思ってるんですけど」

一度切ると言ったら、運航チームの先輩たちに大反対されたのだ。中途半端な長さだと逆に邪魔になるだろうと神尾さんも言う。

高峰がつぶやくように言った。

「みんな天谷さんのことが可愛《かわい》いんだね」

その時、陽生が会話に割りこむようにして、どっちに曲がるのかと訊いてきた。

道を指示した後、私は聞きそびれていた訪問の理由を尋ねる。

「来月、皆川理事が統括するシンポジウムがあってね。その準備を手伝ってるんだ」

研究者と技術者が講演やパネルディスカッションを行い、海洋研究開発機構への理解や協力を求めるという、やや堅めの催しだ。一般人も参加できるが、参加者は政治家や関係省庁、企業の人間に偏るのではないかという。

高峰は事務局の一員として手伝っているらしい。停職を解かれてから、広報課に閉じこめられて電話番のようになっていた高峰を、皆川理事が借り受けた形だ。

「今日は打ち合わせの意味もこめて、招待したいって」

「着いたよ」

陽生が振り返って告げた。

大きな公園が近いせいか緑も多く、海からの風も吹く気持ちのいいところだ。辺りはすっかり暗くなり、周囲に並ぶ家々に橙色の灯りがともりはじめていた。ちょうど約束の時間だ。

皆川という表札のかかった古い石門でチャイムを押し、中に入った。鬱蒼《うっそう》とした木々の下をくぐるようにして進むと、上品な洋館が現れる。重厚な扉の前に立つと、後からついてきた高峰が圧倒されたように庭を眺めながら、すごい家だとつぶやいた。

「あらっ、まあっ、深雪ちゃん、お久しぶりねえ」

扉が開くと、奥さんの恐ろしいほど豊かなソプラノが響いた。

「あなたが高峰さんね。まあ素敵な青年だこと。そっちの可愛い坊やが陽生くんね。北里さんそっくりだわね。さ、さ、まずはあがってちょうだい」

たっぷりとした体に、ハワイ土産らしいムームーを着た奥さんは、趣味で声楽をやっているせいか歌うようにしゃべる。この家に来るといつもオペラの舞台を見ているような気分になったものだ。

古めかしいインテリアの応接間に通されると、皆川理事がカーディガンにスリッパというくつろいだ格好で出てきた。両手を広げて歓迎してくれる。眼鏡からは金鎖が垂れていた。

「ね、かしこまった場所じゃないって言ったでしょう」

こっそり囁くと、高峰が感心したようにつぶやいた。

「金の鎖を使ってる人ってほんとにいるんだね」

奥さんの手によってあっという間に食卓が華やかに準備された。前菜から始まって、スープ、パンと、王侯貴族の晩餐《ばんさん》のように優雅な食事が進んでいく。

「遠慮せず、どんどん飲んでちょうだい」

奥さんが私のグラスに赤ワインをなみなみと注ぐと、高峰と陽生がこわばった顔をした。でも注がれてしまったものは仕方ない。私は一気に飲み干した。

皆川理事はいつものように雄弁をふるいながら、ナイフとフォークを巧みに使って、食事を次々に片づけていく。その速度に追いつこうと、私たちも必死に食べた。

「陽生くんは本当にお父さんに似ているなあ」

皆川理事に感慨深げに言われ、陽生が恥ずかしそうな顔をした。どんな人なんですか、と高峰が遠慮がちに会話を継いだ。

「北里さんは酒豪だった。そして男前だった」

皆川理事は目をつぶった。

「低い声がまた色っぽくてね。それでいて不器用なところがあるものだから、女性がほっとかないんだよ。私も若い頃は随分悔しい思いをさせられたものだ」

ワインのせいだろうか、父の話を聞かされても憂鬱な気持ちにはならなかった。むしろ、くすぐったい思いがした。奥さんは私と陽生に気を遣ったらしく、夫を睨むようにして、マッシュポテトをよそいながらさりげなく話題を変える。

「高峰さんは、夫の仕事を手伝ってくださってるそうね」

「彼は本当に優秀だよ。仕事が速いしミスも少ない。外部との交渉にも強いし、私の気まぐれにも柔軟に対処してくれる。このまま経営企画室に来てもらいたいくらいだよ。まあ、あんなことの後で人前に出す勇気は、さすがの私にもまだないけどね」

皆川理事は豪快に笑った。高峰は苦笑いしながら、

「理事は学生時代、オペラサークルにいらっしゃったそうですね。奥様ともそこで出会われたとか。それを伺って、あの美声のわけがわかりました」

歯の浮くようなことをしれっと言って、皆川理事に酌をする。

「いやいや私の歌なんて旦那芸《だんなげい》みたいなものだ。人前で披露できるようなものじゃないよ」

「よく歌ってるじゃないですか」

私はグラスを空にしながら言う。酔いが回ってだんだん気分がよくなってきた。

「こういう内輪の集まりなら披露してもいいんだがね」

「食事の後にしてくださいね」

奥さんが牽制《けんせい》した。皆川理事は不満げにワイングラスを揺らしたが、オペラの話題が出たついでに色々と思いだしたようだ。若い頃の武勇伝を話しはじめた。

「航海中に泥酔して、急に舵を握ってみたくなったんだな。操舵室に行くと言って騒いだことがあるんだよ」

幸い、師匠筋にあたる教授が空手三段で、みぞおちに鉄拳を入れて気絶させ、事なきを得たそうだ。皆川理事自身は何も覚えていないという。

「ミユキみたいだね」

生意気な口をきく陽生の足を蹴って、私はワインを飲み干した。

「天谷さん、それ以上飲まない方がいいんじゃないかな」

高峰がさりげなく言ったが、飲むなと言われると俄然《がぜん》飲みたくなる。私は注がれるまま飲んだ。

食事が終わると、応接間でコーヒーを飲むことになった。

高峰は皆川理事の話に耳を傾けている。陽生は書棚の図鑑を熱心に眺めている。酔いが回ってきた私はソファに座っているのがつらくなってきて、息抜きのためにトイレに立った。

トイレから出ると、皆川理事の歌声が聞こえた。

話しているうちに興が乗ったのだろう。優秀な科学者で重職にも就いているというのに、人を捕まえては、やたらと歌を聞かせようとするところが玉に瑕《きず》だと思う。

ふと、廊下の奥にある書斎の扉が開いているのに気づいた。消し忘れたのか、灯りもついている。私はふらふらと足を踏み入れた。

壁という壁が本棚で覆われ、天井ぎりぎりまで本が詰めこまれていた。皆川理事の専門である地質学や海底資源関係の書籍の他に、図鑑、画集、小説まで揃っている。中央の古い机には地球儀が置かれ、海図が広げられていた。そのそばには深海で採取したらしい橄欖岩《かんらんがん》も置かれている。

まるで『海底二万里』のネモ船長の部屋のようだと、父が言っていたのを思いだす。幼い頃、ここでよく遊ばせてもらったものだ。庭の木々を海藻に見立て、ノーチラス号が深海を旅する様子を想像したこともある。茶目っ気のある皆川理事は自らネモ船長役を買ってでてくれたっけ。

テーブルの写真立てに目が留まった。

父の書斎にあったのと同じ〈しんかい六五〇〇〉の着水式の写真だ。着水式には私も母に抱かれて連れていってもらったらしいが、まだ赤ん坊だったので覚えていない。写真の中では父が同僚と肩を叩きあい、興奮気味に口を開いて笑っている。家にいる時とは違う技術者の顔だ。

その隣には、同じ日に撮られたらしいスナップ写真が並んでいた。皆川理事が、招かれた人々と握手をしている。指で写真をたどっていくと、黒縁の眼鏡をかけた痩せ形の男性が写っていた。その顔を見た途端、酔いが回ったのだろうか、目眩がした。

よろけて本棚に肩をぶつけると、頭上に小さなスクラップブックが落ちてきた。よく取りだすのか、棚に無造作に差しこまれていたらしい。

しゃがみこんで見てみると、かなり前のものらしく紙が黄ばんでいた。表紙を開いてすぐのところに印刷物が貼られている。ワープロで打たれた英文だ。さらにもう一枚ページをめくると「いろいろすまなかった」と走り書きされたメモが貼られていた。高峰、と署名がされている。

耳のうしろがどくどくと鳴った。思い通りに動かない指で何ページかを一気にめくる。

そこには、スケッチのようなものがあった。

鉛筆で糸状のものと光る目玉のようなものが描いてある。

まわりに斜線が引かれ、点が無数に穿《うが》たれている。何が描かれているのかわからない。二〇〇五年十一月という日付も記されていた。さっき見た高峰という署名とは筆跡が違う。

「深雪ちゃん、こんなところにいたのか」

皆川理事がやってきた。

「随分酔っぱらってるなあ。おい、ちょっと、高峰くんを呼んできなさい」

奥さんのスリッパが遠ざかっていく。立ちあがろうとしてよろけ、皆川理事の腕に支えられた。手にしていたスクラップブックが落ちて、床に積まれた本の中に紛れこむ。

記憶が途切れ、気づいた時はタクシーの後部座席にいた。外は真っ暗でネオンが瞬いている。左隣では陽生がうとうととまどろんでいた。

「このまま家まで送るから」

助手席から高峰が言った。なんでこんなになるまで飲むかな、とつぶやいている。

次に気づいた時には、高峰が車内に上半身を入れて私をひきずりだすところだった。全身がだるい。抵抗する気力もなく、高峰の背中にかつぎあげられる。肩に顔をうずめるといい匂いがした。

「高峰さんは、洗濯した後、どれくらい干すんですか」

「なんで」

「いつもお日様の匂いがするから」

酔っぱらいが、とつぶやく声がして、下を見ると陽生が睨んでいた。

マンションの部屋に着くと、私はかつがれたまま和室に運ばれた。

「もう遅いからお風呂入ってきなよ。出るまでお姉ちゃんのこと見ていてあげるから」

陽生は高峰の言葉に素直に従い、バスルームに向かった。

私もお風呂に入りたい。しかし体が死人のように重い。入浴どころか着替えるのも無理だ。

高峰は私を布団に横たわらせると、何か飲みたいものはないかと言った。首を振るとひどい頭痛がした。

「まぶしい。電気消してください」

照明が消えると薄明かりの世界になった。

「……深海にいるみたいですね」

私は闇の中に手を伸ばした。頭の芯がぼうっとしてまだ酔っている。

「落ちこんだ時は特にそう思うんです。のしかかるものが大きければ大きいほど、自分は進化できるって。高峰さんも、今はものすごい水圧で苦しいかもしれないけど、生きていてよかったと思う時がきっと来ますよ……」

高峰が何かを言ったが、意識が遠くなっていて聞こえない。

いつか必ず深海に連れていってあげますから。そうつぶやいた時、私はすでに夢の中にいた。

またやってしまった。目が覚めた時一番に思ったのはそれだった。

出勤時間まで大分時間があったが、起きてダイニングに行く。

陽生が台所に立っていた。サラダ、こんがり焼いたバゲット、電子レンジで温めたミネストローネを怒った顔で並べている。

「ミユキはさあ、もう少し注意した方がいいよ」

バゲットをちぎっていると、陽生が咎めるように言った。

「注意って、何に」

「昨日だってあんなに飲んで、もう僕、面倒見きれないよ」

まるで保護者のような口ぶりだ。確かに高峰には迷惑をかけた。しかし前と違って暴れたりもしていない。陽生の被害も少なかっただろう。

覚えてないんだね、と陽生は冷たい目をした。

「夜中に僕を叩き起こして、パジャマを探させたんだよ」

そう言われてみると私はパジャマを着ている。

「あんな酔い方してたらいつか危ない目に遭うよ。ミユキは一応 lady なんだし、気をつけた方がいいんじゃないかな」

私は思わず口からレタスを噴きだした。レディの和訳を思いつかなかったのだろう、そこだけ英語の発音だった。笑いだすと止まらなくなった。

きったねえなあと陽生が顔をしかめる。

「いいじゃん、昨日は高峰さんもいたし。ひとりの時にあんな酔い方しないよ」

「わかってないんだよ、ミユキは」

陽生は食器を流しに置き、学校へ出かけていった。

残った朝食をたいらげながら、ところどころ抜け落ちた記憶をたぐりよせる。

何か大事なことを忘れているような気がしたが、出勤前にシャワーを浴びなければならない。思い出すのをあきらめ、私は食器を洗うために立ちあがった。

翌週、訓練潜航の日程が決まった。潜航海域は駿河湾。潜航地点の深度は三〇〇〇メートル。閉所恐怖症を発症した時の訓練潜航と同じ深度だ、と多岐司令に言われて、私は青ざめながら頷いた。

あれから機会を見つけては耐圧殻の中に入り、計器の調整をやらせてもらっている。恐怖は徐々に薄れているものの、ハッチを閉めた時の息苦しさが体から抜けきらない。

カウンセラーからは快方に向かっていると言われている。父親と心理的に決別したこと、陽生を受け入れたことが、プラスに働いたのかもしれない、とも言われた。

それでも、実際潜った時に正気を保っていられるかどうか、自信が持てなかった。

皆川理事の家に招かれた翌日、私は高峰を廊下で呼び止めた。送ってもらったお礼を言うと、彼は首を振った。

「おかげで理事とも話しやすくなったし、こっちこそ助かったよ」

時間がたつにつれて周囲の怒りもおさまり、彼をとりまく空気は柔らかくなったように見える。しかし仕事は相変わらず少ないようで、高峰は暇そうだった。

「航海に出ていたあんたは知らないだろうけど、停職が解けた直後はひどかったんだから」

食堂でランチをしている時に、眞美が言った。

「仕事はちゃんとやるのよ。でも情熱がまったく感じられないの。〈白い糸〉が成仏して文字通り抜け殻になったんじゃないかって、目山さんと話してたくらいよ」

事件のことを尋ねても、すみませんでしたと謝るだけで言い訳もしなかったという。

「理事の家に招かれたんだってね。あれから少しましになったかな。気持ちを奮い立たせようと努力してたようだし」

眞美はお弁当の蓋を閉めた。

「でも、ここ二、三日、また気持ちが落ちてるみたい。本人も苦しいのかもね。来週には鱗の分析結果が出るらしいし。ついに現実をつきつけられるんだもの」

あんたはどう思う、と尋ねられて私は「さあ」と首をかしげた。

「深雪の方が詳しいんじゃない。高峰さんのこと、いつも目で追ってるじゃない」

私は仰天した。

「そんなことないと思うけど。っていうか、なんでそう思うの」

「見てればわかるわよ。あんたたちふたりは、父親がろくでもないって点で境遇も似てるし、高峰さんってほら、深雪の神経を逆撫でするところがあるじゃない。あんたはすっかりそのペースに巻きこまれちゃって、おかげでファザコンを脱しつつあるのはいい傾向だけど、でも、深雪を目に入れても痛くないくらい可愛がってる私たちにとっては、あんたがあんな男に惹かれてるのが悔しいっていうか」

「何言ってるの」

一方的にまくしたてられて私は混乱した。話が複雑すぎてよくわからない。それに、私たちって、誰のことだ。

「私と目山さんよ。さっき言ったことの大半は、目山さんの意見だし」

眞美は私の皿の苺《いちご》をフォークで突き刺した。

「ついでだから言っちゃうと、私たち結婚することになったから」

「えっ」

思わずテーブルの端を摑んで身を乗りだす。他の職員がこちらを向いた。

「目山さんと結婚って、なんで。いつからつきあってたの」

すっかりパニックになった私の前で、眞美は指を折って数える。

「地球情報館の開館日の後だから三ヶ月くらいかな。もともと仲良かったし、驚くことじゃないでしょ」

講演者を引き受けてくれたお礼に食事に行き、それがきっかけでつきあうことになったらしい。目山さんが多忙になって会う時間がなくなり、どうせだったら結婚しようということになったそうだ。その性急さが目山さんらしくはあるが、それではこの前の沖縄航海の時にはもうつきあっていたことになる。

「みんなは知ってるの」

「知らない。高峰さんには勘づかれたから肯定しておいたけど」

「眞美は、高峰さんが好きなんだと思ってた。ふたりでよく飲みに行ってたし」

「残業で遅くなったから一緒に夕飯食べてただけよ。まあ正直、目山さんでいいのかなって迷ってた時期でもあったけど」

私は脱力して椅子に身を沈めた。

「……男と女って、どう転ぶかわからないものだね」

眞美はふいをつかれたように目を丸くし、それから腹を抱えて笑いだした。

「ほんっと、あんたって面白い。人気があるのもわかるわ。よし、早速、目山さんに教えてあげよう」

人気ってどういう人気よ、と憤慨した顔を、眞美がすかさず携帯電話で撮影した。解説をつけて送るみたいだ。手を忙《せわ》しく動かしている。

私に三ヶ月も隠していたなんて、同期の縁を切ってやりたいほど腹立たしかったが、嬉しそうな眞美を見ているうちに、祝福の言葉が自然にすべりでてきた。

「おめでとう。よかったね。相手が目山さんだってことには、全然賛成できないけどね」

それも伝えとくわ、と眞美はすました顔で微笑んだ。

事務仕事の途中で抜け出し、食堂の自動販売機でお茶を買っていると、奥のテーブルで目山さんと巣谷さんが話しあっている声が聞こえてきた。

「遺伝子の方は」

「出しましたが、こちらは少しかかりそうですね」

「じゃあそれを待った方がいいね」

目山さんはいつになく厳しい顔をしている。

「海底資源のメンバーの方にも一応訊いてみろよ。余計なことは言わなくてもいいから」

着信音が鳴った。巣谷さんにかかってきたらしい。切っとけよと不機嫌な顔をする目山さんに頭をさげ、携帯電話を手で包むようにして食堂の外へと駆けていった。

部下がいなくなると、目山さんは椅子の背にもたれ、半眼になってテーブルの上の資料を眺めだした。指でテーブルを打ちつけているのは、集中している時の癖だ。

「ご結婚されるそうですね」

後ろから声をかけると、目山さんはぎょっとした顔で振り返った。手で資料を隠している。鱗の画像がちらりと見えたような気がした。

「ああ、びっくりした。急に声かけんなよ」

目山さんは資料をクリアケースにしまいながら言う。

「この世には、見ちゃいけない資料っていうのがあるんだからね、深雪ちゃん」

ふざけた口調だったが、目が笑っていない。

「ごめんなさい、あの、おめでとうございますって言おうと思って」

「眞美ちゃんに聞いたのか。そりゃどうもありがとう」

目山さんは座ったまま、真面目くさった顔で言った。

「同じ船に乗ってたのに教えてくれなかったなんて、水くさいじゃないですか」

「だって、お前に話したら船内中に知れ渡っちゃうじゃないか」

「私、そんなに口軽くないですよ」

「口はな。でも顔が軽いんだよ。感情丸出しなんだから。チームからはずされた時は陸にあがったアンコウみたいにつぶれてたし、復帰後もなんかびくびくしてるし」

私は溜め息をついた。みんなが言う。私はわかりやすいと。こちらの事情はいつも筒抜けなのに、肝心なことは教えてもらえない。そんなことばかりだ。

「私が高峰さんばっかり見てるって、言ってたそうですね。できればその根拠も教えてもらいたいものです」

目山さんはペンを回しながら真顔で言った。

「だってそうじゃん。俺はあんな奴やめろって忠告したのにさ」

「勝手に決めつけないでください」

きつく言い返したつもりだったのに、鼻で嗤われたので、ますます腹がたった。

「すみません、お待たせしました」

入り口の方から声がして、巣谷さんが戻ってくるのが見えた。

会釈して立ち去ろうとした時、目山さんがつぶやいた。

「人のことより自分の心配した方がいいんじゃないの。一刻も早く〈しんかい六五〇〇〉に乗れるように頑張らないと、正直やばいと思うよ」

「……言われなくても頑張ってます。来週は訓練潜航だし」

ふたたび立ち去ろうとした私の腕を目山さんが摑んだ。

「まだ治ってないんだろ、閉所恐怖症」

なぜそれを、という言葉を私は飲みこんで押し黙った。

「多岐さんは見抜いてるぞ。今回の訓練潜航はおそらく最後のチャンスだ。これで駄目だったら次はないと思った方がいい。頼むからもっと真剣にやってくれよ」

「目山さんに言われなくてもわかってます」

「わかってないから言ってんだよ」

目山さんは私の腕を摑んでいる手に力をこめた。

「科学っていうのはな、社会に役立つものばかりじゃない。やりたいからやってる。そういう研究の方がむしろ多いかもしれない。そういう意味では科学者はエゴの塊みたいなものだ。しかし少なくとも俺には人類の知的好奇心を代表してやってるって自負がある。傲慢な言い方をすれば、俺の研究人生が遅れるってことは、人類の知が遅れるってことだ」

私に向けられた目山さんの目は驚くほど冷たかった。

「俺たちはパイロットの質が悪かったから今回のミッションは駄目でしたってわけにいかないんだよ。大事なのは海底で何ができるかなんだ。潜れる潜れないなんていう低レベルな話、これ以上聞きたくもないよ。厳しい審査をくぐり抜けて何とか手にした潜航のコパイロットがお前だったら、俺は泣くね。適性がないなら、さっさと辞めた方が皆のためだ」

私は思わず目山さんの腕を振り払った。そのまま走って食堂を出る。戻ってきた巣谷さんが不思議そうに私を見た。

走って走って、岸壁までたどりつく。海は空の群青を吸って揺れていた。遠くに見える岬を眺めながら、肩で息をする。

——いつか問題を起こすだろうと思ってたよ。

——お前はクソ真面目に見えて、実はそんなにちゃんとしてないからな。

——もっと真剣にやってくれよ。

どうしてみんな、そんなことばかり言うんだろう。私がどれだけ努力してきたのか知っているはずなのに。二世だとか、ファザコンだとか、わかりやすいとか、結局、みんなで私のことを馬鹿にして、嗤っているだけじゃないか。

お祝いを言おうと思っただけなのに、なぜ説教されないといけないの。

悔しまぎれに、手に持っていたペットボトルを海に投げこもうとし、すんでのところで思いとどまった。

潜ってやる。なんとしても閉所恐怖症を克服して、〈しんかい六五〇〇〉に乗ってやる。

岸壁から海面を睨みつけて、そう誓う。

航海に出る日はあっという間にやってきた。

前日に陽生を鎌倉の実家に帰し、私はひとりで荷造りをした。西日のさす部屋で着替えや洗面具を詰めていると、駄目だったら次はないと言った目山さんの声が、脳の中に貼りついて深い根を伸ばしはじめる。

多岐司令は訓練潜航の決定を告げたきり何も言わない。一方、神尾さんの機嫌は航海が近づくほど悪くなっていき、私の些細《ささい》なミスにも怒号が飛ぶようになった。怒られた私をからかうことが常だった先輩たちも、今は腫《は》れ物にさわるような態度でいる。

翌日は、眞美が見送りに来ていた。

「深雪、しっかりね」

目山さんから事情を聞かされたのだろう。戦地に赴《おもむ》く息子にでも呼びかけるように拳を握り、頑張れと言うその姿を見たら、弱音を吐くことなどできなかった。

その後ろに高峰がいた。所在なげに立っている。

彼をひきずってきたらしい眞美が、多岐司令への用事があると言ってそばを離れると、ますます居づらそうな顔になっている。私は思い切って話しかけた。

「準備、進んでるんですか」

シンポジウムは〈よこすか〉帰港の翌日に行われるらしい。準備も大詰めのはずだ。

高峰は無表情で頷いた。

「海底資源への関心ってけっこう高いから、千人くらい入る会場を用意したけど、いっぱいになるんじゃないかな、多分」

他人事のように言う。眞美の言う通り気持ちが落ちているのかもしれない。私が黙りこむと、高峰が思いだしたように付け加えた。

「当日は目山さんも出るって。文科省の人間に、〈しんかい一二〇〇〇〉をつくる金を出させるんだって張り切ってたよ」

「目山さんはあきらめてませんからね」

私は苦笑する。

「でも有人派ってわけじゃないんですよ。あの人は、有策無人探査機《ROV》も自律型無人探査機《AUV》も好き。最先端の海洋探査ツールを駆使して研究に没頭できることが大事なんです」

目山さんらしいね、と高峰は笑う。

面白がっているというより、この場を和やかにするための演技のように見えた。

「天谷さんの訓練潜航も、成功するといいね」

目にはあの陰鬱な光が宿っている。見ているだけで私の気持ちまで落ちこんでいく気がした。奇怪な生物たちに足を摑まれて、深海にひきずりこまれる夢を思いだしてしまう。

「失敗するかも」

一度言葉にしてしまうと、不安が堰《せき》を切ったようにこみあげる。

「……ここだけの話、まだ耐圧殻が怖いんです。怖くてたまらないんです。大丈夫だって多岐さんには嘘をついたけど、嘘がばれたら今度こそパイロットを降ろされます。目山さんにも適性がないなら辞めろって言われたし」

高峰は足元に目を落として黙った。

「随分、弱気なんだね」

しばらくして口を開いた彼は、私をじっと見つめた。

「この前、自信たっぷりに息巻いてたじゃない。私がいつか必ず深海に連れていってあげますって」

「私が……？」

高峰は頷いた。覚えていない。布団まで運んでもらった時だろうか、そんなだいそれたことを口走ったのは。

「最近、天谷さんに初めて会った時のことを、よく思いだすんだよ」

高峰は岸壁の〈よこすか〉を見あげた。

「言ってたでしょ。深海に潜れるのはパイロットと、選ばれた研究者だけだって。頭ではわかってるつもりだった。一方でどうにかなるんじゃないかっていう思いもあったんだ。……でも結局、天谷さんの言う通りだった。抜け道なんてなかったんだ。船を設計する人がいて、それを形にする技術者がいて、高い技量を持ったパイロットがいて、はじめてあの極限環境に行くことができる。一回の調査潜航にどれだけたくさんの思いがこめられているかってことが、今になって理解できたような気がする。いくら世論が動いたって、その人たちに認められなければ絶対に無理なんだよね」

だから嬉しかったんだよ、と高峰は言った。

「もうすぐ鱗の分析結果が出る。死刑宣告を待ってるような時に、天谷さんにそう言ってもらって」

——私がいつか必ず深海に連れていってあげます。

記憶にも残っていない自分の言葉を口の中で反芻する。

心の底を覆う固い岩盤が、大きく滑り動いたような気がした。

私は高峰の横顔を見あげた。それから岸壁に立って〈よこすか〉を見あげている職員たちを振り返った。

彼らの多くは一生涯、有人潜水調査船に乗ることもなければ、深海に行くこともない。彼らは調査潜航を陰で支え続ける。船が出るたびに手を振る。研究者たちが、新たな発見を手にして帰ってくることを祈って。

私は青く光る海をじっと見つめた。なぜ深海に潜るのか。多岐司令に投げかけられた問いの答えが、やっとわかったような気がした。

〈よこすか〉は駿河湾を目指して、白い波をたてながら出港した。

私の訓練潜航は航海の三日目だった。

太陽が昇る前に目が覚めた私はいてもたってもいられなくなり、作業着に着替えて格納庫に入った。先に来ていた神尾さんが私を見て「珍しいな」とつぶやいた。

やっぱりな、と私は大きく息を吐いた。

「神尾さんは、潜航する時はいつも、みんなより早く来ていたんですね」

「潜航日はなぜか明け方に起きちまうからな。他にやることもないし」

神尾さんは言い訳をするように言った。

「少し早いですけど、今日は、いつもより時間をかけて最終確認させてください」

私が緊張した声で言うと、神尾さんは頷いた。

神尾さんが耐圧殻の中に入り、主推進器、マニピュレータ、投光器、サンプルバスケットと順々に動かす。私は〈しんかい六五〇〇〉のボディのまわりを這い回るようにして、その動きをひとつひとつ確認した。そのうちに、神尾さんがこの船と対峙《たいじ》する時、いつも恐ろしいほど緊迫した空気をまとっていた理由が理解できたような気がした。

私の前にあるのはただの船ではない。

地球上で最も苛烈な環境から人の命を護るために造られた、世界一安全な潜水調査船なのだ。造ったのは父たち技術者だが、その安全を二十数年にもわたって正常に機能させてきたのは、他でもないパイロットなのだ。

父の造った船に乗りたい。そんな私の夢のためにこの職業はあるんじゃない。深海に潜りたい。誰も知らない海の、地球の秘密を解き明かしたい。そんな研究者の執念を耐圧殻に宿らせて海の底へ連れていく。

それが私の仕事。

執念は時に暴走する。未知の世界で予測不可能な事態が起こることもある。どんな状況下であっても彼らの望むオペレーションをこなして無事に海上に連れ帰る。その責任の重さが今になって背骨にのしかかる。信じるべきは父じゃない。すべては最終確認をしている自分の腕にかかっている。

「……お前、目の色が変わったな」

神尾さんがつぶやいた。

「ほんとはさ、お前がチームに入ってきた時、正直無理だと思ったんだよ。父親の造った船に乗っていれば安心だって、そう決めてかかってるように見えたからな。そこで思考が停止している奴に、船をいじらせるのが怖くてたまらなかったんだ」

安全な船なんてないんだよ、と神尾さんは言った。お前が生まれるずっと前から、地道に磨きあげられてきた部品のひとつひとつに、パイロット自身が魂を吹きこむことで、なんとか、限りなく安全に近い潜航ができているだけなんだから、と。

「〈しんかい六五〇〇〉を設計した造船所の技術者はすでに現場を去った。多岐さんだってもうすぐ定年だ。ここが正念場なんだ。わかるな」

私は力強く頷いた。

パイロットを志してからずっと聞かされてきた。

宇宙飛行士の数は全世界で五百人。しかし深海のパイロットは四十人前後しかいない。そのうちの二十人が日本人だ。俺たちは宇宙飛行士よりも特殊な職業なのだと。

必要なのは一級小型船舶操縦士の資格だけ。あとは現場で先輩の手を見て覚えるしかない。技量を受け継ぐ者の数は決して多くない。

〈しんかい二〇〇〇〉をはじめ、世界中の有人潜水調査船が、退役や事実上の運航休止に追いこまれ、生身の人間が深海に潜航する機会は徐々に少なくなってきている。

そんな逆風の中、アメリカの有人潜水調査船〈アルビン〉は、四五〇〇メートルだった最大潜航深度を六五〇〇メートルまで高めて、〈しんかい六五〇〇〉に並ぼうとしている。中国で建造中の〈蛟竜《ジャオロン》〉は、七〇〇〇メートル級の潜航能力を目指して試験潜航を繰り返している。日本の有人潜水調査船の〈世界一〉は、すでに揺らぎはじめている。

ここが正念場なんだという神尾さんの言葉が、私の心臓に深く刻まれた。

朝礼の時間になると、チームのメンバーが集まってきた。

多岐司令が潜航実施を告げる。

Aフレームクレーンを操作する人、耐圧殻のハッチを閉める人、スイマーとなって海に飛びこむ人。潜航服を着て耐圧殻に入った私は、彼らに全幅の信頼を置こうと決めた。

「よこすか、しんかい、各部異常なし、潜航用意よし」

神尾さんの言葉が響くと、覗き窓の外に白い泡がたつ。ここから先はパイロットがなんとかするしかない。

みるみるうちに暗くなっていく海の中を見つめながら、私は覚悟を決めた。

深度五〇〇〇メートル

強い太陽が照る岸壁に、私は軽やかな足取りで降り立った。

「おめでとう」

眞美が抱きついてくる。

かなり心配していたらしい。腕の力が強すぎて苦しいくらいだった。同期の縁を切ってやるなどと一瞬でも思った自分のことを私はひそかに反省した。

深度三〇〇〇メートルの訓練潜航は無事に終了した。

その日の夜、運航チームのメンバーが、食堂に集まって祝杯をあげてくれた。

私に酒を飲ませるかどうかで一議論あったようだが、折角だからとコップに半分だけ飲むことを許された。他のパイロットたちも、飲むのは乾杯の一杯だけだ。

その約束を真っ先に破ったのは多岐司令だった。何回も杯を重ね、寿命が三年は縮まったよ、などと珍しく冗談を言っていた。

「司令は、お前の潜航中ずっと青ざめてたんだよ」

先輩のひとりがそう教えてくれた。

神尾さんに至っては、ハッチから這い出た瞬間から、人目をはばからずに涙をぬぐっていた。そんなに喜んでもらえるなんてと涙ぐむと、

「お前がいつ暴れるかと思って、死ぬほど怖かったんだよ、馬鹿!」

と怒鳴られた。

耐圧殻の中で私が身じろぎするたびに、陸に残してきた妻子のことが頭をよぎったという。とにかく、その夜は今までの人生で一番幸せだった。

航海の最終日、風に吹かれながら甲板で休憩していると、後からやってきた神尾さんに唐突に尋ねられた。

「お前、目山さんから何か聞いてるか」

「何かって、なんですか」

私が怪訝な顔をすると、神尾さんは煙草をくわえながら言った。

「鱗の分析結果が出たんだってよ」

船からメールで連絡を取った目山さんの部下が、ふと漏らしたのだという。

「あの鱗をはまべの稲葉さんからもらったの、お前の弟だろ」

「はい、そうですけど」

公式発表はまだみたいだけどな、と神尾さんは言った。

「お前の二世仲間、もしかしたら、もしかするかもしれないぞ」

「どういうことですか」

神尾さんを見つめると、これ以上は教えられない、と言われた。

それから数時間後、〈よこすか〉は横須賀本部の岸壁に着岸した。〈しんかい六五〇〇〉の陸揚げ作業が終わるのを待って、私は広報課のオフィスを覗いた。

「高峰さんは？」

眞美に尋ねると、さあと言って首をかしげている。

「明日シンポジウムだし、まだ理事に振り回されてるんじゃない」

直前になって思いつきの指示を連発するところがあるからねえ、と眞美は書類に目を落としながら忙しそうに言った。

「じゃあ、目山さんでもいいや。どこにいるか知らない？」

「研究棟でも探してみたら」

「ありがとう」

一旦事務所に戻ろうかと思ったが、気が急《せ》いたのでそのまま研究棟へ走った。

深海生物飼育室で捕まえた目山さんは不機嫌な顔をした。

ちょうど作業を終えて、部下たちと一緒に帰ろうとしているところだったようだ。どういう結果だったんですかとしつこく尋ねると、目山さんはドアの前で立ち止まって溜め息をついた。

「誰から聞いたんだよ」

「まあ、発見したのはお前の弟だからな。こっそり教えてやるけど、三日後の公式発表まで誰にも話すなよ。いいな」

「わかりました」

目山さんはいつになく険しい顔をして言った。

「……海棲《かいせい》爬虫類の鱗だ、あれは」

「海棲爬虫類」

反射的につぶやき、少ない海洋生物の知識を総動員して考える。

「亀ですか」

「馬鹿かお前は。亀の鱗があんな形してるわけないだろ。古生物学者にも問い合わせてみないとわからないが、俺はモササウルスの近縁種じゃないかと思ってる。遺伝子的にもかなり近いみたいだ」

「モササウルス？」

「約八千万年近く前の白亜紀後期、海にうじゃうじゃいた鱗竜《りんりゅう》類の恐竜だよ。ワニとトカゲとイルカを足して三で割ったみたいな形をしてる。大きいもので一八メートルくらいかな」

「……つまり生きた化石、遺存種の可能性があるってことですか」

それは目山さんが高峰に挙げた三つの条件のうちのひとつではなかったか。

「それはどうかな。さっき亀の鱗があんな形をしているわけないって言ったけど、それは鱗竜類も同じなんだ。第一、肺呼吸の爬虫類が深海で暮らせるはずがない」

目山さんはアカドンコの水槽を覗きこむ。

「マッコウクジラみたいに浅海と深海を鉛直移動しているなら別だが、そうでなければ鰓《えら》があるとか、皮膚呼吸しているとか、別の呼吸手段を身につけるしかない。水圧に耐えるために、硬い殻をかぶったり、体に大量の油を充塡《じゅうてん》したり、とにかく特殊な進化をしてなきゃ棲息は難しいだろうな。……まあ、まだ深海に棲息していると決まったわけじゃないけど」

不思議なのはそれだけじゃないんだ、と目山さんは憑《つ》かれたような顔をして腕を組む。黙っていろと言ったわりに、誰かに話したくてたまらなかったらしい。

「あの鱗、光に透かすと黒い点々みたいなものが見えなかったか」

「見えました」

「もしやと思って、分析に出してみたんだが……」

目山さんは信じられないという風に、頭を振った。

「白金《はっきん》を大量に含むマンガン酸化物だったんだよ」

「白金？」

「お前知らないのか。プラチナだよ。レアメタルだよ。希少鉱物だ」

薄給のお前には縁がないかもしれんが、と目山さんは私を横目で見た。

「知ってますよ。失礼な」

「ほう、そりゃ失礼。でも鱗に、体内にだよ、白金が含まれるなんてそんな頓狂な生物見たことないだろ」

白金はレアメタルの中でもとびぬけて希少な鉱物なんだ、と目山さんは力説する。

「地殻一トンあたり〇・〇〇一グラムしか産出されない。だから高いんだけど」

「深海にプラチナなんてあるんですか」

「こいつに含まれてる。陸上の何倍もの含有率でね」

目山さんはそう言ってタブレットPCを近くの机から取って、資料写真を見せてくれた。

海底が黒く塗装されたようになっている写真。マンガンクラストだ。鉄やマンガンを主成分とする鉱物で、一〇〇〇メートル以深の海山の斜面や頂部の岩によく見つかる。レアメタルやレアアースが多く含まれているので、海底資源としての期待も大きい。

「もっと大量に埋蔵されている場所もあるぜ。マントルの下、地球の核近くだ。海底を二九〇〇キロメートルは掘らなきゃならないから、採取は不可能だけどな」

「その生物はなんで、鱗にプラチナなんか溜めこんでるんでしょう」

知らないよ、と目山さんがぶっきらぼうに言った。スケーリーフットがなぜ鱗を硫化鉄で覆っているのかもまだわかってないんだから、と。

「タンパク質の上にまずマンガン酸化物が付着する。その際に海水中の白金が濃縮される。常識的に考えればこうなるかな。深海なんてところで生きてる奴らを、俺たちの常識で考えてもしょうがないんだけど」

私は陽生が鱗を見せた時のことを思い返していた。高峰は迷うことなく鱗を太陽に透かした。そして黒い星を見つめた。高峰秋一は〈白い糸〉の研究資料を膨大に遺していたという。もしかしたら、黒い物質についても記述があったのかもしれない。

私がそう言うと、目山さんは顔をしかめた。

「いいか、高峰にはこのこと死んでも言うなよ」

「なんでですか」

「明日はシンポジウムだぞ。政治家とか、官僚とかがわんさか来るんだ。あいつに知られてみろ。何をするかわからないだろうが。この鱗が〈白い糸〉のものだと決まったわけでもなし、寝た子を起こすようなことをするんじゃないよ」

「他にこのことを知っているのは？」

「うちの研究員だけだよ。口の軽い誰かがしゃべってなきゃな」

「……理事長に報告するんですか」

勿論する、と目山さんは頷いた。

「これは理事長ミッションだからな。しかし今は海外だ。帰ってくるのなんか待ってられないから、代わりに皆川理事に報告する。リリースは早い方がいい」

皆川理事。その名前を聞いて脳の奥がうずいた。なんだろう。何か大事なことを忘れているような気がする。

「明日までには承諾を得て、それからすぐに動かないとな。特別研究チームをプロジェクトに昇格させて、予算がおりるように根回ししなきゃならん。広報課に内緒ってわけにはいかないから、リリースの前日には高峰にも伝わるだろうね」

いつまでも戻らないので痺れをきらしたのだろう、神尾さんが携帯に電話をかけてきた。

私は急いで研究室を後にしなければならなかった。

家に戻った後も、自分が何を忘れているのか、思いだせなかった。

鶏肉の皮が焼けるパチパチという音を聞きながら、テーブルに頰杖をついて考えこむ。

「最近、僕ばっかり夕食をつくってるけど」

陽生がそう言ってフライパンにアスパラガスを投入した。

「鎌倉では毎日ママの料理食べてたんでしょ。いいじゃない、今日くらい」

「火はひとりで使っちゃダメとか言ってたくせに、今じゃ何でもさせるんだからな」

自分の当番の日は鎌倉山のハンバーグばっかり出すしさ、と陽生は口を尖らせた。

「そういえば、ミユキ、〈しんかい六五〇〇〉に乗れたんだってね。眞美さんがメールで教えてくれた」

「あっそう。よかったじゃん」

上の空で返事をすると、目の前に叩きつけられるようにしてご飯の茶碗が置かれた。

「ちょっと、静かに置いてよ」

むっとして陽生の方を向いた時、膝の上に置いていた恐竜図鑑が滑り落ちた。モササウルスを調べるために陽生の本棚から抜いてきたのだが、それを見て、脳がふたたびうずく。

そうだ、滑り落ちたスクラップブックだ。

皆川家の書斎で見た、〈白い糸〉らしき生物のスケッチ。二〇〇五年十一月という日付。どこかで見たようなあの筆跡は、皆川理事のものではなかったか。

足のあちこちをテーブルにぶつけながらダイニングを出て、洋室に置いてあるデスクトップPCの前に座る。

二十数年分の〈しんかい六五〇〇〉の潜航記録のファイルを開く。千二百回を超える記録をスクロールしていく。

あった。二〇〇五年十一月三十日。

当時はまだ現役の研究員だった皆川理事が、首席研究員として日本海溝で潜航を行っている。画面を見つめていた私は、同じ航海に相乗りする形で、地震学者の潜航が行われていることに気づいた。同年同月の十五日に、三陸沖で起こったマグニチュード七・一の地震、これによって変形した海底を調べるための緊急潜航。

地震の直後に行われた緊急潜航。どこかで聞いたような話だ。

「何やってるの、ご飯冷めちゃうよ」

陽生がお玉を持ったまま部屋を覗く。

モニターを一心に眺めながら、時代を遡って潜航記録を調べはじめた私を見ると、陽生は大きく溜め息をついた。

翌日は朝から雨だった。

雨足は明け方から徐々に強くなり、出勤する頃には、雷をともなう豪雨となって降り注いだ。空を切り裂くような雷光と、地を割るような轟音《ごうおん》が繰り返し襲ってくる。

本館の入り口で傘の水滴を払っていると、中から出てきた眞美が隣に来て空をあおいだ。

「雷、落ちたりしなけりゃいいけど」

向こう岸に停泊している原子力空母の上で、雷光が激しく瞬いている。波が高いので岸壁に近寄らないでください、と呼びかける館内放送が聞こえた。

「こっちに船がなくてよかったよね。それはそうと、皆川さん知らない？」

尋ねると眞美は顔をしかめた。

「午後のシンポジウムの準備で忙しいんじゃないかな。見たっていう目撃談はあちこちで聞くんだけど、なかなか捕まらないって、目山さんが言ってた。もう会場に移動しちゃったのかも」

目山さんが皆川理事を探しているのは鱗の報告をするためだろう。

承認がおりれば、目山さんはすぐにプロジェクトチームを編成する。所内の様々な部署から研究者たちが集められ、効率的かつ実効的な計画がたてられる。

そうなってしまえばこの生物の探索は高峰の手から遠く離れてしまう。鱗の分析結果が全世界に知れ渡れば、海外の研究機関も興味を持つだろう。もし彼らが先に見つけてしまったら、それが〈白い糸〉だったのかどうか検証されないまま、高峰秋一の存在も執念もいつしか忘れられてしまうかもしれない。目山さんより先に、どうしても皆川理事を捕まえて、鱗を世に出した高峰と〈白い糸〉とを強く結びつけておきたかった。

うまくできるだろうか。空に刻まれた光の亀裂を睨みながら、私は大きく息を吸った。

事務室に戻り、シンポジウムを聴きに行きたいと神尾さんに申し出ると、怪訝な顔をされた。今までに何回か、勉強のために行ってこいと言われたことがあるが、座学が苦手な私はなんだかんだと言い逃れをして断っていたのだ。

「まあいいけどさ。今日はこの雨で部品の納品もできないって言われたし、多岐司令からも若いのを見に来させろって言われてたしな」

その代わりレポート提出しろよ、と言って神尾さんは送りだしてくれた。

ロッカーに置いてあるスーツを着て、私は横須賀本部を出た。シンポジウムの行われる東京国際フォーラムにたどりつく頃には、髪も服も雨でぐっしょりと濡れていた。

ホールではまだ、慌ただしく会場設営が進められていた。

入り口には〈海洋研究開発機構シンポジウム〉という大看板が立てかけられ、ロビーには、今年一年の成果がパネルで展示されている。

タオルで髪を拭いていると、

「天谷さん、来てたんだ」

受付にいた高峰がこちらを見て声をかけてきた。

「よかった、人手が足りなくて困ってたんだ。ちょっといいかな」

受付の手伝いをしてくれないか、と言う。他の人が名前をチェックするので、私はプログラムを渡すだけでいいそうだ。

「シンポジウムがはじまったら、中に入ってくれていいから」

そう言い残して立ち去ろうとする高峰を、私は呼び止めた。

「あの、皆川さんは」

「さっきまで、どっかの大学教授と話してたけど、目を離した隙にいなくなった。理事が出るのはシンポジウムの最後だし、直前に戻ってくるつもりかも」

「目山さんは？」

「まだだよ。目山さんが出るのは理事のすぐ前だから、こっちもギリギリに来るかもね。待ってる方は気が気じゃないんだけど」

高峰は浮かない顔をしている。スケジュール通りに動いてくれないのが不満なのだろう。

「すみません、呼び止めたりして」

私がそう言うと、高峰は首を振った。

「いいんだ。準備はもう終わり。落ち着かないからうろうろしているだけだよ」

ホールからマイクテストの声が響いてくる。

「そういえば訓練潜航、成功したんだって。おめでとう」

私にそう言った後、高峰は独り言のようにつぶやいた。

「結局、天谷さんが〈しんかい六五〇〇〉に乗る方が早かったな」

バスの中で交わした会話を覚えていたらしい。あれからまだ半年もたっていないのに、随分昔のことのように感じられた。何と答えていいかわからず、私は話題を変えた。

「……目山さんと眞美、結婚するらしいですね」

「そうみたいだね」

「高峰さん、ふたりがつきあってるの知ってたんでしょう」

なんとなくね、と言って高峰は微笑んだ。

「あのふたり、もともと仲がよかったじゃない。正田さんはいつも目山さんの愚痴の聞き役だったし。まあ、その愚痴の原因はだいたい僕なんだけど」

「ひどいな。教えてくれればよかったのに」

「寂しい？」

高峰がふいに私の顔を覗いた。

「どうしてですか」

「天谷さん、目山さんになついていたから。ショックだったんじゃないかなって」

「なんで私がショックを受けなきゃいけないんですか」

険しい声を出すと、なんだ違うのか、と高峰は何がおかしいのか微笑した。

自分がやらかした騒動の顚末が、とんでもない方向へ転がりだしていることも知らないで。

あと少ししたらショックを受けるのは高峰の方だ。

轟音がして雷光が閃《ひらめ》いた。

近いな、と言って高峰は窓に目をやり、誰に言うでもなくつぶやく。

「……雷って、竜の化身だって言われてるんだよね」

陰鬱な光に支配されていたその瞳に、ほんのかすかに火がともるのが見えた。火は雷光の勢いとともに弱まっていき、やがて瞳の奥に吸いこまれていく。

あきらめてないんだ。そう思った。

「もうこんな時間か」

高峰は腕時計に目をやって、いよいよはじまるなとつぶやいた。

ロビーの扉が開かれ、来場者が入ってきた。

金バッジを襟に留めた議員もいれば、書類でふくれあがった鞄を抱えた官僚もいる。あちこちで名刺交換をしているのは恐らく資源関係の企業人か、うちの資材調達先だ。着慣れないスーツを着て記帳しているのは技術者。ノーネクタイなのは大学関係者だろうか。年老いた研究者の姿も目立った。

多種多様な顔ぶれだが、海洋研究に関わっているという点では狭い世界だ。あちこちで「おお」とか「いらっしゃってましたか」と言い交わす声が聞こえる。

「僕たち、学生なんですけど、中に入ってもいいですか」

若い声がして、男子学生が数人入り口に立っていた。潮焼けしたその顔を見た途端、すぐに海洋関係の学生だとわかった。

「どうぞどうぞ、よく来てくれたね」

入り口のそばに立っていた運航管理部長が、はじかれたように彼らに歩み寄り、受付まで案内してくる。まるで遠方から来た孫を歓待するかのようだ。

うちのシンポジウムに若い人が来ることはほとんどない。海や川に素潜りして遊んだ経験の少ない現代の少年少女にとっては、海よりもむしろテレビでよく取りあげられる宇宙の方が身近なのかもしれないと思う。

「パイロット候補の天谷深雪さんですよね」

ひとりの学生がパンフレットを受け取りながら言った。

「僕、有人潜水調査船のパイロットを目指しているんです。今度、お話を伺えませんか」

私がとまどっていると、

「ケチケチしないで連絡先くらい教えてあげなさい」

運航管理部長が鼻息荒く言うので、慌てて名刺を渡すことにした。

「僕はまだ一年生なんです。就職まで三年もありますが、僕、必ず採用試験受けますから、それまで有人をなくさないでください」

真摯に見つめられて、私は気圧されるように頷いた。

学生たちの後ろ姿を見送っていると、いつの間にか近くにいた多岐司令に声をかけられた。

「懐かしいな。天谷が俺に初めて話しかけてきたのも、こういう場所だったよな」

「はい」

六年も前のことだ。大学生だった私は、横浜研究所で行われた公開セミナーを訪れ、講演者を務めた多岐司令を出口で捕まえて、どうすればパイロットになれますか、と食らいつくように尋ねたのだ。

——一度、横須賀本部に来なさい。

多岐司令はそれだけ言って名刺をくれた。横須賀本部を訪れた私に整備場を見せてくれ、人事部が女性パイロットの養成を検討しているから技術総合職の採用試験を受けてみなさい、と教えてくれたのだ。

多岐司令が、私が北里厚志の娘だということを知ったのは、多分、内定が出た後だ。そうか北里さんの娘さんだったのか、と喜んでくれたのを覚えている。

時間になると、ホールの扉は閉ざされ、シンポジウムがはじまった。

海洋大学の教授の特別講演に続いて、海洋研究開発機構の基調講演がはじまる。次々に講演者が出て熱弁をふるう。

私はホールの一番後ろの席に座って講演を聴きながら、扉へ何度も目を向けた。

休憩時間になると、来場者はロビーにあふれ、コーヒーの入ったカップを片手に、パネル展示の前で談笑する。

私は受付のところに立っている高峰を見つけ、皆川理事の居場所を尋ねた。

「理事はまだ。目山さんはさっき到着して、今はもう演壇袖にいると思う」

そんなに急いで何か用なのか、とさすがに不審そうだ。

演壇袖に行ってみると、目山さんが煙草をくわえて、壇上で上映されている深海生物の映像を眺めていた。

「ここ、禁煙ですよ」

吸ってないだろ、と目山さんは苛立たしげに言う。今日は珍しくスーツを着ているのが、らしくなくておかしかった。

「それより、皆川さん見なかったか」

私が首を振ると、目山さんは溜め息をついた。

「携帯にも出ないんだよ。いったい、どこで油を売ってんだか。あのおっさん、俺にあれ言えこれ言えと注文つけておいて、まさか本番を聴かないつもりなんじゃないだろうな。こんなことならパネラーなんか引き受けなきゃよかったよ」

後半の開始時刻がやってきた。気づくと客席は戻ってきた来場者で埋まっていた。

「目山さん、そろそろ」

後ろからやってきた高峰が声をかけると、目山さんは煙草をポケットにしまい、演壇に出ていった。他のパネラーも次々に出ていく。

パネルディスカッションのタイトルは〈海底探査技術の新世紀〉。目山さんの他、海洋工学センター長、海洋研究で有名な大学教授、サイエンスライターなどが並び、意見を交わす。

目山さんは、海溝型地震が今後、六五〇〇メートル以深で起こる可能性について言及し、その発生に海底下の微生物が関わっているかもしれないと熱く語って、〈しんかい一二〇〇〇〉の建造の必要性を説いた。

「世界最深部が一〇九一六メートルなのに、どうして〈一二〇〇〇〉なんでしょう?」

司会者が質問する。

「この前の震災のような大地殻変動がまた起こった場合、もっと深い場所が現れるかもしれないからですよ。地球は生きている。常に変化していますからね」

会場からは好意的なざわめきが起きた。

それに対して、海洋工学センター長が、無人探査機や海中ロボットにも注力すべきだと述べながらも、一刻も早く有人潜水調査船の後継機開発をはじめなければ、技術が継承されないまま失われると訴えた。

「一九六四年に就航した〈アルビン〉、あれもアップグレードの際に、建造当時の技術が失われていて随分苦労したそうです」

高峰は佳境に近づいたパネルディスカッションの進行を見守りながら、静かに演壇袖に佇《たたず》んでいる。

まだ来ないのか。さすがに焦りを感じはじめた頃。

「おや、深雪ちゃん、見に来てくれたの」

派手なネクタイをしめた皆川理事がやってきた。ハンカチで汗をぬぐっているところを見ると、今しがたホールに入ってきたのだろう。

「いやはや、とんだ人に会ってしまってね。海洋大学の名誉教授なんだが、三十年ぶりだったもんで、なかなか解放してもらえなくて困ったよ」

ほらあの空手三段の、と話し続ける皆川理事に、高峰が腕時計に目をやりながら言う。

「理事、質疑応答が終わったら閉会の言葉です」

「わかったわかった、大丈夫だ」

機嫌よく答え、演壇に視線をやった皆川理事に、私は覚悟を決めて話しかけた。

「皆川さん、お話があります」

「話なんかしている暇ないんだけど」

割って入った高峰をはねつけるように、私は言った。

「ものすごく大事な話なんです。高峰さんは黙っていてください」

私の形相がよほど凄まじかったのだろう、高峰は黙った。

遅れてやってきただけあって、自分の出番が気になるらしい。皆川理事は、演壇の方を見ながら上の空で聞いていたが、あの鱗の持ち主が海棲爬虫類である可能性が高いこと、しかもその鱗に白金が含まれていたことに話が至ると、その顔がひきつっていった。

「深雪ちゃん、それは確かに大変な話だが、目山くんの正式報告を待った方がいいんじゃないか」

「いいえ、今じゃなきゃ駄目なんです」

私は強く首を振った。

皆川理事の肩越しに怪訝そうな顔をしている高峰が見えた。

「私、この前お宅に伺った時、書斎でスクラップブックを見たんです」

そう言うと、皆川理事の顔が凍りついた。

「皆川さんは、高峰さんのお父さんと懇意にしていたんですね」

書斎に飾られていた写真には高峰によく似た、黒縁の眼鏡をかけた男性が写っていた。

「高峰さんの家に来て、研究室に戻れって説得した研究者仲間って、皆川理事だったんじゃないですか？　だって、あのスクラップブックには、論文みたいなものが貼ってありました。あれって高峰秋一さんのですよね。別れの言葉を書いた紙もありました。『いろいろすまなかった』って。高峰って署名も」

友人への苛立ち。彼を狂わせた〈白い糸〉への怒り。あのスクラップブックには、そんな思いが封印されていたのだ。

でも——。

「皆川さんは、二〇〇五年の十一月三十日に日本海溝で調査潜航をされましたね。そこで本当は見てしまったんじゃないですか」

親友が見たのと同じ場所で、親友の正気を奪ったその生き物を。

「……〈白い糸〉を」

スクラップブックには、白い糸のようなものと、目玉のような閃光が描かれていた。斜線で塗られた暗闇の部分にいくつも穿たれた黒い点々も。

調査潜航から帰ってきてすぐに描《か》きとめたのだろう。信じられない、信じたくない、でも信じるしかない、そんな思いで。

そこまでしゃべって私は黙った。

皆川理事は言葉を発しなかった。肯定も否定もせず、難しい顔をして目を閉じている。

壇上では質疑応答がはじまっていた。

海底資源を掘削したりして生態系への影響はないのですか、という自然保護団体の質問を受けて、司会が目山さんに回答を求める。

「……影響がないとは言えないでしょう」

目山さんはなめらかに答える。

「しかし、深海生物たちが必死に餌を食い、子孫を残そうとするように、我々人類も、年々過酷化する自然環境の中で生き抜いていかなければなりません。資源探索をやめることはできないでしょうね。深海開拓によって生態系がどう変化するのか、未来予測をすることがまず必要だと思いますが、実のところ、その仕組みがどうなっているのかがよくわかっていません。全海洋種の分布と個体数を把握できたのがついこの間のこと、複雑に絡み合う生物の相互依存関係を解明するのはこれからなのです」

皆川理事の答えを待っている暇はない。私は大きく息を吸って先を続けた。

「皆川さんと、高峰秋一さんが〈白い糸〉を見た時、日本海溝では同じ現象が起きていました」

皆川理事がまぶたを開いた。私は強く言った。

「海溝型地震です」

一九九四年十二月二十八日、三陸はるか沖地震。二〇〇五年十一月十五日、三陸沖地震。日本海溝を震源地として起こったふたつの地震。発生から二週間後をめどに、それぞれ、地震学者による緊急潜航が行われている。

それだけではない。居酒屋はまべの稲葉さんが、例の鱗を飲みこんだ深海魚を水揚げした、その日の前後にも、東日本大震災の余震が頻発していた。

「その生物はもしかして、地震が起こった直後に巣穴から出てくるか、あるいは〈しんかい六五〇〇〉ではたどりつけないような海溝の深いところから、一時的に上昇してくるのではありませんか」

その生物が落としていった鱗を、堆積物と一緒に深海魚が飲みこんだのだろう。

「つまり、あの鱗は高峰秋一が見た〈白い糸〉のものに違いないと、そう言いたいのかね」

皆川理事が重々しく言った。

「そうです。あくまで私の憶測にすぎませんが」

「面白い」

皆川理事は腕を組んだ。

「駿河湾で初めてシロウリガイを発見したのは、訓練潜航中の新人パイロットだった。無垢《むく》
な目に長年の経験が負けることだって、ないわけではない。だが憶測は憶測だ。とても科学
とは言えない。想像だけにとどめておいた方がいい」

信じてないいんですか、と私は嚙みつくように言った。

「高峰秋一さんのことを、〈白い糸〉を、皆川さんは信じていないんですか」

皆川理事は私の肩をぽんと叩いた。

「そろそろ行かなければ」

気がつくと質疑応答が終わって、パネラーが次々に演壇袖に引き揚げてきていた。

皆川理事が登場すると、割れんばかりの拍手が起きた。

私は唇を嚙んだ。あそこまで問いつめれば白状してくれると思ったのに。

こじつけでもなんでもいい。〈白い糸〉を見たのが高峰秋一ひとりではないことが証明できれば、それでよかった。でも駄目だった。

「今の話……」

高峰が呻くような声で言った時、後ろから目山さんが現れた。私が皆川理事に談判する様子を演壇から見ていたらしい。

「皆川さんに何言ったんだよ」

かいつまんで説明すると目山さんは約束を破ったなと目を吊りあげた。

「俺が言うならともかく、そんな胡散臭《うさんくさ》い話、お前から聞いて誰が信じるか。高峰、お前もこれ以上余計なことをするなよ。かわいそうな広報課長にこれ以上迷惑を――」

客席の方からざわめきが聞こえてきたのは、その時だった。

演壇を見ると、皆川理事がスポットライトを浴びたまま黙っている。どうやら、登壇してから一言も発していないらしい。

高峰がハッとして、手の中で丸めていたプログラムを開いた。そしてこわばった顔をして私に突きだした。皆川理事の演題は〈海洋研究開発機構の果たすべき役割〉。

目山さんも眉間に皺を寄せて演壇を見つめている。

息の詰まるような沈黙が破裂寸前にふくれあがった時、皆川理事は大きく息を吸い、ようやく話しはじめた。

「失礼しました。たった今、そこの演壇袖で、とんでもない話を聞いたものですから」

ポケットからハンカチを出して額の汗をぬぐっている。

「皆さんは、十八年前に日本海溝で目撃された、未確認深海生物というのをご存じでしょうか。その鱗らしきものが最近見つかりまして」

先日の一般公開で世間を騒がせたのでご存じの方も多いでしょう、と皆川理事は言う。

目山さんが信じられないという風に口を開けた。

「まさか、ここで、言うつもりじゃないだろうな」

その通りだった。皆川理事は、鱗の分析結果をそのまま発表してしまった。

客席から、特に研究畑の人々から、どよめきが起きる。

「実は、この生物を私も見たことがあるのです」

二〇〇五年十一月三十日のことでしたと、遠く彼方を見つめながら言う。

「はっきりとは確認できなかったので口外しませんでしたが、白い糸とまばゆい閃光を、私は確かに見たのです。その体からは黒い星のような何かが瞬いていました。それが、もしかしたらマンガン酸化物だったのかも……。巨大な水圧に耐えるために、プラチナの鎧をまとい、幾多の時代を生き抜いてきた、あれは太古の生物だったのかもしれません」

高峰は演壇を見つめたまま立ちすくんでいる。その背中が呼吸とともに静かに上下していた。肩がかすかに震えている。

「深海には未知の世界がたくさんあるのです。……今日ここへ立つにあたって、私はこんな言葉を用意していました。しかし、まさかその事実を、自分自身が突きつけられることになろうとは。いや、動揺して、他の文句はすべて忘れてしまいました」

皆川理事は豪快に笑った。

私は演壇袖から、ホールの一番奥に立って、講演を聴いている多岐司令に目をやった。腕を組み、鋭い瞳で演壇を見つめている。

思いだした文句がもうひとつありますので、これをもって閉会の言葉とさせていただきます、と皆川理事は声を張りあげた。

「深海、それは地球最後のフロンティアです。我が海洋研究開発機構は、これを探査する能力においては世界中のどの機関にも負けないつもりです。しかし、今ここに日本国が投資を行わないのであれば、若い人材も、その優秀な頭脳も、ほとばしるような情熱も、積みあげてきた技術も、いずれは海外の機関へ四散してしまう。我が国は永遠に海洋大国の立場を失うでしょう」

半ば扇動的ともとれる皆川理事の演説がしめくくられると、盛大な拍手が起きた。

皆川理事は恭《うやうや》しく礼をすると、顔を紅潮させて下手《しもて》に戻ってきた。皆川理事の顔を憑かれたように見つめている高峰の肩に、分厚いてのひらを乗せる。

「後で一緒に新田課長のところへ行こう。確か来月、日本海溝へ行く航海に、広報枠潜航が予定されていたはずだ。それを使わせてもらうといい」

いやあ久しぶりに熱いスピーチをしちゃったよ、と私に微笑みかけると、皆川理事は充実した表情を浮かべて、ロビーへ出ていった。

私は呆然としていた。

広報枠。そうか、その手があったんだ。どうして今まで思いつかなかったんだろう。

高峰がはじかれたように振り返って、皆川理事の後を追おうとした。目山さんがそれを押しとどめ、不機嫌そうな声で説明する。

「……広報枠っていうのは、広報用の画像や映像を撮影したり、科学ドキュメンタリー番組とタイアップしたりするために、ごくたまに確保される潜航日のことだよ。タレントやジャーナリストを潜らせる時に使われたりする」

狐《きつね》につままれたような表情を浮かべている高峰の横顔に、私は言った。

「一日だけ、〈しんかい六五〇〇〉を使ってもいいって、皆川さんは、そう言ったんです」

胸が熱くなって私は思わず叫んだ。

「深海に潜れるってことですよ、〈白い糸〉を探すために！」

高峰が振り返って私を見る。火のような瞳だった。視線に貫かれて私の身は思わずすくんだ。高峰は泣いているのか笑っているのかわからない表情を浮かべて私をじっと見つめた。

次の瞬間、強く抱きしめられた。

息が止まるかと思った。プログラムが床に落ちる。熱い体温が伝わってくる。肩ごしに、目山さんがぎょっとした顔をしているのが見えた。

抱擁は唐突に終わった。

高峰の腕から解放された私は、混乱したまま後ろへよろめいた。心臓が早鐘を打つ。顔が赤くなっているような気がして、目をあげることもできなかった。

しかし、その混乱はすぐに解けた。

高峰は私を放すと目山さんに抱きついたのだ。私の時よりもさらに強い、骨がきしむような抱擁に、目山さんは、痛い、と悲鳴をあげた。

私は思わず笑った。

壇上を振り返ると、スクリーンにふたたび深海の映像が映しだされていた。マリンスノーが舞っている。暗闇の中で深海生物たちが泳ぎ、這い、餌を喰らっている。

雪といっしょに降りておいで、君が乗ってるその船で。

あの歌の詞《ことば》を、私は久しぶりに思いだしていた。いやな歌だとは、もう思わなかった。ひどく懐かしい気持ちがした。


陽生を連れて鎌倉駅の駅舎を出るとバスがたくさん停まっていた。

赤い鳥居をくぐって賑やかな小町通りを抜け、古い石灯籠《いしどうろう》が並ぶ若宮大路《わかみやおおじ》に出ると、鎌倉彫りや骨董《こっとう》の店先をひやかしながらぶらぶらと歩く。日曜日ということもあって観光客が多い。扇子を持った男性や日傘をさした女性の姿が目立った。

明日からまた航海に出る。最終日には広報枠潜航が行われる。

先週、思い切って真理子さんに電話をして、陽生を実家に帰したらどうかと提案した。コパイロットに昇格すれば、航海に出ることが多くなる。家を留守にする機会も増えるだろう。これを機に、生活の拠点を鎌倉に戻した方がいいと思ったのだ。真理子さんは一瞬ためらったが、すぐに決意したらしく了承してくれた。

今日は、陽生を引き渡すために、一緒にここまで来たのだ。

「これからも、好きな時に遊びに来ていいんだからね」

鶴岡八幡宮《つるがおかはちまんぐう》の大きな鳥居を遠くに認めると、私は傍らの陽生に話しかけた。

「不良少年のたまり場とかにされると困るから、事前連絡はしてほしいけど」

わかってるよ、と陽生は顔をしかめた。

「ミユキこそ、栄養失調にならないように気をつけるんだね」

服の中を風が通り抜けていく。結ばずにおろした髪の中までも、吹き渡っていくような気がする。

「気持ちがいいなあ」

独り言を言うと、陽生がぎろりと私を見て、もう少しマシな格好した方がよかったんじゃないの、と言った。私は白いブラウスに、くるぶしまである麻のスカートを穿いてきた。

「このあと、高峰さんとデートなんでしょ」

デートじゃないよと私は笑った。つきあってほしい場所があると言われただけだ。

鶴岡八幡宮の境内《けいだい》には観光客が連れ立って歩いていた。待ち合わせ場所に決めた池の前には大きな石灯籠があった。その土台石に並んで腰かけると、ひとりでも帰れるのに、と陽生がつぶやいた。

「いいの。こういうことは、引き継ぎが肝心なんだから。それにしてもいい天気だねえ」

雲ひとつない空をあおいで言うと、陽生がうつむいた。

「僕、ミユキに謝らなきゃいけないことがあるんだ」

「そりゃあるでしょうよ。あんたにはほんと振り回されたんだから」

冗談を言ったつもりだったが、陽生は笑わなかった。思いつめたような顔をしている。

「なに、まだ何か隠し事してるの。やめてよ、真理子さんに怒られるようなことは」

違うよ、と陽生は口を尖らせた。

「僕、ミユキに嘘ついたんだ」

――パパ、もう日本に帰ってこないと思うよ。

初めて会った時、陽生が言った言葉だ。私が閉所恐怖症になるきっかけをつくった言葉でもある。

「アメリカにいる時、僕、ミユキの手紙を見たんだ」

ある日、父の書斎で遊んでいた陽生は、こっそり開けた引き出しの奥から、古い缶に納められたたくさんの手紙を見つけたのだという。中学生くらいの年の子が書いたと思われるその封筒の裏には、北里深雪という名前が記されていた。手紙は下にいくほど新しくなり、途中から名字が天谷に変わっている。封筒の中身を見るまでもなく、それが父のもうひとりの子供から来たものだということに陽生は気づいた。自分の母が、父の一度目の妻でないことは、うすうす知っていたのだそうだ。

陽生は、父のいない隙にその手紙を読んだ。

そこには、有人潜水調査船のパイロットになりたい、という夢が綴られていた。手紙は一年に一回だけ、最後には必ず、いつか日本に帰ってきて世界で一番深い海に行く船を造ってね、という文句が添えられていた。

一番新しい手紙には、海洋研究開発機構に就職したこと、〈しんかい六五〇〇〉のパイロット候補になったことが、大人びた文字で書かれていた。

「本当に夢をかなえたんだなって、びっくりしたんだ。すごいなって思った。深海のパイロットは世界にごくわずかしかいないんだぞって、パパはいつも言ってたから」

それだけではない。缶には父が書いた手紙も入っていた。投函せずに仕舞いこんでいたらしい。そこにはたった一行だけ記されていた。

「おめでとう。いつか必ず日本に戻る。お母さんにすまないと伝えてほしい」

私は想像した。

父が愛用していた白い封筒、白い便箋。青いインクの万年筆で綴られたごく短い言葉。仕事のことを語る時以外は口下手だった、いかにも父らしい手紙だ。

帰国すると陽生が母親に告げられた時、日本では大きな災害が起きたばかりだった。母国とはいえ一度も行ったことのない国に対する恐れを感じて陽生は行きたくないと思った。それで、仲のよかった友達に相談したのだそうだ。

友達はアメリカに残った方がいいと断言した。

――だって、日本はもう終わりなんだろ。滅びる国になんか行かない方がいいよ。

悪気があったわけではないと思う。テレビでしか日本を見たことがない幼い友達の、それが精一杯の忠告だったのだろう。しかし陽生はその言葉に傷つき、家にひきこもるようになった。母と一緒に帰国することを決めたのは、その友達への意地もあったのだという。

「でも、日本に来て、ますますわからなくなっちゃったんだ。クラスメイトはいつも塾とか模試とかで忙しそうにしてる。遊ぶっていったら電車で移動する合間にゲームするだけ。深海生物とか恐竜とか宇宙とか、そういう余計なことは、とても覚える暇がないんだって苦しそうに言うんだ。いい大学に行けなきゃ、正社員になれなくて老後に困ることになるからって。だから僕は……」

陽生は私の顔を見あげた。

「ミユキに会いに行こうと思った。子供の時の夢を、本当にかなえてしまった僕のお姉さんがどんな人か、見てみたかったんだ」

横須賀本部の正門に現れたのは、目をきらきらと輝かせたお姉さんだった。楽しくてたまらないという顔をして、長い髪のまわりを風が吹き渡っている。夢をかなえるってこういうことなんだ、と陽生は思ったのだそうだ。

父が大事に思っているのは、姉の方なのではないか。

ふいにそんな思いが湧きあがってきて、それであんな嘘をついてしまったのだという。

「だって、パパはいつも深海に降る雪の話をしてた。地球上であれほどきれいなものはないって。ミユキの名前はそこからつけられたんでしょう」

陽生の目に涙が浮かんだ。私は鞄からティッシュを出してぬぐってやった。それから、直接聞いたわけじゃないからわからないけど、と口を開く。

「お父さんがなんで、陽生っていう名前をつけたのか、私にはわかるような気がする」

マリンスノー。それは深海に降る雪。深海生物たちの貴重な餌だ。

「でもね、深海生物たちが待ってるのは、マリンスノーそのものじゃない。そこに乗っている太陽の恵みなんだよ。暗くて遠い海の底にいても、彼らは私たちと同じ、太陽に生かされているんだね」

太陽とともに生きる。

それがあなたの名前なんだよ、と言うと、陽生の目にふたたび涙があふれた。

頭を抱き寄せて髪を撫でてやる。胸に押しあてられた目頭が熱い。陽生はしばらくそうしていたが、急に私を突き飛ばすようにして離れ、赤い目をこすって怒ったように言った。

「ママが来る前に八幡様にお参りしてくる」

「お参りって、なんで急に」

「決まってるじゃん、竜が見つかりますように、ってお願いするんだよ」

そう言って本宮の方へと駆けだしていく。

その小さな背中を見送りながら私は、もうひとつ言おうと思っていたことを、心の中でつぶやいた。

陽生という名前には、きっと、もうひとつ意味があるのだ。

風水で、竜は〈陽〉の極まれしものとされている。〈陽〉の気が大地に充満した時、竜は現れるのだそうだ。

皆川理事の書斎で見た〈しんかい六五〇〇〉の着水式の写真。あそこには父も高峰秋一もいた。父もまた〈白い糸〉に思いを馳《は》せたひとりだったのかもしれない。

「お待たせしました」

白い日傘を傾けて、真理子さんが立っていた。

「あっ、あの、陽生はさっき、お参りに行くって言って」

「ええ、走っていくのを見ました」

真理子さんはさっきまで陽生が座っていたところに腰をおろした。

「この前は、すみませんでした。私、何も存じあげずに」

　別れ際に交わした会話のことを言っているらしい。あの時真理子さんは、私と父の間に交流がないことを知って驚いていた。

「約束のことは聞いていたのですが、まさか、お母様がお亡くなりになった後も、あの人がそれを守っているとは思わなかったものですから」

「約束？」

　ご存じないのですか、と真理子さんが目を丸くした。

「離婚される時に、あなたのお母様とあの人がした約束のことです。今後一切、深雪さんには会わない、連絡もしないと」

「そうだったんですか」

　母は仕事を持ち、それを誇りに思っていた。家庭を顧みない父のぶんまで私の面倒をすべて見ていた。アメリカ滞在が長くなると言いだした父に、三行半《みくだりはん》をつきつけたのは母の方だったかもしれない。娘と連絡を取るなと夫に言い渡したのは、父を強く慕う私をとられまいとしたんだろう。

　海洋研究開発機構に就職が決まったと告げた時、目を閉じて溜め息をついた母の横顔を私は思いだした。

「もっと早く言えばよかったですね。気づくのが遅くてすみません」

真理子さんが申し訳なさそうに言う。陽生を私に預けると報告した時、父は、

「そうか」

と、ただそれだけ答えたそうだ。

「今さらどんな顔をして深雪さんに連絡したらいいかわからなかったんでしょう。子供のこととなると、本当に不器用なんですから」

「いいんです」

私は首を振って答えた。

「陽生のおかげで、私、父からやっと卒業できましたから」

真理子さんは目を丸くし、それからくすりと笑った。

「それを聞いたら、あの人どれだけ寂しがるかしら」

風が吹いて日傘を揺らした。

「一度、アメリカの家に遊びに来てね。きっとあの人も喜ぶわ」

初めてうちとけたような顔をして言う真理子さんに、私は頷いた。

高峰は鎌倉駅で待っていた。

ジーンズにスニーカーというラフな格好だ。こういう格好をしていると、ますます特撮番組の主人公みたいに見える。

「鎌倉まで来てもらってすみません」

「目的地は江の島だから、ここで待ち合わせた方が都合がいいんだよ」

折角だから江ノ電に乗っていこう、と言って高峰は駅の構内へ向かった。

電車は鎌倉駅を出発し、狭い線路の上を走り抜けていく。車体が今にも民家の軒先や植えこみに触れてしまいそうだ。

私は運転席の後ろから線路を眺めている高峰に目をやる。デートなんでしょ、と言った陽生の顔も浮かんだ。

「今日はどこへ行くんですか」

高峰は答えずに、こちらを見て口の端をわずかに持ちあげた。

稲村ヶ崎の駅を抜けると、視界がひらけて海が見えた。白い波間にサーファーたちが浮き沈みしている。しばらく眺めているうちに、電車はふたたび住宅街の中に入った。交差点をS字にカーブすると、もうそこが江ノ島駅だった。

海沿いを走る国道をしばらく歩く。名物の生しらすを食べさせる店が点々とあり、そのそばを子供たちが走り抜けていった。すぐ先に新江ノ島水族館がある。深海生物を飼育し、生きたまま展示している珍しい水族館だ。ここに来たかったのかと早合点した私を置いて、高峰は先へ進んでいった。

彼がようやく立ち止まったのは、国道脇に建つマンションの前だった。私が追いつくのを待って中に入り、五階の一番奥にある部屋の前で立ち止まると、ポケットから鍵を出して扉を開ける。

人の住んでいる気配はなかった。1LDKでさほど広くない。申し訳程度に取りつけられた小さな台所にはペンをさしたコップや道具箱などが置かれているだけで、冷蔵庫も電子レンジもなかった。短い廊下を抜けると、リビングがあり、簡単な応接セットが置かれている。

隣接する和室を覗くと、そこは書斎らしかった。

天井までぎっしりと並べられた本棚に、あふれんばかりに本が詰めこまれていた。多くは専門書だ。古いスチール製の机には崩れ落ちそうなほどたくさんの資料が積みあがっていた。

高峰が窓を開けると相模湾が見えた。

「ここって……」

私の目に、壁に貼られた一枚の模造紙が飛びこんできた。

そこには奇妙な形をした竜が泳いでいた。

ダイナミックにうねる白い髭、閃光を発する目。このふたつだけがいやに精密に描かれている。その他の部分は、日本の山水画、襖絵、浮世絵などから拡大コピーを取り、そのまま切り貼りされたらしい。絵の出典が部位ごとに異なるせいか、不出来なコラージュを見ているようだ。しかしその強引さがかえって、全体に奇妙な迫力を与えていることも確かだった。よく見ると、その背には、黒いマーカーでいくつもの点が穿たれていた。

「ここは、お父さんの、高峰秋一さんの研究室なんですか」

高峰は頷いて部屋を見回した。

「晩年はほとんどここにいたみたいだ。借金と相殺するためにもうじき処分しなきゃいけないんだけどね。処分する前に、というか、航海に出る前に、天谷さんに見せたかったんだ」

高峰は笑みを浮かべた。

「僕が深海に潜れることになったのは、天谷さんのおかげだから」

「私は別に……」

うつむいて言葉を濁す。

「決めたのは皆川さんですし、当日バックアップしてくれるのは目山さんじゃないですか」

皆川理事に二言はなかった。広報枠の潜航日を、〈白い糸〉探索のために使えるよう取りはからってくれたのだ。

他の理事たちからは目立ったことをして世間の批判を浴びたらどうすると反対されたらし

い。しかし皆川理事が、鱗の解析結果と同時に潜航計画があることを発表すれば、必ず世論の支持を得られる、と理事長を説き伏せたのだそうだ。

見つからなくてもいい、むしろ見つかる可能性などないに等しいが、未知の生物を探して潜航する様子を動画で公開できれば、機構への関心を高め、事業への理解を得ることができる。どちらにしろ悪い話ではない、と。

最も及び腰だったのは新田課長だった。高峰の件で一度ひどい目に遭わされているからだ。しかし、わかりました、と肚をくくった様子で言ったらしい。

「どうせ今年は勝負の一年。その博打《ばくち》に賭けてみます」

誰を潜らせるのかではさらに一悶着《ひともんちゃく》あったそうだが、結局、高峰に決まった。

調査潜航ではないのだから注目度が高い人間を潜らせた方がいい、と皆川理事が強力にプッシュしたそうだ。加えて、多岐司令の後押しもあったらしい。

「あいつの父親が〈白い糸〉を見てから十八年。その息子が入所した途端に、妙な鱗が発見されるなんて、そんな偶然、なかなかあることじゃないですよ。ツキをもたらすのは執念なんです。シーラカンスだってそうだったでしょう」

シーラカンスが最初に発見されたのは一九三八年のことだ。トロール船に積まれた魚の山から見つけられたこの奇妙な深海魚が古代魚ではないかということに気づいたのは、イギリスの大学教授だった。彼はその後、実に十四年もの歳月を費やしてこの魚を探し、一九五二年、ついに再会を果たした。重さ四〇キロにもなるその標本を手にした教授の手の甲には熱い涙がしたたり落ちたという。

広大な海で希少種にふたたび出会うことの難しさ、それをかなえた研究者の執念を、思い知らされる話である。

目山さんはその話を聞いて、苦虫を噛みつぶしたような顔をしていた。

「その広報枠潜航ってのは俺の調査潜航と相乗りなんだよ」

高峰の一件さえなかったら、俺たち研究チームのサンプルを採ってきてもらえるはずだったのに、と暗い顔をしている。

「だから高峰さんに教えなかったんですか」

私が尋ねると、目山さんは厳しい目をして言った。

「広報枠は成果の出ない潜航だ。だから、俺たちのサンプルを採取するかたわら映像を撮るとか、プロのカメラマンを乗せてパンフレット用の写真を撮るとか、なんとかして費用の元を取ろうとするんだ。それを、いるかどうかわからない生物のために広報課職員を潜らせるなんて無駄遣いもいいとこだ。そんなことに使うくらいなら調査潜航に使うべきだと、俺は思う」

そうやって文句を垂れ流しつつも、高峰のバックアップを頼まれた目山さんの仕事は速かった。

自分の潜航準備や、論文執筆、その他、山のようにある雑務の合間を縫って、高峰秋一が遺した論文や手記を精査し、皆川理事からも話を聞いて、潜航計画をたてててくれたのだ。

「その代わり、万が一その生物が見つかって何か採取できたら、それは俺がもらう。研究もうちのチームがやる。そうでないのならやらない」

と、新田課長にしつこく念押しもしていたらしいけれど。

マスメディアの窓口になったのは眞美だった。プレスリリースを流し、動画サイトで〈よこすか〉船上中継を行うと発表した。〈しんかい六五〇〇〉に高峰が乗りこんで潜るまでを一般の人にも見てもらおうという企画だ。潜航中の動画はさすがに生中継できないが、浮上したらすぐ公開できるよう準備が進んでいる。

「それにしても、広報目的で潜るなんて手があるとは思ってもみなかったな」

と高峰は壁に貼られた竜の絵を見つめながら言った。

きちんとした研究目的で潜るのならば、もっと確実な証拠が必要だったろう。有人潜水調査船でやみくもに潜ってみるという効率の悪い方法を、研究者は採らないからだ。

「わかってるでしょうけど、一度の潜航で見つかる可能性はゼロに近いですよ」

私が遠慮がちに言うと、高峰はこわばった顔で頷いた。

マンションを出ると、高峰はもうひとつ行きたい場所があると言った。

江の島に続く長い橋を渡る。昨日の雨のせいだろうか、近くで見る海は濁った翡翠《ひすい》色をしていた。橋の途中にある遊覧船の乗り場に、本日中止の札がさがっているのを見て、高峰が溜め息をついた。

「しょうがない、歩いていこうか」

長い橋を渡り終え、青銅の鳥居をくぐると、江の島の仲見世が続いた。貝殻でつくったお土産や海産物を売る店、食事処、旅館などが、勾配のきつい坂に額を集めるようにして軒を連ねている。

「江島《えのしま》神社に行くんですか」

息切れしながら尋ねると、高峰は首を振った。

「いや、もっと奥だよ」

仲見世をすぎると、弁財天が祀られている江島神社には向かわずに、右に延びる急な坂道をのぼっていく。深い木立に囲まれた道をのぼり、頂上を越えて石段を下りていくと、目の前に海がひらけた。岩棚を白波が洗っている。頭上を鳶《とび》が飛び回っている。

やけに歩かされる。私もスニーカーをはいてくればよかったと、石段の途中で立ち止まってサンダルの裏を見ていると、もうすぐだから、と励ますように高峰が言った。

たどりついたのは、岩屋洞窟《どうくつ》というところだった。波が浸食してできた自然の洞窟で、古くから信仰の対象となっている場所だそうだ。

中に入るとひんやりとした空気が体を包んだ。岩肌を水滴が伝う音も聞こえる。

洞窟の入り口には明治初期に撮った写真が貼られていた。まだ今のように屋根も遊歩道も設置されておらず、潮が中まで満ち、壁や天井には夜光虫が光っていたという。

入り口で渡された蠟燭《ろうそく》の灯りを頼りに進むと、最奥に岩穴があった。一説には富士山までつながっているというこの穴には、今は江島神社に移されている弁財天が祀られていたのだそうだ。腰をかがめて見ると小さな竜の像が置かれているのが見えた。

「江の島には、五頭竜の伝説があるんだ」

高峰の声が響く。

「父はそれを知っていて、江の島にマンションを買ったんだと思う」

第二岩屋に大きな竜がいるから見に行こうと言って、高峰は踵を返した。

海側の出口から一度外に出て栈橋を渡ると、波打ち際に亀石が見えた。

首をもたげ沖をじっと見つめているように見える。背中に飛び乗れば、今にも泳ぎだして、乙姫のいる竜宮城に連れていってくれそうにも思えた。私は、潜航が無事すみますようにと、心の中で手を合わせた。

ふたたび別の洞窟に入る。歩きながら、父の蔵書で読んだのだと言って、高峰は五頭竜の伝説を教えてくれた。

欽明《きんめい》天皇の御代というから今から千数百年も前の話になる。ある日、黒雲が天を覆い、濃霧がたちこめ、大地が鳴動し、海辺の村は高波に襲われた。大地の震えは十日目に止まったが、ほっとした村人の目の前で海底が爆発し、火柱とともに島がひとつ現れた。それが江の島になったという。

途方もないお伽噺《とぎばなし》だが、しかし、関東大地震によって岩屋の入り口が隆起し変形したという実話を聞くと、本当にあったことのように思えてくる。

「できたばかりの島に、突如として降臨した世にも美しい天女が弁財天だったんだって」

高峰が、天井の低くなっているところで身をかがめた。

その天女に懸想したのが古くから鎌倉の湖に棲む暴れものの竜、五頭竜だった。

天変地異ばかり起こして村人を苦しめ続けていた五頭竜の求愛を、天女は激しく拒絶して岩屋にこもった。苦悩した五頭竜は自らの罪を悔いて村を護ることを誓い、やっと想いをかなえたという。

その誓いの通り、五頭竜は自らの身を削って村をあらゆる自然災害から護り続けたが、ついに力つきてその命を終え、山に姿を変えた。

「この洞窟もそうだけど、日本全土には竜の穴と呼ばれる場所がいくつもある。竜は河川だけでなく、大地の中を縦横無尽に駆け抜けることができるのかもしれない。そもそも日本列島自体が竜の形をしていると言われているからね」

「竜は、天変地異を起こすことも、恵みをもたらすこともできる……」

私はつぶやいた。思い通りにはならない、しかし、ともに生きなければならない存在。それを古代の人々は竜と呼んだのかもしれない。

第二岩屋の最奥にたどりつくと、大きな竜の像が安置してあった。

「……マンションで見た竜の絵、どう思った」

竜の像を睨むように眺めながら、高峰が言った。

「本当に〈白い糸〉が竜だと、天谷さんは思う？」

少しためらった後に、私は首を振った。

「あれは、願望だと思います。妄想と言ってもいいかもしれません。お父さん自身も、本当にあんなものが現れるなんて思ってなかったんじゃないでしょうか」

「僕もそう思う」

高峰は小さく頷いた。

「あいつは〈白い糸〉に取り憑かれている、遺体を引き取りに行ったせいで乗り移られたんだろう……。自分が陰でどう言われているかくらい知っている。でも、〈白い糸〉の存在を一番信じていないのは僕なんだ」

高峰はつぶやくように言う。

「遺体を引き取りに行く前に、あのマンションに行って竜の絵を初めて見た。やっぱり父は気が変になってたんだって、早く死んでくれてよかったって思ったよ。父がつくった借金のせいで母の実家は何もかも失って、親類縁者にまで縁を切られていたからね。母が僕たちを連れて実家に帰った後も父は何度も金の無心に来た。あまりしつこいから、兄が腹をたてて父と摑み合いになったこともある」

母も兄も父の遺体の引き取りを拒んだ。高峰は前にそう言っていた。

「皆川理事も多岐司令も、父が本当にあさましくなった姿までは見ていない。だから今でも父のことをどこかで信じてくれている。でも家族はもう……」

高峰はそこで言葉に詰まった。

「それなのに、高峰さんはどうして〈白い糸〉を探そうと思ったんですか」

高峰は静かに笑った。

「前に言ったよね。あれほど海の恐ろしさを知っていた父が、荒れた海にうかつに近寄るわけがないって。もし近寄ったとしたら、よっぽどの理由があったんだろうって」

警察の説明にどうしても合点がいかなかった高峰は、秋一が泊まっていた旅館を訪ねたのだそうだ。そこで妙な話を聞くことになった。

外出先から帰り、酒を飲んでいた秋一は、誰かからの電話を受けてひどく興奮していたという。

「電話の相手が誰だったのか、今となってはわからないけど、もしかしたら漁師だったんじゃないかと思うんだ」

高峰は言う。

「父の手記には、周期的に深海魚の胃から出てくる、不思議な鱗のことが書かれていた。多くの漁師が捨ててしまっていたようだけど、父は、同じものが発見されたら連絡してくれるように頼んでいたんだと思う。そしてきっと周期の謎に気づいたんだ」

高峰は顔をあげると、地震だよ、とつぶやいた。

「その数日前、父がいた海岸の沖で大きめの地震があったんだ」

それがわかったのは、天谷さんが皆川理事に詰め寄った時だけどね、と高峰は言った。

父がなぜ海に沈むことになったのかはわからない。海の底にいるその生物を思い、いてもたってもいられず、危険だとは知りながら、防波堤の上をあてどもなく彷徨《さまよ》っていたのかもしれない。

「父は少しずつその生物に近づいていたんだ」

そう信じたいだけなのかもしれないけど、と高峰は自嘲《じちょう》気味に笑った。

彼の瞳に幾度となく宿った陰鬱な光の理由がやっとわかったような気がした。

海洋研究開発機構に入所してからずっと、高峰は苦しんでいたのだ。

父を盲信し、頑固なまでに前向きになろうとしていたのは、本心から目をそむけるため、〈白い糸〉なんかいるはずがないと囁く己の声に耳をふさぐためだったのかもしれない。

「入所して、天谷さんにそんなことできるはずない、って言われた時は正直カチンときたけど、今思えばそれでよかったんだ。潜れますよなんて言われていたら、すぐにでも逃げだしていたかもしれないから」

「どうしてですか」

私が首をかしげると、高峰は答えずに笑って出ようかと言った。

第二岩屋の外に出ると、海鳥たちがやかましく鳴きながら飛び交っていた。

桟橋を戻り、第一岩屋を通り過ぎて、稚児が淵に降りる。関東大地震の時に隆起したというのはこの岩場だ。

岩は波で洗われて濡れており、ところどころ割けて海水が溜まっていた。サンダルでフジツボを何度も踏んで滑りそうになる。思わず声をあげると、高峰が手を差しだした。

「いいです。私一応、海のプロですから」

私は恥ずかしくなって自分でもわけのわからないことを言って断った。

「摑まった方がいいよ。転んで足を切ったら大変だし、傷口から菌が入るとフジツボがたくさん生えてくるっていうから」

本当ですか、と真顔で返すと、高峰は噴きだした。

「そんなわけないじゃん。海のプロが聞いてあきれるよ」

笑顔につりこまれるようにして手を取られ、水際まで歩いていく。

「さっき言ってたのって、どういう意味ですか。逃げだしていたかもしれないって」

ああ、と言って、高峰は小さく頷いた。

「情けない話なんだけど、実現しそうになると怖くてたまらなくなるんだよ。謹慎中に、あの広報課の職員を潜らせてやれっていう声が寄せられたそうだけど、正田さんからそれを聞いて震えが止まらなかった。皆川理事に、分析結果によっては君の夢は再起不能だって言われてホッとしたくらいだ。こんなに多くの人を巻きこんで、予算を使って迷惑をかけて、何も見つからなかったらどうしようって今もすごく怖い。潜航なんてかなわなければよかったと思うくらいだ」

高峰はさっきまで私の手を握っていた自分の右手をじっと見つめた。見つからない可能性の方がずっと大きい。そんなことは皆知っている。高峰を潜らせてやれと広報課に電話してきた人々だって、本当に見つかるなどとは考えていないと思う。

しかしそれでは彼の気持ちがすまないのだろう。

「大丈夫ですよ。潜航がはじまったらそんなこと全部忘れちゃいます。それぐらいすごい場所なんですから、深海は」

私は明るい声を出した。

「それに高峰さんはもう充分貢献していますよ。十歳の子供が漁師さんにもらった鱗、それが古代海棲爬虫類の生き残りのものだった。日本の海に人類が見たこともないすごい生き物がいるらしい。そう思うだけで毎日が光り輝くようになった子が、日本中にたくさんいるはずです」

それは本当だ。

秋に行われる横須賀本部の親子見学会に、申し込みが殺到しているらしい。鱗の持ち主が海棲爬虫類かもしれない、と機構が正式に発表してからは、横浜研究所の図書館を訪れる子供も多くなった。全国の海洋大学への受験希望者や機構への就職希望者も増えるかもしれない、と人事課が喜んでいたくらいだ。

「私だって、高峰さんがいなかったら、パイロットになるのをあきらめていたと思います」

――高い技量を持ったパイロットがいて、はじめてあの極限環境に行くことができる。

訓練潜航のために出港する直前、高峰が言ったあの言葉がなかったら〈しんかい六五〇〇〉には乗れなかったと思う。

高峰はしばらく黙っていたが、ふいに私の顔を見て言った。

「天谷さんって、僕のこと好きでしょう」

心臓が止まった。何と答えたらいいのかもわからなかった。

「……今の話の流れで、どうしてそういう結論に達するんですか」

「いや、あまりにも情熱的に言ってくれるからなんとなく。違ったらごめん」

口元が微笑していた。からかわれているのだと気づいて、無性に腹がたってきた。

「高峰さんの潜航なんか、海が荒れて中止になればいいんですよ」

吐き捨てて、踵を返し、立ち去ろうとした私は、足をすべらせて転びそうになり、岩の上に手をつく。その腕を高峰が摑んで引き起こした。

気づいた時には抱きすくめられていた。

演壇袖で抱きつかれた時とは意味合いが違うらしいこの抱擁から、逃れなければと思うのだけれど、意思に反して体が動かない。

顔をうずめた肩の向こうで空を覆っていた雲が切れ、遠くに富士山が現れる。その前で白波が大きくはじけ、まばゆい陽光が江の島に降りてくる。

しばらくして高峰は私をそっと放した。

「高峰さんって、誰にでもこういうことするんですか」

来るものは拒まず去る者は追わず。眞美の言葉を思いだし、私はうつむいた。

「誰にでもするわけじゃないよ」

「じゃあ、きっと、私のことが好きなんですね」

むきになって言うと、高峰は屈託なく笑い、そうかもね、とつぶやいた。

「そうかもしれない」

係員が、時間になったので入り口を閉めると呼びかけに来た。そろそろ帰ろうかと言って、高峰が私に手を差しだした。

深度六五〇〇メートル

翌日、私たちを乗せた〈よこすか〉は一路、宮城沖の日本海溝に向かった。

一日目の夕方は操舵室の神棚に祀られている金比羅《こんぴら》さんのお札の前に、乗組員全員が集合する決まりになっている。お札は理事長が自ら四国の金刀比羅宮《ことひらぐう》に出向き、すべての船のためにもらってきたもので〈しんかい六五〇〇〉の耐圧殻の中にも祀られている。

本来は航海安全や海難救助を願うものだが、海洋研究開発機構ではそれに加えて新発見を祈願する。

船長、多岐司令、目山首席研究員が、乗組員を代表して手を合わせる間、操舵室には静けさが満ちた。

祈願が終わると多岐司令は、高峰は初めてだったな、と言って船長を紹介した。

船長の松川《まつかわ》さんは、人生の大半を洋上で送ってきたベテランだ。〈よこすか〉の航海を安全に導き、〈しんかい六五〇〇〉の潜航中はその位置に合わせて母船を移動させ、海上から見守っていてくれる。

「高峰さんが潜るのは最終日ですね。よい海況になるよう祈っています」

松川船長は帽子の下から笑顔を覗かせ、高峰に握手を求めた。高峰は緊張でこわばった顔で、握手にこたえた。

日没までまだ時間がある。

夕食を終えて食堂を出た私は、目山さんのチームが真剣な顔つきで潜航計画を話しあっているラボの前を通り抜け、甲板に出た。

強い風が吹いていた。ヘルメットの下でひとつに結んだ髪があおられてもみくちゃになる。

もう陸は見えない。水平線の果てまで遮るもののない大海原を、〈よこすか〉は切り裂くように進んでいく。船底のまわりには白い泡がたち、トビウオが翼を広げて滑空するのが見えた。

しばらくすると、多岐司令が私の横にやってきた。

今週はずっと晴れ続きだから気が楽だよ、とつぶやいて目を細めている。

「岸壁に、菊屋議員が来ていたそうじゃないか」

私は頷いた。

出港間際、眞美に肩を叩かれて振り向くと、そこには洋介くんを連れた菊屋議員が立っていたのだ。

「息子がどうしても見送りたいというものですから」

洋介くんは眼鏡の奥の瞳をきらきらさせながら、岸壁の〈よこすか〉を見あげている。

「洋介くんも、将来、〈しんかい六五〇〇〉のパイロットになりたいのかな」

眞美が膝をかがめて尋ねると、洋介くんは指で眼鏡を押しあげた。

「いえ、僕は自律型無人探査機《AUV》の方により可能性を感じています。海底を自動走行できるキャタピラー型、岩山の上を歩ける蜘蛛《くも》型など、海中ロボットの進化はまだまだこれからですから」

台本を読みあげるような勢いでまくしたて、また〈よこすか〉を見あげる。

「今は母船と探査機の組み合わせが固定化されていますが、今後はさらにフレキシブルな運用も可能になると、本で読みました」

「……しっかりした息子さんですね」

私がそう言うと菊屋議員は、こんな調子ですからまいります、と顔をしかめた。

「七月の一般公開の後、息子さんと喧嘩したって、陽生から聞きました」

菊屋議員は目を丸くした。そしてすぐに笑いだした。

「いや、随分泣かれましたよ。パパは何もわかっていないとね。なんとか和解にはこぎつけましたが」

菊屋議員は、離れたところで新田課長と話している高峰をちらりと見た。

「実は、さっき彼を勧誘してみたのです。政治家にならないかと」

「政治家？」

私と眞美は顔を見合わせた。

「衆人環視の中で、あれほどのパフォーマンスができるなら、政治の世界でも充分やっていけるでしょう。まず秘書からやってみないかと誘ってみたのですが、断られました」

絶対に向いていないと思います、と高峰は答えたのだという。

最初はみんなそう言うのですけどね、と菊屋議員は笑い、ナイフで切れこみを入れたような目を私に向けた。

「彼が一般公開で見せた鱗は竜のものだと、うちの息子は言うのです」

私は冷や汗をかいた。それを洋介くんに吹きこんだのは、陽生だ。

「あの鱗からはプラチナが発見されたそうですね。日本画に描かれている竜は爪の中に宝珠を握っている。彼らの食べ物は真珠や貴石《きせき》だと聞いたこともある。レアメタル鉱脈の在処《ありか》を、その生物は知っているのかもしれないなあ」

それはもしかしたら地球の核かもしれないと言って菊屋議員は湾の方を見た。

「一般公開の時にも言いましたが、こう見えて海洋大学出身でね。多少は詳しいし、まあ、それなりにロマンは持っているんですよ」

そういえば目山さんも言っていた。地球の核には大量のプラチナが埋蔵されていると。

「あの後、思いだしましたよ。高峰秋一という助教授のことを。入学して初めて聞いた講義が彼によるものでした。ガラスの樽《たる》に入って海底を散歩したアレキサンダー大王の話をしてくれたのを覚えている。王が見た巨大な魚は、なんでも通り過ぎるのに三日もかかったとか」

菊屋議員は懐かしそうに言い、〈よこすか〉をあおぐ息子の背中を見つめる。

「私は本当に竜がいるとは思いません。国が傾くかどうかというこの時期に、未確認深海生物などを探しに行くために予算を割くことが妥当だとも思わない。しかし、こうも思うのです。二十一世紀になり、科学万能の時代になった今でもまだ、この国には人智を超えたものが存在している。我々は心のどこかでそう思っていたいのではないかとね」

菊屋議員は微笑みながら私を見た。私はどきりとした。議員の目は鋭く光っていた。

菊屋議員との会話のことをそんな風に私が話すと、多岐司令は苦笑いしながら言った。

「政治家ってやつはほんとに油断ならねえな。潜航の結果によっちゃあ、また言うことが変わるんじゃねえか」

太陽が西の水平線にかかっていた。海が燃えるような朱に染まっている。

「人智を超えた存在って本当にいるんでしょうか」

「なにを言いやがる」

多岐司令は笑った。海の上だと口調が荒っぽくなる。

「海がそうじゃないか」

「多岐さんは逃げだしたいって思ったことないんですか」

「逃げたら食っていかれん。うちは親父が遠洋漁業の漁師だし、同級生の親はみんな造船所勤めだし、商船学校以外の道なんかなかったさ」

じゃあ多岐さんも二世なんですねと言いかけて私は黙った。たしか祖父も船乗りだったと飲み会でしゃべっているのを聞いたことがある。

素潜りをしていた遠い昔から日本人は海とともにあった。

船大工の造った帆船で国中の港を巡った中世。西洋造船術を取り入れて海戦をするようになった近代。第二次世界大戦が終わって、軍艦が次々に沈み、国が焦土と化してからも、日本人は海に挑むことをやめなかった。敗戦からわずか六年後、潜水艇〈くろしお号〉が建造され、さらなる深い海へと挑みはじめることになる。

何度うちのめされても、日本人は海とともに生きることをやめない。船大工は船を造り、船乗りは海へ漕ぎだし、漁師は網を投げる。先祖から子孫へ、父から子へ、上司から部下へ、脈々と伝えられる系譜の先端に、〈しんかい六五〇〇〉がいる。

多岐司令が水平線を見つめてしゃがれた声で言った。

「最終日のコパイロットな、お前にしようと思ってる」

「私が？」

船と船乗りの歴史に思いをはせていた私は突然のことに目を丸くした。最終日に行われるのは、他でもない高峰の潜航だ。

「俺もじきに定年だからな。自分の技量を今のうちに伝えておかないと。みそっかすのお前の初潜航を、なんとしても見届けたいんだよ」

コパイロットが女性である方が宣伝にも役立ちますから、って新田さんにゴリ押しされたという裏事情もあるがな、とにやりと笑う。

「安心しろ、パイロットは俺がやるから。たぶんこれが最後だろうが」

母船の総合指令室には副司令が入るという。つまり新体制の予行演習になるということだ。

「お前にとっては初の六〇〇〇メートル級の潜航になる。ま、身を入れてやれよ」

多岐司令は私の肩を痛いほど叩いて、中へ入っていった。

叩かれた肩が震える。

お腹の中から泡が湧きあがってきたような気がして、いそいでヘルメットを脱いで髪をほどいた。強い風になぶられて、髪は顔を覆い、すぐに後ろへなびいていった。全身にまとわりつく海の気配を、私は感じ続けていた。

航海十日目、目山さんの研究チームは、三度にわたる潜航を経て、見事クサウオの亜種を捕獲することに成功した。標本として持ち帰ることができたのは初めてだという。

かねてから深海曳《えいこう》航調査システム〈ディープ・トゥ〉にて確認した棲息地に降り、餌のサバで誘《おび》き寄せたクサウオを、巣谷さんが造った捕獲装置で捕らえるという計画だったのだが、予想以上に動きが速く、潜航を二回重ねても捕獲することはできなかった。

一度目と二度目に潜ったパイロットたちによれば、戻りの耐圧殻の雰囲気はお通夜のようだったという。海面までの二時間余りを窮屈な密室で男三人、無言で過ごす苦しさといったらなかっただろう。

巣谷さんは昨日の夜遅くまで捕獲装置と格闘していたらしい。今朝、格納庫に現れた時は、目を充血させていた。

改良した捕獲装置を搭載した〈しんかい六五〇〇〉は、最後の調査潜航に臨むべく、海の底へ降りていったが、今度もうまくいかなかった。潜航研究者の目山さんはその場で装置の使用を断念、スラープガンを使うことを提案した。別名、吸引式深海生物採集器。ホース形をした掃除機のような装置だ。

「吸いこみ口が小さいからまるごと吸いこむのは無理だが、吸引力で固定するくらいできるだろう」

固定した魚体を、もう一方のマニピュレータでサンプルバスケットに組み伏し、海上まで運べないかというのだ。

「この際、魚体が破裂しても構わない。骨格さえ残っていれば分類できるから」

まさに力ずくの戦法だが、パイロットの神尾さんは少し思案しただけで言われた通りやってのけた。

吸引を続ければ電池は急激に減る。電池が切れてしまえば逃げられる。海面へと上昇しながら、投光器、ビデオカメラ、ソナーと電源を落としていき、最後は室内灯まで消して、残量がゼロになると同時に海面に浮かびあがったのだ。

スイマーたちの手によってクサウオの標本が回収されると、船尾では拍手が起こった。標本はただちにラボに運ばれ、分析に回される。

「パイロットが神尾さんだったなんて、目山さんはついてたな」

一緒に潜航したコパイロットの遠野さんはほっとしたように笑っていた。

帰りの耐圧殻の中、難しい顔で標本を固定したバスケットを睨んでいる神尾さんと、電池の残量を計算している遠野さんの脇で、目山さんは、この標本の分析によってどんなことがわかるか、興奮した様子で結局二時間近くしゃべり通していたらしい。もし計算を誤って電池が切れて標本を取り落としでもしたら、殺されるのではないか、と遠野さんは思ったそうだ。

その夜〈しんかい六五〇〇〉の揚収作業を終え、船体に充電ケーブルを取りつけてから、女性用の浴室でシャワーを浴びていると、廊下から巣谷さんたちの興奮した声が聞こえてきた。

「毎回神尾さんを指名したいって、目山さん言ってましたよ」

廊下を通りかかった神尾さんを捕まえて言っているらしい。

「そうですか。でも搭乗するパイロットはローテーションですからね」

神尾さんが淡々と答えている。

「若いパイロットの技量がご不満なら遠慮なくおっしゃってください。指導しますから」

私は髪をタオルで拭きながらこっそりと浴室を出たが、足音を聞き咎めた神尾さんはすぐに振り返った。まだこんなところにいたのか、とたちまち厳しい口調になる。

「もうすぐブリーフィングだろ。多岐司令、もう事務室にいたぞ」

「すぐに行きます」

明日はよろしくお願いしますと頭をさげると、睨まれた。

「ちょっとでも妙なそぶりを見せてみろ、すぐに潜航中止だからな」

居室に戻って急いで髪を乾かし、作業着に着替える。

船内では作業着、もしくは襟のついた服を着るのが規則だ。ドライヤーなどのアメニティや常備薬はすべて自分で用意する。食事は朝食、昼食、夕食と値段が決められていて、下船する時に精算することになっている。

あとは普通の船旅行と変わらない。

「一昔前なら潜水艇に乗る人間は生命保険に入ったもんだ」

事務室に入ると、多岐司令が高峰を相手にからかうように言うのが聞こえた。初めて乗船する研究員には必ず言うのだ。二度と家族に会えない覚悟で乗りこむものだったのだと。

耐圧殻の中に入って行うブリーフィングは三日前にすんでいる。前日の夜に行うのは最終確認だ。

「三日前も言ったが、基本的に潜航は深いところから浅いところへ向かう。船尾が海底にひっかからないようにするためだ。よって、明日の着底予定地点は皆川理事が二〇〇五年に未確認深海生物を見たという〈X：-520　Y：1070〉、深度六四七〇メートルにある大きめの逆断層から開始する。そこから高峰秋一博士が初めてその生物に出会った場所、〈X：40　Y：-440〉、深度六三二〇メートル地点へ向かう」

　多岐司令は予定コースが記された海底地形図をテーブルに置くと、立案者である目山さんの見解を付け加える。

「このふたりの記録によれば、その生き物は遊泳していたらしい。六五〇〇メートルより深いところに潜ってる可能性もある。今回は曳航体による事前調査もしていないのだから、発見はあくまで偶然に頼るしかない、つまり奇跡ってことだ」

　明日の潜航はあくまでパフォーマンスだという認識でやれ、と言う。

「いいか、海中に降りたら、母船との連絡は音波だけになる。タイムラグがあるから最初はとまどうだろうが、とにかく見たものすべて声に出して報告するんだ。俺も、天谷も、深海では運転の方に意識がいく。肉眼で海底を観察しているのはお前だけだと心得ろ」

　高峰は、緊張した面持ちで頷いた。

「耐圧殻の中は、どんな深いところに潜っても地上と同じ一気圧、空気は窒素八〇パーセント、酸素二〇パーセントに保たれている。酸素は随時補給されるから心配ない。ただ、大騒ぎして無駄に消費すると一時的に酸欠状態になるから、それだけ注意してくれよ」

息切れするほど興奮する研究者がたまにいるからな、と多岐司令はにやりと笑った。

「冗談ですよ。酸素は充分にありますから、安心してください」

私がフォローすると、高峰は肩の力を抜いて弱々しく微笑んだ。

「よし、じゃあ、体重を測ってやれ」

高峰を格納庫に連れていき、防寒着を持たせて体重を測る。ふたたび事務室に戻って、PCに三人分の体重と観測機器や搭載機器の重さを入力し、バラストや補助タンクに入れる海水の量を計算していると、事務室の入り口から目山さんが覗いた。

「高峰、お前、船酔い平気なのか」

「はい。あんまり酔わないんですよね、僕は」

よほど振り回されでもしない限り三半規管が乱れることはないのだという。遊園地に勤務していた時も、新しいジェットコースターの試乗によく駆りだされていたそうだ。

「人間としておかしいんだよ、お前は」

「目山さん、今ちょっと取りこんでいるので、後にしてくれませんか」

目山さんは、はいはいと言って肩をすくめた。自分のチームの潜航が成功に終わったせいか機嫌がいい。

「いいか、気分が悪くなったらすぐ言えよ。明日の潜航、いつでも代わってやるからな」

「わかりました」

素直に頷いた高峰の顔には生気がなかった。プレッシャーに負けそうなんだろう。本当に代わってほしいくらいのことを思っているのかもしれなかった。

「目山さんの顔色の方が悪いですよ。早く寝てください」

私が目山さんを追い出すように言うと、多岐司令がちらりとこちらを見た。怒られるかと思ったが、多岐司令は何も言わずに高峰に向いた。

「高峰も部屋に戻った方がいいな。明日は六〇〇〇メートル級の潜航だから、いつもより一時間早く着水作業がはじまる。手引きに書いてあったように、携帯トイレもあるから心配しなくてもいいが、だからといって水分を摂りすぎないようにな。それと、耐圧殻の中は揮発性の化粧品は禁止だ。整髪料はつけないでくれ」

高峰は頷いて、席を立ち、おやすみなさいと言って出ていった。

「お前は面白いな」

多岐司令がつぶやくように言った。

「どういう意味ですか」

私が訊き返すと、多岐司令は首を振って、何でもない、と答えた。

「焦らずに、自分なりのやり方を探せばいいさ」

何と答えていいかわからずに、私は明日の海底地形図に目を落とした。

「……明日、見つかりますかね」

ふとつぶやくと、

「見つかる時は見つかる、見つからん時は見つからんさ」

金比羅さんにでも手を合わしとけ、と言って多岐司令は腕を組んだ。


翌日は六時に目が覚めた。

居室の小さな部屋から空を見あげる。雲ひとつない晴天だった。海は穏やかで波も少ない。

急いで支度を整え、食堂に向かう。お茶はなるべく飲まず、口をしめらせるにとどめておくことにした。

「目山さん、『沈黙の艦隊』の五巻、娯楽室の本棚に返せって航海士の人が言ってましたよ」

小さな声で言うと、向かいに座っている目山さんが卵焼きを箸でつつきながら言った。

「そんなことより、今日の潜航しっかりお願いしますよ、深雪ちゃん」

「大丈夫です。今日のはそんなに難しいミッションじゃないですし」

「偉そうに。昨日の神尾さんくらいできるようになってから言えよ」

目山さんが舌打ちをすると、私の隣に座っていた神尾さんが静かに言った。

「昨日は目山さんの的確な指示があったからできたんです。他の潜航研究者だったらああはいきませんよ」

かばってくれたのか、目山さんを褒めたのか、それともただの謙遜なのか、表情からは読み取れない。

目山さんは謙遜も否定もしない。

「神尾さんは腕はいいけど、職人気質で頑固だから若い研究者は怖がっちゃうよね。もっとユーザー視点を持って、積極的にこっちの意図を汲んでくれたら完璧なんですけどねえ」

遠慮のない口調で言って神尾さんを挑発するように見る。

「パイロットと研究者の距離が縮まれば、昨日のオペレーション以上のことができるはずだと俺は思いますよ」

神尾さんは口だけで微笑して、魚の骨をきれいによりわけながら、

「心がけます」

と答えた。

静かな火花を散らしだしたテーブルから早く抜けだそうと、私は急いでご飯をかきこんだ。

食事がすむとすぐに格納庫に入り、耐圧殻の中に入って最終確認にかかる。

「集音マイク、昨日海中で試してみたけど問題なかったよ。母船の管制班の後ろにいる巣谷

さんの声もばっちり聞こえてた」

遠野さんがそう言いながらハッチを覗きこんだ。

「きちんと試験できなかったから心配だったけど、この分だったらいけそうだな」

水中通話器の会話は基本的にパイロットと管制班の一対一で行われる。しかし今回は、総合指令室と耐圧殻の中のやりとりを臨場感あふれるものにしたい、という新田課長の強い要望により、双方に集音マイクをつないで全員の声を拾えるようにしてある。新しく追加されたこのオプションは、音響技術を得意とする副司令に教わりながら私が造った。

船長から内線が入った。母船の準備もできたらしい。

私は時計を見あげた。七時五十五分。緊張がこみあげる。今頃、副司令が多岐司令の代わりに、船長と海況判断をしているはずだ。一分一秒がとてつもなく長く感じられた。

多岐司令が、あとは他の奴らに任せて乗船準備をしようと立ちあがった。

「高峰はどうした。逃げだしたりしてねえだろうな」

鋭く光る目を見てはっとした。多岐司令もわかっているのだ。

「探して、潜航服を渡してきます」

「着替えたら事務室に来るように言えよ」

私は頷いて格納庫を出た。

〈よこすか〉で一人部屋をもらえるのは船長など幹部レベルの船員、首席研究員、次席研究員、司令や副司令だけだ。一般の船員、運航要員、研究者は、二人部屋に入る。

高峰も例外でなく、巣谷さんと同じ居室を割り当てられていた。

ノックしてドアを開ける。高峰は古いソファの前に立ち、窓の外を眺めていた。

「よく眠れましたか」

声をかけると、高峰はこちらを向いて頷いた。

「いやあ、どうかな。遅くまで巣谷さんから深海怪談を聞かされてさ。日本海溝に沈む生首とか、海底を彷徨う白い幽霊とか、自殺するエビとか、たまに落ちてる水爆の話とか、海中で三日過ごしたカナダの潜水船の話とか」

後半の三つは実話ですと言って私は潜航服を差しだした。

「かなり分厚いですが、深海の寒さにも耐えられるようになっています」

万が一の時のために耐火性も高いのだが、それは今は言わなくてもいいだろう。

「海の上は暑いです。セーターは別に持って乗りこんで、寒くなってきたら中に着こむといいと思います。あ、着替える前にトイレにも行っておいた方がいいですよ」

高峰は頷いて潜航服を受け取った。

「それと……」

多岐司令が、逃げだしたりしてねえだろうな、と言っていたことを伝える。

「どこに逃げるんだよ、こんな海のまん中で」

高峰は苦笑した。

「まだ、怖いですか」

私が尋ねると、高峰は少し考えた後小さく頷いた。

「今日ですべてが終わるんだと思うと少しね。おそらく僕の一生で深海に行けるのはこの一回だけだろうから」

天谷さんのおかげでかなりましになったけど、と言って私を見る。

「この前は、つきあってくれてありがとう」

いえ、と首を振ったものの、稚児が淵でのことを思いだすと顔に血がのぼった。どこを見たらいいかわからなくなって、私は膝に目を落とした。

「夕飯も食べずに帰して悪かったね」

「いえ、いいんです。帰って荷造りしなきゃいけなかったし」

私は首を振った。

江の島から出た後、高峰はあまり口をきかなかった。私を片瀬江ノ島駅まで送ると、もう一度あのマンションに戻ると言った。私はそこで高峰と別れた。父親の執念が遺されたあの部屋に佇む高峰の姿を思うと不安になったが、引き止める理由を思いつくことはできなかった。

翌朝の航海当日、岸壁に高峰が現れた時はほっとした。

一度船に乗ってしまうと、運航チームには休みがない。航海中に高峰とふたりだけで話すのはこれが初めてだ。

「あの後、父に別れを告げに行ったんだ。僕がやれるのはここまで。もし見つからなかったら、後は目山さんたち研究者の人たちに託すしかないってね」

高峰はそう言って手に持った潜航服に目を落とした。

私たちは沈黙した。食事中に目山さんや神尾さんが話していたことが思い出される。うまくできるだろうか。私は大きく息を吸って、

「この航海から帰ったら、どうするんですか」

と、できるだけ明るい声で尋ねた。

「菊屋議員に政治家にならないかって言われてたみたいですけど」

僕が政治家だなんて冗談きついよと、高峰は顔をしかめて笑った。

「でもそうだな、帰ったら、一緒にご飯食べに行こうか」

「ご飯、ですか」

「食べたいもの考えておいて」

「おごり？」

「うん、初回だけはね」

当然のようにそう答える高峰の声がくすぐったく感じられた。

「じゃあ、鎌倉山のローストビーフが食べたいです」

鎌倉山、と高峰はつぶやいて、はっとした。

「……そういえば、陽生がメールで言っていたな。鎌倉山のハンバーグをミユキがひとりで食べちゃったって」

全部食べてなどいない。どうしてもお腹が空いて、ひとりでたいらげてしまった日が何回かあるだけだ。陽生はいつもそうやって事実をねじまげ、私の評判を貶《おとし》めようとする。むきになってそう弁解すると、高峰はおかしそうに笑って、そして気づいたように言う。

「そこって高いんでしょ」

私が頷くと、高峰は少し考えた後で、

「……給料日の次の土曜にしてください」

とまじめくさって言った。

「スイマースタンバイ、スイマースタンバイ」

船内放送がかかった。

全身に電流が走る。ゴーサインが出たのだ。今日の天気だったら潜航は決定も同然だろう。時計を見あげると八時十分になっていた。

「さあ行きましょう。みんなが待っています」

私は立ちあがった。

事務室で最終確認を終えると、いよいよ乗船の時間だ。

スイマーたちが私の肩を軽く叩き、ゴムボートに乗りこんでいく。

多岐司令、私、高峰の順で、格納庫の二階から船の背にのぼり、梯子を使ってハッチの中に降りる。パイロットが中央、コパイロットが右、オブザーバーは左。狭い耐圧殻の中で決められた配置につくと、主電源を入れ、無線機や計器を次々に起ちあげ、超音波発信器《ピンガー》を総合指令室と同期する。

「船内電源に切り替えます」

船外電源ケーブルがはずされる。上部配置を担当する整備士が中を覗きこんだ。ハッチの当たり面に異物がないか確かめるとハッチが閉じられ、耐圧殻の中は青白い室内灯の光だけになった。

多岐司令が立ちあがり、頭上のハンドルを回して固定する。あの人は手の感触ひとつで不具合を見つけることができる。いつか神尾さんが言っていた言葉を思いだし、私は息を殺してその手を見つめた。ハンドルを締め終わると多岐司令はマットに腰を下ろして頷いた。

「準備完了」

船に索がつけられ、しばらくすると体がふわりと浮きあがる感覚がする。二六トンある船体がAフレームクレーンで吊りあげられたのだ。ビルの三階の高さまで吊りあげられ、左右に大きく振れる。

「大丈夫か」

多岐司令が確認すると高峰が頷いた。覗き窓に顔を近づけると、後部操舵室に立って海を睨む、副司令の水色の作業服と松川船長の潮焼けした顔が見えた。

船はゆっくりと降ろされて着水し、波にあおられて揺れた。船の上にスイマーたちがとりついて吊り上げ索をはずす音が聞こえた。

午前九時。出発の時間だ。管制班から連絡が入る。総合指令室で管制表示部の前に座っているのは神尾さんだ。

「よこすか、しんかい、各部異常なし、潜航用意よし」

多岐司令が、総合指令室に向かって無線で呼びかける。

「ベント開、〇九〇一」

バラストタンクのベント弁が開き、海水の注入がはじまった。船が重くなると同時に、体がスッと下に落ちる感じがする。

全長九・五メートル、幅二・七メートル、高さ三・二メートル。

〈しんかい六五〇〇〉は鯨ほどもある大きな体で垂直に下降していく。

船体には大量の浮力材が詰められており、水面に浮くように設計されている。そのため沈降時は、船底にバラストと呼ばれる鉄の錘《おもり》を一二〇〇キロくくりつけて、総重量を重くしなければならない。浮上する時は反対にバラストを海底に投棄して総重量を軽くする。有人潜水調査船は、子供でも理解できるような単純な仕組みでできているのだ。

そのため、万が一電池が切れたり、重大な事故が起こったりしても、バラストを投棄さえすれば簡単に浮上できる。

飛行機は故障したら落ちるが、潜水船は故障したら浮かぶ。

先輩たちにしつこいくらい聞かされた言葉だ。

降下感はすぐに消え、耐圧殻の中は完全な静寂に包まれた。

翡翠色をした海水は少しずつ青みがかり、じきに完全な青へと移行する。イワシの群れが、鱗を煌《きら》めかせて、集合したり離散したりする姿が遠くに見えた。

下降速力は、毎分約四〇メートル。

今回は六四七〇メートルの深海に潜航するため、片道二時間半の旅となる。

「深さ二〇〇」

耐圧殻の中は静まりかえっている。深度計を睨みつけている私が総合指令室に報告する声だけが響いていた。

「ここからが深海だ。窓の外を見てみろ」

多岐司令が投光器を点けると、高峰が左の覗き窓に這い寄った。

「これがマリンスノーか」

溜め息をつくような声につられて、私も右の覗き窓に目をやった。

窓の外は群青の世界に突入していた。ぼた雪のような白い塊が舞っている。〈しんかい六五〇〇〉の沈むスピードが速いため、雪は下から上へと降っているようにも見えた。

「あっ、光った」

オキエビが発光しながら手をかいて踊っている。そのまわりに蛍のように明滅するのはプランクトンだ。多岐司令が投光器を消す。室内照明灯も落とすと、視界は一旦真っ暗になったが、生命が発する輝きがあっという間に増えて、耐圧殻の中は光で満たされた。

「黙ってないでちゃんと説明しろ。今回は映像と一緒に音声も公開するらしいからな」

多岐司令に言われて、高峰が口を開く。

「視界いっぱいにマリンスノーが見えます。映像で見るまばらなものと違って、まるで吹雪だ。発光生物も、ものすごくたくさんいます。プラネタリウムに雪が降ってるみたいだ、そう言ったら伝わるでしょうか。……こんなに美しい世界、生まれて初めて見ました」

私の方をちらりと見て言う。

「理事の歌の意味が、ようやくわかったような気がします」

高峰はしばらく黙る。まさかここで歌うんじゃないだろうなと思ったが、そうではなかった。彼はつぶやくように歌詞を暗唱した。

深い海に降る雪は　今日も静かにつもりゆく
雪といっしょに降りておいで　君が乗ってるその船で
遠い遠いその昔　君の祖先のまた祖先　彼らが生まれたその場所へ
雪をつれてかえっておいで　僕らは君を待っている

高峰は暗唱が終わると、大きく息を吸って、話しはじめた。

「深海は生命が生まれた場所だといいますが、そのせいかな、初めて見るはずなのに懐かしい感じがするのは。暗くて、寒くて、得体が知れないのに、強く惹きつけられる。僕の中に、ここに棲んでいた頃の遺伝子がまだ残っているのかもしれません。この歌詞の通り、深い海の底から遠い祖先に呼ばれているような気がして、なんだか怖いです」

数秒遅れてやってくる音波に乗せて、文学的だねえ、と目山さんがつぶやく声が聞こえた。興が乗ったらしく、目山さんはそのまま生命の起源について語りはじめる。

「生命がどうやって生まれたのか、実のところ、まだ解明されていないんだ。宇宙からの隕石衝突によって、当時の地球はそこらじゅう熱水噴出孔だらけだったとも言われている。沸騰する水の中で生命は何度も生まれ、何度も滅びた。その中から唯一生命活動を持続できた生態系だけが原始地球の海洋底に広がり、先カンブリア紀に爆発的進化を遂げた。それが恐らく、地球上のすべての生命、そして俺たち人類につながる祖先だ。地球最古の生命体が、熱水噴出孔や地底マントルの中にまだ生きていると言われているのはそのためだよ。彼らに呼ばれているという感覚はあながち間違いじゃないかもな」

目山さんの講義が終わると耐圧殻の中はふたたび静まりかえった。

私は高峰に、そろそろ暗黒の世界に突入です、と告げた。

しばらくするとサクラエビの大群がやってきた。誰でも知っている生物だが、昼間は深海にいて夜になると浅海に昇っていくという不思議な生態はあまり知られていない。彼らが、浅海と深海の間を行き来することで、有機物の移動が起きる。彼らもまた、マリンスノーと同じ役割を担っているのだ。

サクラエビは増え続け、窓の外は桃色に染まる。何千、何万ものサクラエビがまるで桜吹雪のように舞っている。私は息をのんで美しい光景に見入った。

「深さ五〇〇」

私は深度計を読みあげた。

海上にいた時は蒸し暑かった耐圧殻の気温はすでに二十度まで下がっている。

ハダカイワシが群れをなしている。その名の通り、ちょっとした刺激で鱗がはげてしまう不思議な魚だ。

「追いはぎに遭ったみたいですね。どうしてこんな風に進化しちゃったんですか」

高峰が水中通話器に向かって尋ねると、

「知らん。露出狂なんじゃないの」

という無責任な答えが返ってきた。

「目山さん、いい加減なこと言わないでくださいよ」

私が水中通話器に向かって言うと、ぶっきらぼうな声が返ってきた。

「いい加減じゃないよ。ストリップって呼んでる漁師もいるくらいなんだから」

メダマホウズキイカがやってきた。私たちに気づくと赤く変色して逃げていく。アカカブトクラゲが明滅しながら潮に流されていく。光が瞬くたびにホヤやサルパなど透明な生き物たちが闇の中に浮かびあがるのが見えた。

「深さ一〇〇〇」

ここまで深くなると、太陽の光はほとんど届かない。捕食動物から身を護るために、より闇の中に溶けこみやすい赤や黒の皮膚を持つ生物が多くなる。反対に捕食動物は目を巨大化させたり、望遠鏡のように飛びださせたり、赤外線スコープのようなセンサーを持ったりすることで狩猟能力を高めていく。

「闇が深くなるとともに、水圧もいよいよ苛烈になっていきます」

私は高峰に代わって水中通話器に話しかける。一般の人にもよくわかるように、解説を入れておくようにと新田課長に言われている。

深海では一〇メートル降りるごとに一気圧がもたらされる。一気圧とは、一センチ四方面積に一キログラムの重さがかかっていることなので、深度六五〇〇メートルでは、指先に軽自動車が載るほどの重圧がかかっていることになる。〈しんかい六五〇〇〉の表面積で計算するとどれほどの重さになるのか、考えるだけでも恐ろしい。耐圧殻に少しのひずみ、針の穴ほどの損傷があっても致命的だ。

「全方位から襲いかかるすさまじい高水圧に対抗するため、耐圧殻の厚さは七三・五ミリ、真球度は一・〇〇四。熱間プレスで製作したふたつの半球を、大型切削機械により内外面から切削、真空下で電子ビームを使い溶接しています。まさに、当時の日本の海洋科学の粋をこらして造られたと言っていいでしょう」

最後は父の言葉を借りて解説を終えると、神尾さんの声が水中通話器から降ってきた。

「よく覚えたじゃないか。お前にしては上出来だ」

少し遅れて、総合指令室の人々が笑う声が聞こえてきた。声が届くのが少しずつ遅くなっている。

海中では減衰《げんすい》がない音波が唯一の通信手段だ。鯨が音波を使って数千キロ、数万キロ先の仲間と会話をすることは知られているが、この水中通話器もほぼ同じ仕組みになっている。難点は音波の速度が遅いことで、深く潜れば潜るほど母船との会話にはタイムラグが生じてしまう。

彼らははるか遠い海上にいる。ふいに寂しさがこみあげた。

ここまで深く潜ると生物の数もめっきり減ってしまう。一立方メートルあたりミリグラム単位にしかならないそうだ。

——真っ暗な海の中にいると絶対的な孤独に襲われる。

ある研究者がそう言っていた。ここにいる生物すべてがその孤独に耐えている。彼らは一生のうち何度仲間に出会うことができるのだろう。

「深さ二〇〇〇」

多岐司令がふたたび投光器を点けた。一段と深くなった闇の中に光が吸いこまれていく。こんなに見通しが悪くては、数メートル先を巨大なダイオウイカが通っても気づかないだろう。広大な暗闇の中で私たちは点と点でしかない。邂逅《かいこう》するには偶然を待つしかない。

耐圧殻の中はますます冷えていく。まるで冷蔵庫の中にいるようだ。凍りついたように冷たくなった窓の前で目をこらしていた高峰が小さく声をあげた。

「ユビアシクラゲがすぐ前を通りました」

人間の指のような生々しい足をぶらさげた巨大なクラゲが、肉色をした傘をふくらませて泳ぎ去っていく。

「すぐ先に、千切れたのでしょうか、足、というか指みたいなものが浮かんでいます。なんか気持ち悪いですね」

「命だからな」

多岐司令が低い声で言った。

「マリンスノーだけじゃなく、そこら中に死骸が転がっているのが海だ。しかし、死を日常から遠ざけている俺たち現代人には恐ろしく見えてしまうんだな」

「深さ三〇〇〇」

　ここまで潜ると、窓の外にはほとんど何も見えなくなる。

　しばらくの間、耐圧殻の中には沈黙が満ちた。

　今のうちに腹ごしらえしておきましょう、と私は魔法瓶とサンドウィッチを高峰に渡した。

高峰はサンドウィッチを齧《かじ》りながら、窓の外に視線を向けている。

　四〇〇〇メートルくらいまで潜った頃、

「大きな魚がマニピュレータの前を泳いでます」

　高峰が報告した。

　体長二メートルはあろうかという、巨大な魚が通り過ぎる。真っ白な体。丸く黒い目。大きな口を放心したように開き、尻すぼみになった体を海流にまかせ、ゆったりと泳いでいる。

こちらに興味があるのかないのか、ただ泰然とたゆたっているようにも見えた。

「ソコボウズだな」

　六秒あとに目山さんの解説が聞こえてきた。

「普段は海底にいるはずなんだけど、浅い方から流されてきたのかな。このあたりの水深では最大の肉食動物だ。餌が乏しい深海では、体が大きい方が行動範囲が広いし、栄養分も蓄えやすい。生物が巨大化する要因だと言われているが、はっきりと解明されたわけじゃない」

「深さ五〇〇〇」

私は高峰を振り返り、もうじき底に着きますと報告した。

往復にかかる五時間、着水・揚収作業にかかる一時間も含めて、潜航は合計九時間と定められている。日が沈んでしまうと揚収作業ができないからだ。

つまり、海底滞在時間は最大三時間。

それが海洋研究開発機構が高峰に与えた時間のすべてだ。

「天谷、どうだ、初めての五〇〇〇メートル超えは」

多岐司令が私に尋ねた。

すごいです、と私は溜め息をついた。

「閉所恐怖症だった頃、お前は、自分のことを海の底に沈んでいるみたいだと言ってたな。どうだ、お前の言っていた底っていうのは、こういう感じか」

私は、俊敏に泳ぎ去るシンカイヨロイダラを見つめて、首を振った。

ここは思っていたより賑やかな世界だ。巨大な水塊を頭上に戴《いただ》き、孤独や飢餓と戦いながら、生物たちは軽々と尾を振って泳ぎ回っている。どれだけ頑張ったらそんなに強くなれるのだろう。そんなことばかり考えてしまう。

そして、こうも思う。

資源の少ない環境で懸命に進化を続ける彼らは、まるで私たち日本人のようだと。

「俺の夢はな、いつかここへ子供たちを連れてくることだったんだ。それこそ『海底二万里』のノーチラス号みたいな、大きな窓をつけた潜水船を操ってな」

多岐司令が小さな覗き窓に目を落とした。

「これからの子供たちは大変だ。先の見えないこの国をしょって、ものすごい重圧に耐えて生きていかなければならない。だからこそ、曇りのない無垢な目にこの世界を見せてやりたいんだよ。高峰の言う通り、子供たちの中に、枯渇することのない莫大なエネルギーを生んでやることができるかもしれないじゃないか」

静かに微笑みながら言う。

「お前たちふたりは、海洋研究開発機構の未来を担う人間だ。俺はもう定年だが、お前たちがいつかその夢をかなえてくれ」

八秒遅れて、さすが多岐司令だ、高峰や天谷とは言うことが違いますね、と目山さんが揶《や》揄《ゆ》する声が聞こえた。一部は僕の言葉でしたけどね、と高峰がコーヒーを飲みながら言い返した。

「深さ六〇〇〇」

深度計を見ていた多岐司令が、そろそろバラストを投棄するぞ、高度計に注意してくれ、と私に言った。

「バラスト、投棄」

積載量の半分、六〇〇キロを海底に投棄する。これで船体が持つ浮力とバラストの重さの釣り合いがとれ、自由に泳ぎ回れるようになる。

〈しんかい六五〇〇〉は船体の両舷《りょうげん》にある小さなプロペラを回しながら、海底へゆっくり降りていった。

総合指令室の神尾さんから目的地までの方位距離を伝える連絡が入った。あくまで洋上の支援母船が割りだした数値なので、ある程度の測位誤差はまぬがれない。予定地点に正確に着底するためには、周囲の地形的特徴や堆積物の厚さなどを綿密に観察し、過去の経験や海底地形図と照らし合わせなければならない。実際に海底にいるパイロットの五感だけが頼りだ。

多岐司令は注意深く覗き窓を眺めながら船の位置を調節していたが、やがてしゃがれた声で言った。

「よさそうだ。着底しよう」

私たちを乗せた船は一億年ものあいだ降りつもった雪の上にふわりと降りたつ。

宮城県沖、日本海溝。

大陸プレートがマントルの中にひきずりこまれる場所だ。

「よこすか、しんかい、着底した、異常なし、深さ六四七〇」

計器を睨みながら、底質、視程、流向流速、水温を報告する。

窓の外は一面不毛の大地だった。降っている時は美しく見えた雪も、底にたまると薄汚れた埃のようだ。できそこないのゼリーのようなクマナマコが、のそのそと這い回っていた。シンカイヨロイダラが堆積物を巻きあげながらゆっくり泳いできて、覗き窓に目を押し付けるようにすると、ふたたび遠くへ去っていく。偵察にでも来たようだ。

「皆川理事が〈白い糸〉を見た場所だ」

多岐司令が低い声で言って窓の外を指さした。

投棄されたバラストが見えた。堆積物をかぶっているが、その四角い鉄の塊に刻印された潜航番号は確かに当時のものだった。

すごい、と私は思わず声に出してつぶやき、多岐司令の横顔を見た。

先の大地殻変動で海底の様子は様変わりしている。予定されていた地点に寸分の狂いもなく着底するなんて誰にでもできることではない。

「同じく、高峰秋一博士が見たという地点まで南進する」

多岐司令の言葉に高峰が頷いた。ブリーフィングで何度も確認した通りだ。

「前進」

〈しんかい六五〇〇〉の主推進器を回す。

速度は〇・五ノット。人が歩くよりも遅いが、これくらいの速度でないと視界が悪い深海では観察したいものを見逃してしまう。うっかり通り過ぎれば、戻るのに倍の時間を費やす。ゆっくり進んだ方が効率的だ。

深海の様子は水中カメラで撮影され、十秒ごとに総合指令室に伝送されている。ハイビジョンカメラで動画撮影もしているが、こちらの映像は伝送できない。録画したデータを持ち帰ることになる。

「何か発見したらすぐに言え」

多岐司令が正面の覗き窓から目を離さずに高峰に言い、次に私に言う。

「天谷、海底地形図との違いをよく見てろ。地殻変動は勿論、海流や水温でいくらでも状況は変わる。固定観念で操縦するとえらい目に遭うぞ」

「はい」

多岐司令は正面の覗き窓に顔をつけるようにして、横向きに寝そべり、手の中の操縦装置を操作している。この人の操縦を見られるのはきっとこれが最後だ。その指に合わせて動く船の各部位を、私は全身で感じ取っていた。

息づまるような時間がすぎた。

目の前には次々に異世界がひらける。

果てしない砂漠、切り立った崖。岩山にひっそりと生える不気味なウミユリたち。透明な体から腸をさらけだしたまま這っているキャラウシナマコ。

訓練潜航で潜った三〇〇〇メートル級の深海と比べると、生物の気配は少なく感じられる。

「いや、これでも普段よりは多い方だな。余震のおかげで餌が豊富になっているからね。謝肉祭状態だよ」

目山さんの声が降ってきた。

〈しんかい六五〇〇〉はさらに進む。

海底をたゆたうビニール袋を発見した時は、あれが海底を彷徨う幽霊の正体ですよと、高峰に教えた。甲羅の上にヒドロ虫の一種であるオトヒメハナガサを生やして歩いているいびつな蟹にも出会った。

しかし、いくら進んでも〈白い糸〉らしきものはいない。

当然かもしれない。この海域にはこれまで何人もの研究者が潜っている。無人探査機も頻繁に訪れている。いずれのカメラにも捉《とら》えられていないのだ。今さら見に来たところで、そう都合よく現れてくれるとは思えない。

考えてみれば、日本海溝にいた、という目撃談と、地震の後に現れるらしい、という仮説だけで、広報課枠とはいえよく潜らせてくれたものだ。

あっという間に二時間がすぎた。

「前進停止」

多岐司令が声を発した。

「泥が巻きあがった。視界が良好になるまで待つ」

堆積物を含んだ泥はゆっくりと海中に拡散し、いつまでも沈まずに視界を遮っている。

私は高峰の顔をちらりと見た。着底してから一度も覗き窓から目を離していない。言われた通り、海底の様子を逐一報告する他は、私語をすることもなかった。

「前進開始」

多岐司令の声が響く。

「海底がせりあがっている。船首を少し上に向けよう」

「はい、深さ六三二〇になりました」

私は報告した。動悸が速くなる。

高峰秋一が〈白い糸〉を見たというポイントにたどりついたのだ。

でも生命の気配がほとんどない。

「魚がいます。あれは何でしょうか」

高峰が張りつめた声で言う。八秒遅れて目山さんの声が返ってくる。

「シンカイクサウオだね」

半透明のピンク色をした魚が、大きく丸い頭部を下にして堆積物を探っていた。その尻尾はオタマジャクシのようにすぼまっている。

「二〇センチはあるんじゃないでしょうか」

高峰が体を起こし、窓を深く覗きこんだ。まばたきもせずに闇の彼方を見つめている。多岐司令が時計を見た。それにつられて文字盤に目を向けた私は胸が苦しくなった。

もう十四時半だ。

深海ではあっという間に時間が過ぎる。

竜宮城に招かれた浦島太郎が気づかぬうちに、三百年余りを過ごしてしまったように。

「そろそろ離底しなけりゃいかん」

重々しい声で告げられた高峰は、窓に目を据えたまま黙っている。

「高峰さん」

代わりに私が呼びかけると、一度は振り返ったが、葛藤するような表情を浮かべて、ふたたび覗き窓に視線を戻す。

操縦装置をマットに降ろした多岐司令が、苛立った表情を見せた時、

「無理は承知です」

高峰が言った。

「もう少し先まで行ってもらえませんか」

多岐司令の眉間の皺が深くなった。

総合指令室は沈黙している。ふたりのやりとりは聞こえているだろうが、一度潜航したら全権は現場のパイロットにある。口出しはできない。

「前進する時間はない。日没に間に合わなくなる」

「お願いします」

高峰は頭をさげた。

「大きな地殻変動の後、深海底には一時的に生物が増えると目山さんは言っていました。〈白い糸〉が出てくるのはそういう生物たちを捕食するためではないでしょうか。根拠はありませんが、しかしそうに違いないと今ここへ来て思ったんです」

胸に手をあて心臓を摑むようにする。目に火がともっている。父から受け継がれたその火

は、彼を突き動かしてきたエネルギーだ。

「多岐さんならきっと見つけてくれる。僕はそう信じます」

多岐司令は痛みに耐えるように顔をしかめた。うずいたのは遠い昔の傷だったのかもしれない。信じて突き進んでやればよかったと、十八年間くすぶりつづけた後悔が心の中によみがえっているのかもしれなかった。

でも、制限時間をすぎてしまった以上、潜航を続けることは難しい。私は目を伏せた。

多岐司令は、やがて胸に息を入れ、ゆっくりと吐きだした。

「……前進」

低い声がした。

私は驚いてその顔を見た。

多岐司令は操縦装置をふたたび手に取って主推進器を動かした。

「面舵《おもかじ》三十度」

〈しんかい六五〇〇〉は、ゆっくり前進する。

船首の向きを変えて前方の岩を迂回《うかい》する。窓の向こうでセンジュナマコたちが不思議そうにこちらを眺めているのが見えた。

「舵中央、ふたたび前進」

多岐司令は窓ぎりぎりまで目を近づけ、闇の中を睨みつけている。その向こうで、高峰が食い入るように外を見ていた。

右の覗き窓に両目をつけるようにして腹這いになり、私は祈った。

金比羅さま。

私たちを導いてください。どうか、未知の生物のもとへ。

有人潜水調査船は研究者の執念を深海に連れていくためにある。多岐司令はそう言っていた。カメラ、センサー、コンピューターを超える、第六感が人間にはあるのだと。その力を遠い海の底まで連れていくのがパイロットの役目なのだと。

大丈夫だ。いにしえより受け継がれた船乗りたちの魂が、多岐司令を助けてくれる。

私は唇を噛みしめた。

何もない砂漠が続いた。小さなエビ以外は生命の気配すらない。雪が視界を遮るように降り続けているだけだった。

一分一秒が永遠のように感じられ、息をするのも苦しくなった時だった。

「あっ」

多岐司令が突拍子もない声をあげた。

総合指令室も驚いたのだろう、八秒のちに、どうしたんだという神尾さんの声がした。

その声と重なるように多岐司令が隣に呼びかけた。

「そっちに行ったぞ。見えるか」

はい、と高峰が空気を切り裂くような声で言った。

「前進停止！」

その声と同時に主推進器が止まる。私の窓からは何も見えない。船が停止したのを確認し、水中カメラのモニターを見た私は吐きかけた息を止めて目を見開いた。

見たことのない形をしたものがいる。

透明な体をなまめかしくくねらせて、こちらに泳いできたその生物は、私たちを観察するかのように、高峰の前の窓を覗きこんでいる。

白く細くたなびく糸のような髭。闇を照らすまばゆいふたつの瞳。

言葉が出ない。モニターの操作盤に置いた手が震える。

「どうしたんだ、状況を報告しろ」

痺れを切らしたのか、目山さんが怒鳴る声が聞こえる。

「こいつは驚いた……」

多岐司令が放心したような声を出した。

その生物は窓から目をそらすと、左から右へ向かってゆっくりと泳いでいく。

私はその姿を、水中カメラを操作して追った。

大きく裂けた顎、その中に鋭い歯がびっしりと並んでいる。うなじから顎、背にかけて逆立って生えた魚のような鱗が呼吸するようにゆっくりと上下している。鱗は腹の方にいくにつれて皮膚になじみ、ワニの肌のようになっている。トカゲの前肢が退化したようなものがついていた。身をくねらせて泳ぐ円筒状の体は、とてつもなく長い。やがて後肢のようなものが見えると、その先に、細い尻尾が続く。

目山さんの言った通りだと、高峰が熱に浮かされたようにつぶやいた。海棲爬虫類でしょうか、と私がかすれ声で言うと、頷き、そしてすぐに首を振る。

その言葉を皮切りに、水中通話器に向かって、生物の姿形を言葉によって紡ぎだしていく。

「……でも、これは、生きた化石なんかじゃない」

その描写は私が思ったのとほぼ同じだった。

その生物は多岐司令の前を通り過ぎ、右の覗き窓の前まで来ると、旋回して左へ戻っていく。〈しんかい六五〇〇〉が珍しいみたいだった。逆にこちらが調査されているようだ。

高峰の言う通りだ。これは生きた化石なんかじゃない。モササウルスでもない。恐竜が絶滅した後、深い海へと追いやられたこの生物は、極限環境に順応するため、何千万年もかけて進化を繰り返してきたのだろう。進化はきっと今も続いている。

「鱗を見てみろ」

多岐司令が鋭く叫んだ。

顎のまわりにたてがみのように生えている半透明な鱗。その一枚一枚に黒い星がブラックダイヤモンドのようにちりばめられている。投光器の光を反射して鈍く光るそれは、陽生が持っていた鱗にあったのと同じものだった。

「なんだよ、こいつは……」

生物の画像がようやく総合指令室に届いたようだ。どよめきとともに、目山さんが呻く声が聞こえた。すぐさま態勢を整えたらしい。噛みつくように大声を出す。

「捕獲しろ。この際スラープガンでもマニピュレータでも何でもいい」

「無理です。四メートル、いや、五メートルはありますから」

怒鳴るように答えると、それと行き違うように目山さんの声が降ってきた。

「高峰、どうだ、これが〈白い糸〉で間違いないか」

私は体を起こして左を見た。

高峰は、もと来た方向へ向きを変えた生物の後ろ姿を、食いいるように見つめている。その口がかすかに動いた。

本当だったたんだ。

それきり言葉が出ないようだった。

私は大きく息を吸って水中通話器に向かって怒鳴るように叫んだ。

「間違いないそうです！」

しばらくして、総合指令室からはじけるような歓声が降ってきた。割れるような拍手。やったあという巣谷さんの咆哮《ほうこう》。目山さんが興奮して早口でしゃべっている声。大勢の人が歓ぶ様子が六三〇〇メートルの彼方から伝わってくる。

目頭が熱くなった。涙があふれて視界がぼやける。

「泣くな」

多岐司令がしゃがれた声で言った。

「泣けば目が曇る。こいつを見ているのは、全人類で今、俺たちしかいないんだ。この時を逃したら、何十年先まで出会えないかもしれないんだぞ」

高峰が目をぬぐって、はいと返事をし、歯を食いしばるような顔をした。

生物の体は闇に吸いこまれ、その尾の先もなめらかに左右に振られながら、私たちの視界からも、水中カメラのモニターからも消え去った。

全身の緊張が解け、私は長い溜め息を吐きだした。

「よし、上昇するぞ」

多岐司令が声を詰まらせて言い、残り六〇〇キロのバラストを投棄しようとした。
その時だった。
地球の奥からなにかがものすごい速度で昇ってくる音がして、海底が鳴動した。

深度七〇〇〇メートル

下から突きあげるような激しい揺れ。とてつもなく大きな獣に船を摑まれ、力任せに揺さぶられているようだった。耐圧殻の中のものはすべて壁に叩き付けられた。操縦装置も、魔法瓶も、そして人間も。

揺れがおさまると、息をつく暇もなく乱泥流が襲ってきた。

海底から噴きあげるなにかに乗って船はものすごい速さで上昇する。船首を上へ向けろと言う多岐司令の声が聞こえ、床にしかれたマットにしがみつき、重力に抗《あらが》いながら必死に顔をあげると、深度計の数字が大きく動くのが見えた。

「二〇〇メートル上昇」

叫ぼうとした瞬間、唐突に下降がはじまって舌を嚙みそうになった。

対流する潮に上から強く押しこまれ、錐揉《きりも》み状態になっているのかもしれない。上下左右がわからない。体が浮かぶ、と思った時には天井に激突していた。衝撃でハッチのハンドルが回ったような気がして総毛立った。浸水がはじまったら一巻の終わりだ。

金比羅さま。

口の中でもう一度、その名を呼んだ瞬間、船は何か巨大なものにぶつかり、きしむような音とともに止まった。

異常を告げる警報音が鳴り響く。

腹這いのまま目を開けた私は、船が止まっていることを確認すると跳ねおきた。壁を伝って無我夢中で立ちあがり、ハッチのハンドルにしがみつくように手をかける。

びくともしない。今朝、多岐司令が固く閉めたまま、緩んでなどいなかった。

肺の中の息をゆっくりと吐きだす。背中に汗が噴きでる。

意識が落ち着いてくると右の肩甲骨にじわじわと痛みが湧きあがってきた。さっきハンドルにぶつけた場所だ。痛みに耐えながら足元を見ると、高峰が顔をしかめながら体を起こしているところだった。

「高峰さん、大丈夫ですか。怪我《けが》は」

「なんともない。運よくマットの上に倒れたから。それより多岐さんが」

振り返ると、多岐司令が頭を抱えて呻いている。計器にぶつけて切ったらしい。額から血が流れていた。

「意識は」

「ある。右目に血が入って見えないだけだ」

多岐司令が自分で答えた。かなりのダメージを受けたようだが、いつも通りしっかりした声だった。私は防寒具のポケットからタオルを出して切り裂いた。

「この船のライフサポートは最大で百二十九時間あります」

私はタオルを多岐司令の額に強く押し当てながら高峰に言った。

「酸素の予備も食糧も積んでいます。万が一浮上できなくても救助を待つ余裕は充分あります。心配はいりません」

冷静な口調を心がける。搭乗者の不安を取り除くのは事故発生時の最優先事項だ。

「天谷の言う通りだ。いざとなったら耐圧殻だけでも切り離して浮上させる」

多岐司令が声を発した。物理的にそんなことは不可能だ。安心させるために言っているんだろう。

「止血、代わってください」

私は高峰の手を摑み、タオルの上に押し当ててから立ちあがった。

「多岐さん、指示をお願いします。救難ブイを打ちあげますか」

「その前に故障箇所を報告しろ」

「はい」

立ちあがって警報表示板を確認する。主推進器のランプが赤く点灯していた。

「主推進器がやられました。プロペラが折れたかもしれません」

「胴体着陸したんだから当然だな。このまま浮上するしかないだろう」

バラストがうまく投棄できるだろうか、と不安が胸をよぎる。

警報が出ていないからといって他に故障がないとは限らない。油断は禁物だ。そう思いながら左に視線を動かした私は、深度計の数値を読んで凍りついた。

深さ七一一一メートル。

限界深度をはるかに超えている。極限環境中の極限環境。超深海だ。

一体、どのくらいの距離を流されたのだろう。

湧きあがった不安を高峰に気取られないように静かな声で深度を報告すると、ようやく体を起こした多岐司令が、そうか、と軽い調子で返事をした。

「よかったじゃないか、天谷。日本人初の七〇〇〇メートル潜航に成功だぞ」

「はい」

私は無理に笑顔をつくって答えた。

「大丈夫だ、耐圧殻は最大一万メートルの水圧にも耐える」

多岐司令はそう言って力強く頷いた。張りつめていた神経がふっと和らぐ。今になって震えだした手を止めるために、私は歯を食いしばって船体のチェックを続けた。

耳をすませ。指先から感じるのだ。耐圧殻の中と外で何が起きているのか。

多岐司令は頭を強く打っている。今は意識があるが、もしもということもある。そうなったら、この超深海から、自分が〈しんかい六五〇〇〉と、ふたりを海上へ連れて帰らなければならない。

今のところ、主推進器の他に大きく破損した箇所はない。バラストが切り離されていないということは油圧ポンプや制御バルブに重大な故障も起きていないとみていいだろう。

腹這いになり、覗き窓から船外の異変を観察する。

「バスケットが歪んでいますが、離脱はしなくてよさそうです」

多岐司令が安心したのか溜め息をつく。いざとなったら耐圧殻だけ切り離すなどと言っていたが、船のどの部位も棄てて帰りたくなどないだろう。私も同じ気持ちだ。

船がぶつかったのは崖下のようだ。黒々と壁のように崖が切り立っている。堆積物がもうもうと舞いあがっていて視界は悪いが、高さはおよそ三メートル。見渡す限り、といっても一〇メートル先までしか見えなかったが、かなり向こうまで続いているようだ。

船は垂直に噴きあげられ、柔らかい堆積物の上に斜めに落ちてきたらしい。左の側面を崖にうまくぶつけたために、横転しなくてすんだようだ。外皮を損傷した可能性があるが、塗装がはげたくらいですんだのだろう。今のところ浸水の兆候もない。これほどの衝撃に外皮も耐圧殻もよくぞ耐えてくれた。

そう思った時、金比羅大権現のお札が落ちて、まっぷたつに割れているのを見つけた。ハンドルにぶつかった時、その名を呼んで助けを求めたことを思いだす。人智を超えた存在。そんな言葉が頭をかすめた。

「しんかい、状況を説明しろ」

スピーカーから神尾さんの尖った声が降ってきた。水中通話器も無事だったらしい。

「こちら、しんかい、海底地震が起き、乱泥流に巻きこまれた模様。崖に叩き付けられるようにして着底しました」

「その声は天谷だな。多岐司令はどうした」

「頭を打っただけだ。しばらくすれば起きあがれる。いや、ひどい目に遭った。あちこち壊したみたいだがみんな怒らんでくれよ。とりあえず位置座標を頼む」

多岐司令がしゃがれた声を張りあげる。

ふたたび神尾さんの声がした。

「了解。……気象庁によると、震源地は宮城沖の日本海溝、潜航地点のすぐ近くのようです。幸い規模は小さく、海上および日本列島には影響はありませんでした。位置座標、すぐに出ます。もう少し待ってください」

「船体の状態によっては救援を頼むかもしれない。覚悟していてくれ」

多岐司令が言うと、

「俺、今日、潜らなくてよかった……」

と、後ろでつぶやく目山さんの声が聞こえた。あんなこと言って後で覚えてろよ、と私は口の中でつぶやいた。

位置座標を待つ間、正面の覗き窓をもう一度見る。

左にはさっきぶつかった崖、正面には泥の中に生き埋めになっているエビの頭が見えた。イソギンチャクがいくつも転がっている。今の地震で巻きあがった堆積物になぎたおされたらしい。

神尾さんから位置座標がもたらされた。

深度計が示す通り、私たちは深さ七一一一メートル地点にいるらしい。あと数キロ向こうに飛ばされていたら、八〇〇〇メートルまで落ちこんでいたかもしれないという。

「画像が海上に伝送されてこない。増幅器か送波器の故障かもしれないな」

「ハイビジョンカメラは生きているみたいです。録画、続いています」

せめてさっきの生物の映像だけは生きていてほしい。私は報告しながらそう願った。

とにかく日没まで時間がない。

「天谷、お前が中央に来て操作しろ。俺がバックアップする」

片目をタオルで押さえた多岐司令に頷き、離底する準備に取りかかった時だった。

「天谷さん」

高峰が鋭い声を出した。

「何か……妙な音が聞こえるんだけど」

また地震か。心臓が跳ねあがり、口の中に生唾が湧いた。

息を殺して耳を澄ますと、かすかに、ぎ、ぎ、という音が聞こえた。

岩と岩を摩《す》り合わせるような音だ。しかし、なにかおかしい。音は耐圧殻を通じて直接体にびりびりと伝わってくる。

私は顔をしかめたまま多岐司令を振り返った。

音は次第に大きくなり、耐圧殻の振動も激しくなっていく。

高峰が左の覗き窓に目をやった瞬間、顔をこわばらせて呻いた。

「動いてる」

その視線を追って水中カメラのモニターを見た私は全身の筋肉がひきつるのを感じた。

黒い崖が動いている。

船の進行方向に向かってずるずると前に進むそのスピードは徐々に速くなり、耐圧殻は割れそうに震えている。岩と岩が強く摩り合わされているように聞こえたのは崖が〈しんかい六五〇〇〉の外皮をこする音だ。

いや、崖なんかじゃない。これは。

脳に閃《ひらめ》いたその考えを受け容れることができずに私は息を止めた。

高峰も窓の向こうを見たまま金縛りに遭ったように硬直している。恐怖で動けないのだ。想像を絶することが起きている。それだけはわかった。

最初に声を発したのは多岐司令だった。

「生き物だ」

とてつもなくデカい。しゃがれた声はそう告げて、自らの言葉に怯《おび》えるように口をつぐんだ。

崖は突然動くのをやめた。

振動がやんだ途端、金縛りが解けた。

最初に動いたのは高峰だった。

腰が砕けたように動けないでいる私の横に寝そべると、這うようにして前に進んで、窓にとびつき、しがみつくようにしてその向こうを覗きこむ。

全人類でこれを見ているのは自分たちしかいない。その使命感だけで恐怖をねじ伏せたようにも見えた。

窓の外では堆積物の嵐がやみ、水が澄みはじめていた。投光器の光は消えていないが、闇があまりにも深いせいで頼りなげに感じられる。

自分がどれだけ小さく、弱い存在かを、いやというほど思い知らされる。

静寂で耳が痛い。

自分の呼吸音だけが鼓膜に響き渡る。

「来るぞ」

そうつぶやいた高峰の声は驚くほど冷静だった。私も、多岐司令も、腹這いになって、魂を奪われるようにしてそれぞれの窓を覗く。

遠い闇の中からそれは、ぬうっと顔を出した。

口元にたくわえられた白く長い髭。まばゆいふたつの瞳。さっき見た生物と同じ造形だ。

しかしさっきのそれとは比べ物にならない大きさだった。

髭は電柱ほどの径があり、長さは一〇メートルをゆうに超えるだろう。顔の大きさだけでも、〈しんかい六五〇〇〉の数倍はある。両手を広げても抱えきれないふたつの瞳の光はゆったり明滅している。光が強まると海底は昼のように明るくなり、弱まると赤い瞳孔が見えた。

自分の脇腹に追突した不思議なものを、頭をめぐらせて見に来たのだろうか。光がふたたび強まった時、うなじに逆立つ鱗が照らしだされた。

黒い星どころではなかった。人間のてのひらほどの大きさがあるその鱗は、一枚一枚、真っ黒な光沢を放っていた。ものすごい量のマンガン酸化物だ。

プラチナの鎧。そんな言葉が脳裏に浮かぶ。

さっき見たのはきっと、目の前にいる生き物の幼生だったのだ。

どれだけ年月を重ねれば、これほどの大きさになるのだろう。

気づくと私は、その巨大な生き物のとてつもない美しさに魅入られていた。

どこから来たのだろう。日本海溝の最深部からだろうか。地球の核からだろうか。

それとも竜宮からだろうか。

ふいに顎が開かれた。口が裂けて、岩のようにびっしり並んだ歯が投光器の光を反射して鈍く光る。その喉の奥には深海の闇よりも昏《くら》い闇があった。

死ぬかもしれない。

私は静かに息をしながらそう思った。このまま耐圧殻ごと噛み砕かれてしまうかもしれない。少し身をくねらせるだけで、外皮はひとたまりもないだろう。ここは彼の君臨するエリアなのだ。意思も通じない得体の知れない生き物の掌中に、私たちの命は握られている。

叫んだり、逃れようとしたりする気は起きなかった。

感じたのは、恐怖ではなく、畏れだった。

想像を絶するものが存在する。人類がまだ知らぬ世界がある。そう思うと体の芯が痺れるように熱くなった。私はてのひらを窓に押し当てて、声にならない声でつぶやく。

竜を見つけたよ、陽生。

マットの上に置いたもう一方のてのひらに、体温が重ねられるのを感じた。

高峰が私を見ていた。竜の発する光に頬を照らされて静かに息をしている。その瞳には燃える火があった。父から受け継いだものとは違う新しい火。高峰は私のてのひらに自分の指をからませて強く握った。お互いが震えていることに気づくと、私たちは目を見交わして泣きだしそうな顔で微笑んだ。

竜は船の中を覗きこむようにしてしばらく眺めた後、ゆっくりとその顔を後ろへ引っこめた。

頭が闇に呑《の》みこまれるのと同時にまた振動が起こり、崖が動きだす。竜は、船の外皮をこするようにして、その長い体をくねらせ、船首の先、南の方角へと進んでいく。

その先にはさらに深い海がある。

ここからは私の想像だ。

竜の還るその場所にはきっと見たこともない生き物たちが眠っている。気の遠くなるような時空を生き延びた彼らは人類が知らない海の神秘を、地球の秘密を知っている。

いつかこの目で彼らを見てみたい。世界で一番深い海へ行く船を造り、次の世代の子供たちを乗せて雪と一緒に降りていくところを、私は想像した。

やがて、竜の尾が〈しんかい六五〇〇〉の脇をすり抜け、完全に闇の中に消えてしまうと、耐圧殻の中には音が戻った。

私は時計を見た。数十秒ほどの邂逅だった。

永遠にも思えるほど、長い時を過ごしたようにも思えた。

「しんかい、どうした、浮上準備いいか」

苛立つような神尾さんの声が降ってくる。

浮上して、ハイビジョンカメラの映像を見せたら、総合指令室の人々は腰を抜かすはずだ。

同じことを考えたのだろう。多岐司令がにやりと笑ってこちらを見た。

「垂直スラスター、回します」

船はわずかに浮かびあがった。

海底を見るために、もう一度窓を覗きこんだ高峰が、見てくださいと鋭い声をあげた。竜の胴体があったところに深く切れこんだ溝があった。あそこに転げ落ちていたら離底は不可能だっただろう、と多岐司令が呻いた。

私は息を吸って、残りのバラストを投棄する。

「よこすか、しんかい、これより離底する。深さ七一一一メートル」

投光器から海底へと優しい光を投げかけながら、〈しんかい六五〇〇〉は白くなめらかなボディを煌めかせて、恵みあふれる浅海へ、仲間たちが待つ海上へと向かって、上昇をはじめた。

ふたたび深度〇メートル、そして、一二〇〇〇メートルへ

冷気をふくんだ秋の風が紅葉した木立の間を吹き抜けていく。赤や黄色の葉がちりばめられた芝生は上等な絨毯のようにふかふかしていた。

ステンドグラスの窓がはめられた石造りの教会の前には、新郎新婦の両親と兄弟姉妹が立ち、興奮さめやらぬ様子で写真撮影に興じていた。新婦の母が着ている留袖に、通りすがりのハーバード大学の学生たちが物珍しそうな視線を投げかけている。黒い絹に金色の波と亀を描いたその着物は、異国の風景の中でひときわ華やかに見えた。

お母さんたらどうしても着るってきかないから、着付けの手配するのに苦労したわ、と眞美はこぼしていたが、当のお母さんはとても嬉しそうだった。

傍らに立つ高峰は、さっきから頻繁に起こるあくびの発作を噛み殺していた。

「眠そうですね」

「飛行機の中で寝られなかったんだよ。目山さん、搭乗中ずっと話しかけてくるから」

青森のむつ研究所で公開セミナーの仕事があった高峰と目山さんは、終わるとすぐに青森空港から飛行機に乗り、トランジットを重ね、今日の明け方にローガン空港に着いたらしい。ぐったりしている高峰と違い、目山さんは元気そうだった。控え室で軽食をとりながら、正田家の親族と交流を深めていたようだ。

「経営企画室への異動を希望してるって、控え室で聞きましたけど」

目山さんが勝手に言ってるだけだよ、と高峰はまたあくびした。

「お前が直接文科省とやりあって、〈しんかい一二〇〇〇〉の予算を獲ってこいって、そういう話。入所してまだ半年しかたってないのに、異動なんかできるわけない」

目山さんは、すでに皆川理事に話を通してあるんだと豪語していたが、どこまで本当なのかわからない。

「それにしても久しぶりだね。一ヶ月ぶりかな」

高峰はこちらに視線を向けて微笑した。鎌倉山のディナー以来ですね、と私は緊張する。

帰港してから、給料日を経た土曜日、私たちは約束通りご飯を食べに行った。鎌倉山の古い日本家屋を改造したレストランに入り、一番高いコースを注文した。

メインのローストビーフをたいらげて食事が終わる頃には、ふたりとも満腹で声も出ないほどだった。支払いは約束通り高峰がしてくれた。恐縮していると高峰は、こんな高い食事は二度とおごらないから大丈夫、と言って笑った。

どんな話をしたのと眞美に訊かれて頭をひねったが、特にこれという話をした覚えはない。日本海溝から帰ってきた後、高峰は映像の公開作業や報告書の作成などで、家に帰る暇もなかった。私は私で、損傷した〈しんかい六五〇〇〉の修理に追われて休暇もろくに取れなかった。

横須賀本部に帰港して岸壁で別れ、次に会ったのが鎌倉山だから、それぞれの後日談を報告するだけで、あっという間に時間が過ぎた。

「初めてのデートでそれだけ？」

眞美に突っこまれて、私は返事に困った。

レストランから出た後、高峰が駅まで歩いていこうと言い、住宅の灯りがともる夜道をふたりで歩いた。足元が暗かったせいか、途中で手を取られ、駅までつないだままだった。駅からモノレールに乗って大船駅で別れた。

いくら突っこまれてもそれ以上のエピソードは出てこない。

ふたりとも疲れていたのだと思う。食事をする約束を果たしただけで、少なくとも私は満足していた。

数日後、私はふたたび〈よこすか〉で航海に出た。高峰は、新田課長が絨毯爆撃のように仕掛けた各地のイベントへ飛び回らされ、横須賀本部にいる姿をほとんど見かけなかった。そのまま今日に至るというわけだ。

私たちが最後に見たあの生き物はちゃんと映像に残っていた。

カメラの視界が堆積物で濁っていたせいで、肉眼で見るように鮮明ではなかったが、暗闇の向こうにとんでもない生物がいるということは、誰の目にもわかる映像だった。その少し前に撮影された幼生の映像を見れば、成長した個体の全体像は容易に想像できる。

海洋研究開発機構の持つ動画投稿サイトのチャンネルにこの映像がアップされるや否や、世界中の注目を集め、閲覧数は一般公開の時のそれをはるかに凌《しの》いだ。

マスコミは騒いだし、公共放送がこの映像をメインにして深海生物の特番を組んだりもした。目山さんは出版社に請われて、この生物やそれをとりまく深海の世界をわかりやすく解説する本を書きはじめた。高峰も私も、あちこちのメディアからコメントを求められた。外国のテレビ局からも取材を申しこまれた。

騒ぎがおさまらぬ中、目山さんと眞美の海外挙式が決まった。目山さんの出張に合わせて身内だけでやるという。

私と高峰も、出席できるとは思っていなかったが、スケジュールに余裕が出てきたことと、人事課がそろそろ代休を消化してくれと言ってきたのをいいことに、特別に招待してもらうことにしたのだ。

挙式をする教会がボストン近郊のケンブリッジだと聞いて、私は覚悟を決めた。

父に会いに行く。そう決心したのだ。

父が勤めるウッズホール海洋研究所《WHOI》は、ボストンから車で一時間半、避暑地として名高いケープコッドにある。真理子さんと陽生も二ヶ月前にそこに帰っている。

歓声があがったので教会の入り口を見ると、目山さんと眞美が出てくるところだった。

招待客に平服で来てくれと言っただけあって、ふたりともシンプルだ。目山さんは燕尾服ではない普通の黒いスーツ、眞美は純白のワンピースを着ている。

おめでとうという言葉がしきりに飛び交うと、それで挙式はおしまいになった。これから親族だけで食事に行くという。

緊張が解けたのだろうか、気の抜けたような顔をした目山さんがこちらへ歩いてきた。こんな遠くまでどうもお疲れさま、とあくびをしている。

目山さんも明日からウッズホールなんでしょうと私が訊くと、疲れたように頷いた。

「休みは今日だけ。明日から会議会議だよ。ところで高峰くんは今夜の宿どうするの」

「どうするのって、ホテル予約してくれたんじゃないんですか」

「してないよ」

「してない？」

愕然とする高峰を尻目に、目山さんは私を見た。

「深雪ちゃんは今日からパパの家に泊まるんだろ。高峰も泊めてやれよ」

どうせこっちの家のことだ、ゲストルームも二つ三つあるんだろ、と無責任に言う。

「そりゃあるでしょうけど」

私は困惑して高峰を見た。父に会うだけでいっぱいいっぱいなのだ。この上、高峰を父に引き合わせるなんて。だいたいどんな風に紹介すればいいのかもわからない。

私が困っているのを察したのか、高峰が先に、無理ですよ、と答えた。

「いいじゃないか、この機会にきっちり挨拶しておけよ。経営企画室なんかに異動になったら、次はいつ来られるかわからないんだぞ」

目山さんはわざとホテルを取らなかったんだなと気づいて私は眉をひそめた。

「僕は目山さんと違って結婚に焦ったりしてないですから」

強引なやり方が肚に据えかねたのか、高峰がむっとしたように言った。

目山さんは意地悪そうな笑みを浮かべた。

「有人潜水調査船のパイロットっていうのは一年の半分も航海に出てるんだ。調査船の上は九割が男だから、深雪ちゃんみたいな女でも需要は山ほどある。今のうちに外堀を埋めておいた方がいいと思うけどな」

私みたいな女っていうのは余計じゃないですか、と私は抗議した。

「お前は黙ってろ。だいたい一緒に竜を見たから恋に落ちましたなんてそんな関係、ほっといたら長続きしないぜ」

目山さんがポケットから煙草を出してくわえると、高峰が怒ったように言った。

「竜を見たから好きになったんじゃないですよ」

私は目のふちまで赤くなったような気がした。

そうか。父に高峰をどう紹介しようなんて、迷う必要なんかないんだ。

この人がいなかったら、耐圧殻にふたたび乗ることなどできなかった。父に会いに来ようとも思わなかっただろう。

通りに車が停まった。ドアをもどかしそうに開けて陽生が降り、こちらに走ってくると、照れもせず私に抱きついた。

「ミユキ、久しぶり」

すっかりこっちの子に戻っているのだなと、くすぐったく思う。

「あっ、それと、目山さん、ご結婚おめでとうございます」

大人びた顔をして、礼儀正しく頭をさげている。

真理子さんが芝生の上を歩いてきて、本日はおめでとうございました、と言いながら陽生の後ろに立った。

「あの、いきなりで申し訳ないんですけど、高峰さんも泊めてもらえませんか」

真理子さんは目を見開いて私と高峰の顔を見比べたが、すぐに笑みを浮かべた。

「よろこんで。たいしたお構いもできませんけど」

「えっ、高峰さんも泊まるの。なんで？」

陽生が不満そうな声をあげ、真理子さんにたしなめられる。

お前の弟すっかりシスコンだな、と目山さんがからかうように言った。

眞美が親族から解放されてこちらへやってきた。高峰と私を見てにやにやしているところを見ると、ホテルを予約しなかったのは、眞美の差し金なのだろう。

目山夫妻と一緒に写真を撮り、明日の夜、ケープコッドの北里家で一緒に食事をする約束をすると、私と高峰は真理子さんの運転する車に乗って教会を後にした。

ボストンの古い街並みが後ろへ飛び去っていく。

日本とは比べものにならないほど強い日差しを浴びて、車は猛スピードでハイウェイを走った。真理子さんの運転は意外に大胆だ。

「ウッズホール海洋研究所には、アメリカ海軍と米国科学財団《NSF》が資金を出しているんだ。研究者が五百人もいるんだよ」

これから訪ねる父の職場について、陽生が得意げに語りだす。

研究者が五百人いるのは、海洋研究開発機構も同じだ。

「有人潜水調査船〈アルビン〉や、調査船〈アトランティス〉の運用もしているんだ。〈アルビン〉は、最大深度では〈しんかい六五〇〇〉には負けるけど、潜航回数では世界一。タイタニック号を発見したのも〈アルビン〉なんだから」

助手席から身を乗り出すようにして熱っぽく言う。

いつから〈アルビン〉ファンに鞍替《くらが》えしたんだ。広大な海を持つという点では、アメリカも日本も同じだ。海に賭ける気持ちでは決して負けはしない。

真理子さんがハンドルを器用に切りながら、バックミラーをちらりと見た。

「厚志さんがね、深雪さんを〈アルビン〉のパイロットに引き合わせたいって」

「えっ」

私は思わず運転席の背を摑んで前に乗りだす。

「みんな、あなたに会いたいそうよ。七〇〇〇メートルを超える深海に潜った、極限のパイロットはどんな人だろうって。ビールでも飲みながら話を聞きたいって」

胸が熱くなった。私は隣に座っている高峰に視線を向ける。

「目山さんの言う通り、経営企画室に異動したらどうですか」

そして文科省から予算を獲ってきてください、と言った。

正式な学名がつかず、日本海溝竜、という俗称で呼ばれることになった、あの生き物の正体はまだ何もわかっていない。次にいつ出会えるかもわからない。

しかし、一時的にせよ、〈しんかい一二〇〇〇〉の建造を期待する声が高まっていることは確かだ。もしかしたら、この数年が正念場なのかもしれない。

深度一二〇〇〇メートル。

どの国の海洋研究所よりも早く、研究者をそこへ連れていってみせる。

深さだけじゃない。船の神経や皮膚や骨を自分の体のように動かして、研究者が望む以上の成果をあげることのできるパイロットになりたい。このオペレーションは君にしかできない、君と一緒に潜りたいと、研究者から求められるパイロットに、いつかなってみせる。

「今夜酒を飲まないでいてくれたらね」

高峰が窓の外に目をやって苦笑いした。

いくつかの森を抜け、無数のヨットが浮かぶ大きな池を回りこむと、瀟洒《しょうしゃ》な家々が立ち並ぶ美しい通りに出た。潮の匂いがすると思ったら、左手に海が見えた。

車は通りからウッズホール海洋研究所の敷地内に入って、そこで停まる。

ドアを開けて降りると強い風が吹いていた。かき乱されて顔にかかった髪を払い、前を見ると、岸壁に父が立っていた。

設計図でもひいていたのだろうか、ワイシャツの袖をまくっている。細い眉を片方だけ吊りあげ私を見るそのまなざしは陽生にそっくりだった。

こっちへ歩いてくる。

何を言えばいいのだろう。

お久しぶりです。元気でしたか。少し老けましたね。会いたかったです。

どの言葉もふさわしくないような気がする。九歳の少女に戻ってしまったようだった。思いばかりがあふれて胸が詰まり、私はうつむいた。

高峰が車から出てきた。きれいな海だなあ、と言いながら伸びをしている。

「海が目の前にある職場って、やっぱりいいですよね」

近くまで歩いてきた父に屈託のない笑顔を向けて言う。

会ったばかりの頃、私にも同じことを言っていた。緊張感がまるでない。

小さく溜め息をついた瞬間、そうだ、と思いだした。

私は父に腹をたてていたんだっけ。

「お父さん」

思い切って発した声は不思議と落ち着いていた。

「世界で一番深い海に行く船を造るっていう約束はどうなったの？」

父は殴られたような顔をした。

やがて、肚の底から響く声で、言い訳をするように話しはじめた。

「……人間が一二〇〇〇メートル潜るのは、そんな容易ではないんだよ」

胸の前で腕を組みながら言う。

「海底まで行って帰るのに、恐らく一日ではすまない。そうなると、人間が長期滞在するための機能が必要になる。深雪はパイロットだからよくわかると思うがトイレは絶対に必要だ。交代要員も要るから搭乗スペースはもっと広い方がいい。重くなった船体は大型にならざるを得ない。大きくなった分海底での小回りはきかなくなる。船体をどうやって海上まで運ぶのか、その方法も考えなければならない。そもそも研究者がどんな成果をあげたいと思っているのか、それによっても、船の構造は大きく変わってしまう」

私はあっけにとられていた。父のしゃべり方は、まさに偏屈な技術屋そのものだ。こんなにも不器用な人だったなんて子供の時は気づかなかった。

「一泊するだけで、そんなに大きくなるものなんですか」

高峰が興味深げに尋ねる。

「十泊になっても条件は同じだ。食料を積むスペースが増えるだけで、容積はさほど多くならない。むしろ一日と一泊の間の壁が大きいんだ」

熱を帯びてきた父の講義を聴きながら、私は思わず笑った。

幼い頃を思いだす。てのひらに置かれた〈しんかい六五〇〇〉の模型。弱まっていく白熱灯の光。暗闇の中で想像した奇怪な深海生物たち。そして、九歳の私を相手に専門用語ばかり並べて情熱的に語る父。

あの時、父は何歳だったのだろう。はっきりとは思いだせないけれど、その年齢に、私も高峰も近づいているのではないか。

夢を継ぐ人からかなえる人へ。そして託す人へと移る日もそう遠くない。

潮風が髪を撫でる。目の前にひろがる海が青々と輝いている。そのはるか下には、どんな姿をした生き物たちがいるのだろうと、私は目をつぶって想像した。

謝辞

この物語の執筆にあたり、取材を快く引き受けてくださった〈しんかい六五〇〇〉運航チームの櫻井利明司令、小倉訓副司令、吉梅剛潜航長、運行管理部の田代省三部長、川間格さん、海洋・極限環境生物圏領域深海・地殻内生物圏プログラムディレクターの高井研さんに、心より感謝いたします。また刊行に際しましては、広報課の満澤巨彦さん、田村貴正さん他、海洋研究開発機構の多くの方々に温かいご助力をいただきました。

ありがとうございました。

※所属部署及び役職名は単行本刊行当時のものです。

参考文献

「愛する海　船長50年の航海記」（石田貞夫　2010年　岩波書店）
「生きた化石　シーラカンス発見物語」（J・L・B・スミス著／梶谷善久訳　1981年　恒和出版）
「インナースペース　地球の中を覗き見る」（髙川真一　2007年　東海大学出版会）
「海と地球の情報誌　Blue Earth」（海洋研究開発機構）
「海のプロフェッショナル　海洋学への招待状」（窪川かおる・女子海洋研究者チーム　2010年　東海大学出版会）
「海中ロボット」（浦環・髙川真一　1997年　成山堂書店）
「JAMSTECニュース『なつしま』」（海洋研究開発機構）
「深海魚探検　ふしぎな深海の生き物」（ビーチテラス編　2010年　二見書房）
「深海生物学への招待」（長沼毅　1996年　NHK出版）
「深海生物ファイル　あなたの知らない暗黒世界の住人たち」（北村雄一　2005年　ネコ・パブリッシング）

「深海底7500メートルの世界へ」(ぬくみちほ　2001年　学習研究社)
「深海の科学　地球最後のフロンティア」(瀧澤美奈子　2008年　ベレ出版)
「深海のパイロット　六五〇〇mの海底に何を見たか」(藤崎慎吾・田代省三・藤岡換太郎　2003年　光文社)
「深海のフシギな生きもの　水深11000メートルまでの美しき魔物たち」(藤倉克則・ドゥーグル＝リンズィー監修　2009年　幻冬舎)
「すごいしんかいぎょ!」(深海生物探検隊　2009年　コトブキヤ・新紀元社)
「生命はなぜ生まれたのか　地球生物と起源の謎に迫る」(高井研　2011年　幻冬舎)
「潜水調査船が観た深海生物　深海生物研究の現在」(藤倉克則・奥谷喬司・丸山正　2008年　東海大学出版会)
「潜水調査船『しんかい2000』1000回潜航記録　秘めた深海に科学が挑む」(海洋科学技術センター)
「潜水調査船しんかい6500　500回潜航記念」(海洋科学技術センター)
「パワーストーン　石が伝える地球の真実」(巽好幸監修／ネイチャー・プロ編集室構成　2011年　幻冬舎)
「辺境生物探訪記　生命の本質を求めて」(長沼毅・藤崎慎吾　2010年　光文社)

参考ＨＰ

海洋研究開発機構公式サイト　http://www.jamstec.go.jp/j/
ＪＡＭＳＴＥＣチャンネル（ＹｏｕＴｕｂｅ）
https://www.youtube.com/user/jamstecchannel
日本海洋事業株式会社公式サイト　http://www.nmeweb.jp/
ウッズホール海洋研究所公式サイト　http://www.whoi.edu/
ナショナルジオグラフィック日本版公式サイト
http://natgeo.nikkeibp.co.jp
ＯＢＩＳ　http://www.iobis.org/ja

解説

外崎瞳

『海に降る』を手に取ったみなさん、はじめまして。有人潜水調査船〈しんかい６５００〉女性初のコパイロット（副操縦士）で、現在は広報課に所属している海洋研究開発機構の外崎瞳です。

本書の主人公・天谷深雪は女性初のパイロット候補で、ある事情から広報課勤務も経験するので私の経歴とよく似ていますが、私が深雪のモデル……というわけではないと思っています。著者の朱野帰子さんとは、作品が書きあがった後に直接お話しする機会があり、「実際に女性のコパイロットがいたとは知りませんでした」と謝られました。しかし、当時の私はまだコパイロットになっていなかったので、むしろ恐縮した記憶があります。その後、深雪に追いつきコパイロットになりました。

そういうご縁もあり、ここでは実際の女性コパイロットの立場から、みなさんが本書をさらに楽しく読めるように解説をしていきます。

本書は深雪と、長身でいけ好かない（けれど人に好かれるのがうまい）広報課職員・高峰浩二が、とびきり謎に満ちた深海生物〈白い糸〉を追う冒険の書です。

本書の説明によると〈白い糸〉とは、日本海溝で十八年前にたった一度目撃された、糸状の未確認深海生物です。目撃した研究者・高峰秋一は取り憑かれたようにその研究に没頭し、秋一の死後は息子・浩二がその謎を追い続けることになります。

強烈な科学的探究心を持つ人々と、彼らを望みの場所まで連れて行くことに全精力を傾けるパイロットたち。深海の謎を解くために心血を注ぐ者たちの情熱が丁寧に描かれ、読むたびに胸が熱くなります。

〈白い糸〉のことは、現実世界ではまだ目撃報告がないのですが（だからって絶対いないとは言い切れませんから！）、みなさんもご存じのとおり、深海には不思議な外見の生物がうようよいます。そうした実在する深海生物の描写も本書の大きな楽しみです。

「目のないエビ」「雄が雌に寄生するオニアンコウ」「人間の指のような巨大なユビアシクラゲ」など、空想上の生き物のように奇妙なその姿が生き生きと描かれます。

主人公・深雪は彼らの孤独に思いを馳せ、「一生のうち何度仲間に出会うことができるのだろう」と胸の内でつぶやいています。私も潜水船で深海の生物に出会えたときは、同じようなことを考えます。光の届かない真っ暗な海にたったひとり。つらいことや苦しいこともあるだろう。それでも生きているなんて、立派だなぁ、私も頑張らなきゃと思わされます。

ところがある研究者によると、「彼らにとって深海は安定した環境で居心地がいいんだから、『過酷な環境で生きる人間たちって大変だな』と思ってるかもよ」とのことです。そう言われてみれば、かわいそうなのは我々のほうなのかもしれません。

〈白い糸〉を目撃した高峰秋一のように、私も面白いものに遭遇したことがあります。二〇一三年に行われたブラジル沖での潜航で、これまで見つかった中で最も深い海底でクジラの骨とそこに生息する生物たちを発見したのです。一緒に潜航した生物研究者もすごく興奮していました。初めての発見は本当に楽しく、ワクワク度が桁違いなのです。〈白い糸〉を発見した人がどれほどの興奮を味わっただろうと想像すると羨ましくなります。

さて、本書は深海をめぐる冒険の書であるとともに、若者が仕事の壁にぶつかってもがく青春小説でもあります。深雪は、荒っぽくも心根の優しい上司や先輩に、怒られたり勇気づけられたりしながら成長していきます。みなさんも読んでいるうちにきっと、新人の頃を思い出して胸が苦しくなったり、上司から言われた一言を思い出したりするはずです。もちろん私も自分のことを思い出して、深雪を応援せずにはいられませんでした。

新人の深雪が船の部品をいじる手元を、上司の多岐司令が凝視している場面があります。これは私にも覚えがありました。実は私、運航チームの所属になったばかりの頃はスパナすら「それ、なんですか？」と言っている有様だったのです。当然、そんな私に大事な船を触らせたくない雰囲気が周りから痛いほど伝わってきます。しかし私だってパイロットになるためには、やるしかありません。おっかなびっくり船に触り、ふと振り向くと、ものすごい数のおじさんがこわばった不安げな顔をして私を見ていたこともありました。

深雪が先輩のアシスタントをしたのと同じように、最初は工具の準備から始めて、ひとつひとつ教えてもらいながらなんとか成長してきたのです。今では右手の握力が8キロも増えました。

正直に告白すると、深雪は私よりも整備の腕がいいと感じます。文中で多岐司令が、「パイロットは船を解体《ばら》してもう一度組み立てるくらいの整備の腕がなければ駄目なんだ」と述べる場面があり、どうやら深雪もそれができるようです。

実際の現場ではよく、「船の図面がそらで浮かぶぐらいになれ」と先輩から言われます。潜航中に深海の圧力下でしか現れない故障が多いので、そのときに図面を思い描きながら原因箇所の目星をつけるのは、パイロットの重要な役割です。私はまだ全ての図面を思い浮かべることはできないので、まずは深雪を追い越すことを目指して勉強を続けていきます。

現在の私も深雪が経験したように広報課所属なのですが、本書では広報の仕事についても詳しい取材を基に書かれています。毎月第三土曜日にＪＡＭＳＴＥＣ横浜研究所で行われる公開セミナーや、各地で開催される研究船の一般公開は実在のイベントです。みなさんもぜひ足を運んでみてください。

深雪は女性初のパイロット候補として、イベントやメディア取材によく呼ばれています。深雪になにかと絡んでくる研究者の目山は、「さらし者」「女だから役にたたなくなっても飾ってもらえる」とさんざんな言い方をしています。ずいぶんなセクハラ発言だな……と読みながら私も憤ってしまいました。深雪は呆れながらも聞き流して仕事に専念しているので、思わず「負けないで！」と声援を送りたい気分になりました。

海上の調査現場は常に危険が伴うので、女性だからといって許してもらえることはありません。目山の言い方は厳しいですが、「女であることに甘えるなよ」というアドバイスの裏返しだとも感じます。事実、目山が深雪たちパイロットにどれだけの期待を寄せているかは、本書を読み進めるごとに明らかになっていくのです。

研究者とパイロットの関係性や、「女性初」の看板を背負って働くことの重みまでをも捉えて描写できるなんて、小説家の方の観察眼や丁寧な取材に改めて驚かされます。

本書の中で、深雪は歴史に残る大冒険を経験します。そんな彼女が今後どのような人生を歩むのか、恋や仕事はどうなるのか、その後のことをあれこれ想像して楽しんでいます。

深雪と同じ職業の私にはこれからの夢が二つあって、一つは女性の深海パイロットを目指す後輩を増やすこと、もう一つは、お母さんパイロットになることとです。

二〇一五年十月には、本書を原作とした連続ドラマがＷＯＷＯＷで放映されると聞いています。ＪＡＭＳＴＥＣが全面協力し、４Ｋカメラを使って実際に〈しんかい６５００〉で深海の撮影を進めている最中なので、こちらも大変楽しみです。

綿密な取材をふまえて事実に忠実な物語が構築されていると思いきや、気を抜くと想像を絶する壮大な世界へと連れて行かれる、そのギャップが私の思う本書の魅力です。

この小説をきっかけに、深海に興味を持つ方が増え、男女問わずパイロットを目指す仲間が増えることを心から願っています。

――ＪＡＭＳＴＥＣ〈しんかい６５００〉コパイロット

（構成／編集部）

この作品は二〇一二年一月小社より刊行
されたものに加筆修正しました。

物語に登場する団体の名称や船の仕様は
単行本刊行当時のものであり、現在のも
のとは異なる場合があります。

幻冬舎文庫

●好評既刊

花嫁

青山七恵

長男が結婚することになった若松家には、不穏な空気が流れている。妹は反対し、父は息子を殴り、母は花嫁に宛てて手紙を書き始めた。信じていたものに裏切られる、恐るべき暴走家族小説。

●好評既刊

ハタラクオトメ

桂　望実

OLの北島真也子はひょんなことから女性だけのプロジェクトチームのリーダーに。だが、企画を判断する男達が躍起になっているのは自慢とメンツと派閥争い。無事にミッション完遂できるのか？

●好評既刊

恋する創薬研究室

片思い、ウイルス、ときどき密室

喜多喜久

冴えない理系女子が同じ研究室のイケメンに恋をした。だが、ライバル出現、脅迫状、実験失敗と、試練の連続。男女が四六時中実験室にいて、事件が起こらぬわけがない！　胸キュン理系ミステリ。

●好評既刊

鈴木ごっこ

木下半太

「今日からあなたたちは鈴木さんです」。借金を抱えた見知らぬ男女四人に課された責務は一年間家族として暮らすこと。貸主の企みの全貌が見えた時、恐怖が二重に立ち上がる！　震撼のラスト。

●好評既刊

ドリームダスト・モンスターズ

眠り月は、ただ骨の冬

櫛木理宇

壱と晶水が通う高校で同じ悪夢をみる生徒が続出。晶水は他人の夢に潜る能力をもつ壱に相談するが、なぜか妙によそよそしい。ぎくしゃくする二人は、夢の謎を解き、仲間を救うことができるのか。

幻冬舎文庫

●好評既刊
コントロールゲーム
金融部の推理稟議書
郷里　悟

日本中の天才奇才を次世代の人材に育てる幕乃宮学園で、マインドコントロールによる集団自殺事件が発生。銀行員の陣条和久は学園一の天才女子高生と共に、犯人と頭脳戦を繰り広げていく。

●好評既刊
天の茶助
SABU

天界で「人生のシナリオ」の脚本家に仕える茶助。下界に住むユリに思いを寄せるが、彼女の人生に「交通事故で死ぬ」というト書きが加えられる。彼女を助けたい一心で、人間界に降り立つ茶助だが。

●好評既刊
途中の一歩(上)(下)
雫井脩介

独身の漫画家・覚本は、合コンで結婚相手を見つけることに。担当編集者の綾子や不倫中の人気漫画家・優との交流を経て、恋の予感が到来。人生のパートナー探しをする六人の男女を描く群像劇。

●好評既刊
改貌屋
天才美容外科医・柊貴之の事件カルテ
知念実希人

「妻の顔を、死んだ前妻の顔に変えてほしい」。金さえ積めばどんな手術でも引き受ける美容外科医・柊貴之のもとに奇妙な依頼が舞い込む。現役医師作家ならではの、新感覚医療ミステリ。

●好評既刊
不機嫌なコルドニエ
靴職人のオーダーメイド謎解き日誌
成田名璃子

横浜・元町の古びた靴修理店「コルドニエ・アマノ」の店主・天野健吾のもとには、奇妙な依頼ばかりが舞い込んでくる。天野は「靴の声」を聞きながら顧客が抱えた悩みも解きほぐしていく。

幻冬舎文庫

●好評既刊
一番線に謎が到着します
若き鉄道員・夏目壮太の日常
二宮敦人

郊外を走る蛍川鉄道・藤乃沢駅の日常は、重大な忘れ物、幽霊の噂、大雪で車両孤立など、トラブルだらけ。若き鉄道員・夏目壮太が、乗客の笑顔のために奮闘する！　心震える鉄道員ミステリ。

●好評既刊
夢を売る男
百田尚樹

輝かしい自分史を残したい団塊世代の男、自慢の教育論を発表したい主婦。本の出版を夢見る彼らに丸栄社の編集長・牛河原は「いつもの提案」を持ちかける。出版界を舞台にした、掟破りの問題作。

●好評既刊
あの女
真梨幸子

タワーマンションの最上階に暮らす売れっ子作家珠美は人生の絶頂。一方、売れない作家・桜子は、珠美を妬む日々。あの女さえいなければ——。女のいるところに平和なし。真梨ミステリの真骨頂。

●好評既刊
春狂い
宮木あや子

人を狂わすほど美しい少女。男たちの欲望に曝され続けた少女は、教師の前でスカートを捲り言う。「私を守ってください」。桜咲く園は天国か地獄か。十代の絶望を描く美しき青春小説。

●好評既刊
愛　ふたたび
渡辺淳一

性的不能となり、絶望と孤独のどん底に突き落とされた整形外科医が、亡き妻を彷彿させる女性弁護士と落ちた「最後の恋」の行方は。高齢者の性の真実を赤裸々に描き、大反響を呼んだ問題作！

海《うみ》に降《ふ》る

朱野帰子《あけのかえるこ》

平成27年7月25日　初版発行

発行人――石原正康
編集人――袖山満一子
発行所――株式会社幻冬舎
〒151-0051東京都渋谷区千駄ヶ谷4-9-7
電話　03(5411)6222(営業)
　　　03(5411)6211(編集)
振替00120-8-767643

印刷・製本―株式会社 光邦

装丁者――高橋雅之

検印廃止
万一、落丁乱丁のある場合は送料小社負担で
お取替致します。小社宛にお送り下さい。
本書の一部あるいは全部を無断で複写複製することは、
法律で認められた場合を除き、著作権の侵害となります。
定価はカバーに表示してあります。

Printed in Japan © Kaeruko Akeno 2015

幻冬舎文庫

ISBN978-4-344-42385-5　C0193　あ-55-1

幻冬舎ホームページアドレス　http://www.gentosha.co.jp/
この本に関するご意見・ご感想をメールでお寄せいただく場合は、
comment@gentosha.co.jpまで。